W9-DBU-181

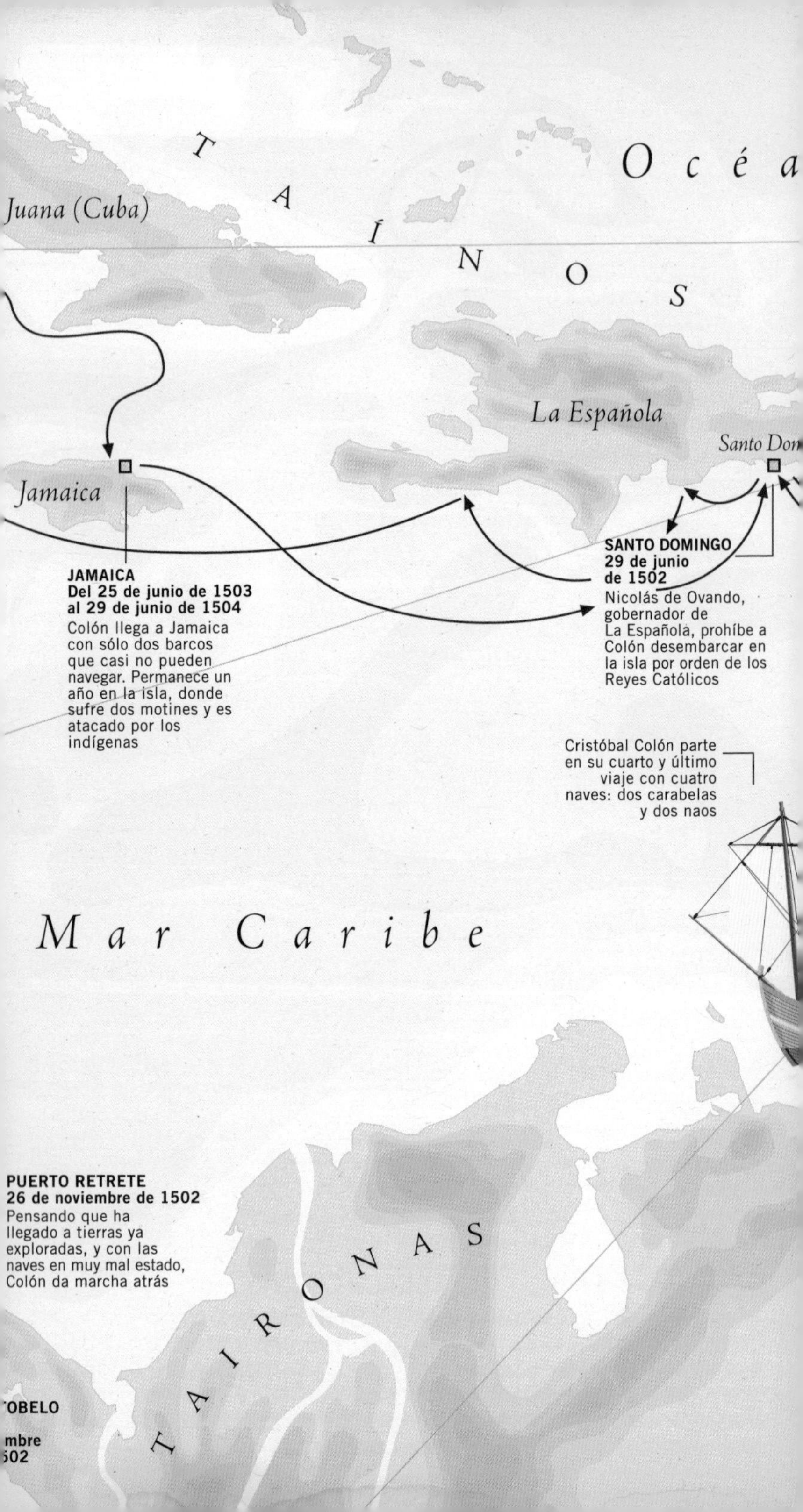
Juana (Cuba)
T A Í N O S
Océa
La Española
Santo Don
Jamaica
JAMAICA
Del 25 de junio de 1503
al 29 de junio de 1504
Colón llega a Jamaica con sólo dos barcos que casi no pueden navegar. Permanece un año en la isla, donde sufre dos motines y es atacado por los indígenas
SANTO DOMINGO
29 de junio
de 1502
Nicolás de Ovando, gobernador de La Española, prohíbe a Colón desembarcar en la isla por orden de los Reyes Católicos
Cristóbal Colón parte en su cuarto y último viaje con cuatro naves: dos carabelas y dos naos
Mar Caribe
PUERTO RETRETE
26 de noviembre de 1502
Pensando que ha llegado a tierras ya exploradas, y con las naves en muy mal estado, Colón da marcha atrás
T A I R O N A S
'OBELO
mbre
502

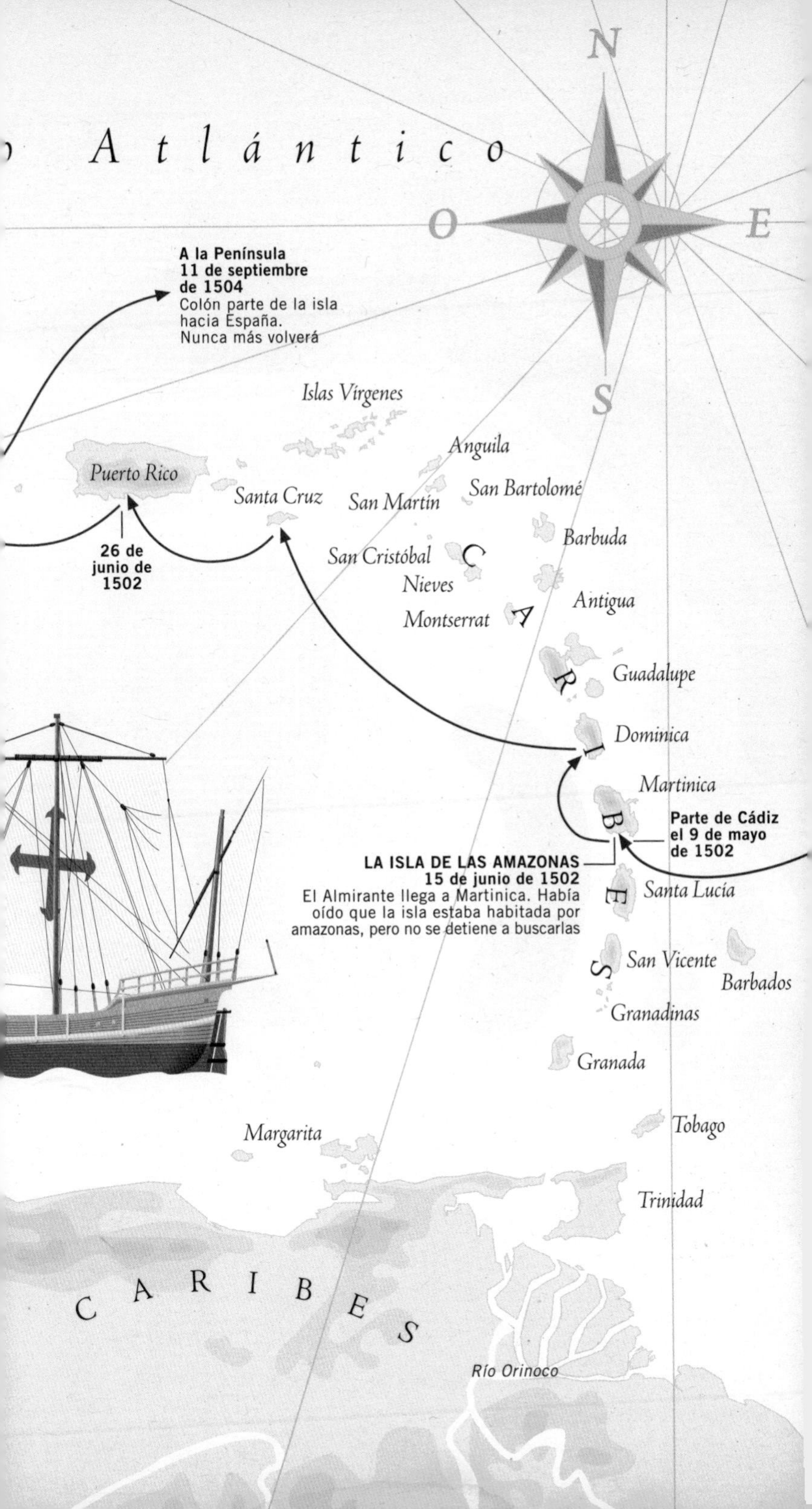

Atlántico
N
O
E
S
A la Península
11 de septiembre de 1504
Colón parte de la isla hacia España. Nunca más volverá
Islas Vírgenes
Anguila
Puerto Rico
Santa Cruz
San Martín
San Bartolomé
Barbuda
26 de junio de 1502
San Cristóbal
Nieves
Antigua
Montserrat
Guadalupe
Dominica
Martinica
Parte de Cádiz el 9 de mayo de 1502
LA ISLA DE LAS AMAZONAS
15 de junio de 1502
El Almirante llega a Martinica. Había oído que la isla estaba habitada por amazonas, pero no se detiene a buscarlas
Santa Lucía
San Vicente
Barbados
Granadinas
Granada
Tobago
Margarita
Trinidad
CARIBES
Río Orinoco

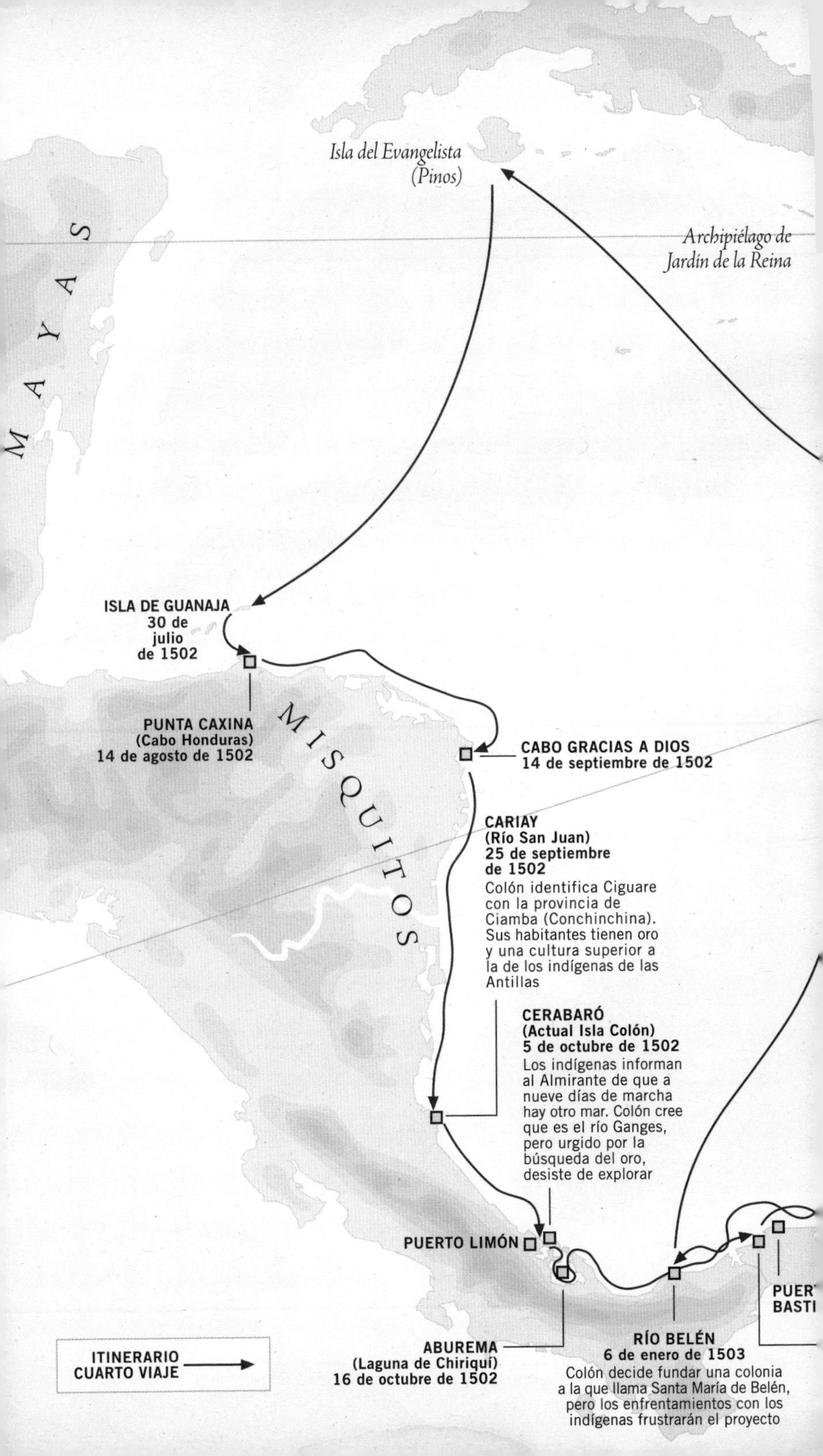

Isla del Evangelista
(Pinos)
Archipiélago de
Jardín de la Reina
MAYAS
ISLA DE GUANAJA
30 de
julio
de 1502
PUNTA CAXINA
(Cabo Honduras)
14 de agosto de 1502
MISQUITOS
CABO GRACIAS A DIOS
14 de septiembre de 1502
CARIAY
(Río San Juan)
25 de septiembre
de 1502
Colón identifica Ciguare con la provincia de Ciamba (Conchinchina). Sus habitantes tienen oro y una cultura superior a la de los indígenas de las Antillas
CERABARÓ
(Actual Isla Colón)
5 de octubre de 1502
Los indígenas informan al Almirante de que a nueve días de marcha hay otro mar. Colón cree que es el río Ganges, pero urgido por la búsqueda del oro, desiste de explorar
PUERTO LIMÓN
ABUREMA
(Laguna de Chiriquí)
16 de octubre de 1502
RÍO BELÉN
6 de enero de 1503
Colón decide fundar una colonia a la que llama Santa María de Belén, pero los enfrentamientos con los indígenas frustrarán el proyecto
ITINERARIO
CUARTO VIAJE

Miguel Ruiz Montañez (Málaga, 1962) es ingeniero y licenciado en Ciencias Económicas, campo al que, hasta ahora, se habían ceñido sus obras publicadas. Desde hace diez años es profesor asociado en la Universidad de Santo Domingo, en la República Dominicana. Precisamente en este país transcurre gran parte de *La tumba de Colón*, su primera novela, a la que siguieron *El Papa mago* y *El país de los espíritus*.

La página web del autor es *www.miguelruiz.net*

# La tumba de Colón

MIGUEL RUIZ MONTAÑEZ

ZETA MAXI

1.ª edición: septiembre 2011


para el sello Zeta Bolsillo
Consell de Cent, 425-427 - 08009 Barcelona (España)
*www.edicionesb.com*

Printed in Spain
ISBN: 978-84-9872-538-4
Depósito legal: B. 22.202-2.011

Impreso por LIBERDÚPLEX, S.L.U.
Ctra. BV 2249 Km 7,4 Polígono Torrentfondo
08791 - Sant Llorenç d'Hortons (Barcelona)

*A mi padre,*
*que ha iniciado un largo viaje*
*hacia lo desconocido*

# HECHOS

Los hechos históricos que aparecen
en este libro son veraces.

Los monumentos, lápidas, inscripciones y, en general,
todas las referencias utilizadas en esta obra,
incluidas las citas del propio Colón, son reales.

*

Cristóbal Colón, Almirante del Mar Océano,
es uno de los personajes históricos
más enigmáticos y discutidos.

Él mismo se encargó en vida de crear una imagen
contradictoria y ambigua en torno a su persona.

De ningún otro gran personaje de la historia
de la humanidad se discute, como de él,
dónde nació y dónde está enterrado.

A pesar de ser estudiado profusamente como
el descubridor del Nuevo Mundo, existen
muchos misterios sin resolver.

¿Quién era el hombre que ensanchó el mundo?

# 1

# Santo Domingo
# República Dominicana

*Haya misericordia en el cielo y llore por mí la tierra.*

Carta de Cristóbal Colón a los Reyes
Católicos. Jamaica, 7 de julio de 1503

La tormenta tropical había pasado de largo sin causar grandes estragos. Un improvisado lago, creado por la fuerte lluvia, dio lugar en breves instantes a un enorme barrizal frente a la desvencijada entrada de la comisaría.

Edwin Tavares, director del equipo de investigación de la policía científica de la República Dominicana, observaba a través de las persianas de su modesto despacho el estado de la calle tras el paso de la tormenta. El barro mezclado con las ramas de los árboles abatidos por el viento no impedía el tránsito de vehículos, que desfilaban a esa hora de la noche en hileras irregulares que trataban de sortear los troncos caídos de mayor tamaño.

Apagó el ordenador y cogió su chaqueta. Con el

pomo de la puerta en la mano, notó que su teléfono móvil daba enormes sacudidas en el interior del bolsillo de su pantalón. La llamada procedía del poderoso director nacional de policía, al cual estaba subordinado entre otros su departamento.

—Ya me iba hacia casa, jefe —dijo el policía.

—Ni se te ocurra. Ven al Faro —le ordenó.

—¿Es algo urgente? —preguntó el inspector.

—Han robado en la tumba de Colón y se han llevado todos sus restos.

No daba crédito a lo que había oído. Siguiendo órdenes, se lanzó a la calle mientras se ponía aceleradamente la chaqueta y se ajustaba la corbata, que le hizo sentir un desagradable ahogo en el cuello. Para colmo, la humedad fuera de la oficina provocó que la camisa blanca de algodón se le pegara inmediatamente al cuerpo. Esta forma de vestir era norma de la policía, y un inspector tan minucioso como él no iba a contradecir las órdenes impuestas a todo el organigrama nacional.

Una vez dentro del coche, bajó las ventanillas para que corriese el aire de la noche en el interior del deteriorado vehículo. Su sueldo no le daba para mucho y, además, el devaluado peso dominicano había causado una fuerte inflación en la mayoría de los productos y servicios del país. En particular, el alto precio de la gasolina y todas las materias importadas hacía que los dominicanos estuviesen pasando una mala racha, de la cual él mismo no se salvaba.

Puso rumbo hacia el centro de la enorme capital dominicana, que, con más de dos millones de habitantes, se había convertido en la urbe más importante de todo el Caribe. Si el Descubridor levantase la cabeza, no daría crédito al ver la magnífica ciudad que se alzaba sobre el río Ozama, allá donde quinientos años antes él y sus hombres llegaron por primera vez.

A Edwin siempre le apasionó la Ciudad Primada de América, una urbe que vive de su propia memoria. El color oscuro de su piel y muchos rasgos de su personalidad respondían al más profundo mestizaje que se había producido en aquella isla desde la llegada de los españoles. El glorioso pasado de su país era motivo de orgullo para él y para todos los dominicanos.

A solas con sus pensamientos, entró en la zona colonial, precisamente donde se encontraban todos los vestigios de aquella gesta histórica: el Alcázar de Colón, la plaza de España, la Fortaleza Ozama y, sobre todo, la Catedral Primada de América, auténtico símbolo del Nuevo Mundo. Su jefe le había ordenado dirigirse al Faro de Colón, la moderna tumba erigida en honor del descubrimiento con ocasión del Quinto Centenario, y hacia allí se encaminaba.

El intenso tráfico, el continuo ruido, así como la dificultad en la circulación no habían desaparecido a esa hora de la noche, debido a las malas condiciones de la calzada causadas por la tormenta. Una vez cerca del enorme monumento funerario, se aproximó con lentitud al ver un sinfín de luces y agentes de policía que acordonaban el Faro y desviaban el tráfico hacia otras calles.

El gran número de coches policiales, que proyectaban rayos de luces azules y rojas en todas direcciones, le hizo pensar que efectivamente algo importante había ocurrido allí esa noche. Avanzó a pie apreciando la descomunal silueta piramidal del monumento y percibiendo la exactitud y sencillez de las líneas del edificio de planta en forma de cruz. Ya cerca, pensó una vez más que no le gustaba la enorme mole de cemento y mármol en la que el presidente Balaguer decidió situar el mausoleo del Descubridor, su tumba.

Al llegar, se encontró con la cúpula de la policía dominicana en la puerta del edificio, así como con la secretaria de Estado de Cultura, Altagracia Bellido. Nunca antes se había enfrentado a algo así, por lo cual tragó saliva antes de aproximarse y dirigirse a tan distinguido comité de bienvenida.

El director nacional de policía le saludó con un gesto más adusto de lo normal, por lo que Edwin volvió a tragar saliva en menos de cinco segundos. Al acercarse, le cogió del brazo sin mediar palabra y le llevó al interior del Faro, donde se encontraba el mausoleo, sin presentarle a la secretaria de Estado de Cultura, la bella y estilizada Altagracia, muy conocida por los medios de comunicación dominicanos, pero desconocida para Edwin, que nunca antes había tenido la oportunidad de investigar un delito relacionado con el importante conjunto de obras de arte que pertenecía al Estado.

En el interior del Faro, el director nacional de policía continuó asiendo de forma violenta el brazo del subalterno, arrastrándole hasta una zona próxima a la tumba.

El imponente mausoleo de Colón siempre le impresionaba, quizá por su gran porte, muy diferente al deslucido edificio en el que se ubicaba. La espectacular altura de más de nueve metros, las innumerables piezas de mármol de Carrara y el marcado estilo gótico otorgaban a la tumba un aspecto solemne, remarcado por la presencia de una efigie femenina flanqueada por cuatro enormes leones de bronce, símbolo que representa a la República Dominicana.

Mientras era desplazado por su superior hacia algún lugar concreto, trataba de imaginar la razón por la que alguien querría robar los huesos del Descubridor de

América. Pensó que algún cuadro o alguno de los invaluables restos arqueológicos de las exposiciones permanentes de aquel sitio también habrían sido robados.

De repente, pareció que el rápido viaje al interior de la historia colombina había acabado al llegar al punto que el director nacional de policía pretendía.

—Has tardado más de lo esperado —vociferó mientras revisaba de arriba abajo si la indumentaria del policía era la correcta.

—Sabes que mi oficina está lejos, y la circulación está mal debido a la tormenta. ¿Qué ha ocurrido aquí? —expresó, al tiempo que inspeccionaba el entorno de la tumba.

—Un guachimán[1] ha muerto y otro está en el hospital con dos disparos de bala en el pecho. Ha habido un tiroteo y uno de los ladrones ha recibido al menos un tiro en la pierna —masculló el superior.

—Y ¿qué han robado? No parece que falten cosas de valor —dijo Edwin mientras continuaba explorando visualmente el lugar.

—Cuando los guachimanes llegaron, los ladrones estaban llevándose algo del interior de la tumba de Cristóbal Colón.

El director nacional de policía dirigió su dedo hacia un boquete realizado en la tumba. Edwin pudo observar que había un espacio por el cual se podía acceder a algo parecido a un nicho bastante oscuro y que olía a humedad de forma intensa.

—Y ¿se han llevado algo? No parece que haya un gran estropicio.

—Pues ni más ni menos que la urna que contiene los restos de Cristóbal Colón.

1. Guachimán: del inglés *watchman*, vigilante.

—Y ¿no se han llevado nada de valor? ¿Algún elemento ornamental de oro o algo parecido?

—Nada de nada. Esta gente sabía lo que hacía. Venían a por algo muy concreto. Han robado los restos del Almirante.

—Y ¿cómo lo sabe si aún no se ha investigado a fondo? —preguntó el policía, que observaba cómo decenas de ayudantes revisaban el lugar.

—Porque los ladrones han estampado la rúbrica del mismísimo Colón en la pared exterior del edificio —contestó Altagracia Bellido detrás del inspector—, y como usted sabe, es uno de los mayores misterios aún no desvelados que nos ha legado el Gran Almirante: su propia firma.

Edwin sintió un escalofrío, como si Colón le susurrase desde la tumba.

## 2

# Santo Domingo

*Don Diego, mi hijo, o cualquier otro que heredare el mayorazgo, después de haber heredado y estar en posesión de ello, firme de mi firma, la cual ahora acostumbro, que es una X con una S encima y una M con una A romana con una S encima, con sus rayas y vírgulas, como yo agora fago...*

Cristóbal Colón, acta de constitución de su testamento, 22 de febrero de 1498

El embajador español en la República Dominicana ofreció asiento en la sala de reuniones de la embajada a todos los asistentes. Se trataba de un asunto de clara competencia dominicana, si bien era evidente que el robo de unos restos en el columbario del forjador del Imperio español era cuando menos de interés para el Estado.

En la reunión estaban presentes el director nacional de la policía dominicana, varios ayudantes de imponente aspecto militar, elegantemente vestidos con sus rígidos uniformes, así como la secretaria de Estado de Cultura, Altagracia Bellido, y el propio Edwin Tavares, en representación de la policía científica.

Aunque el calor era realmente insoportable en la calle, la embajada estaba confortablemente dotada de aire acondicionado. El edificio, situado en un área céntrica de la capital dominicana, constituía uno de los mejores inmuebles de la avenida de la Independencia, no muy lejos de la zona colonial.

El embajador comenzó agradeciendo a todos los asistentes su presencia en la embajada dos días después de producirse el robo en la tumba de Colón. El hecho había conmocionado a la opinión pública tanto dentro como fuera del país. Los diarios nacionales y extranjeros se habían hecho eco de la noticia, y habían reabierto el debate y la controversia sobre la posible localización de los auténticos restos del hombre que unió dos mundos.

—Quiero anunciarles que el Ministerio de Cultura español está realmente preocupado por lo sucedido en el Faro esta semana. Como ustedes saben, todo lo relacionado con el Almirante es objeto de gran interés para el Estado español.

—Sabe usted, señor embajador, que cuenta con nuestra ayuda en todo lo que pueda necesitar y quiera saber relacionado con el incidente que se ha producido —expuso Altagracia, dirigiendo su mirada hacia todos los presentes.

—Por lo que respecta al Estado español, la postura oficial en relación a los auténticos restos de Cristóbal Colón es que éstos son los de la tumba de la catedral de Sevilla. Lo hemos demostrado incluso con pruebas de ADN. Para nosotros, los datos obtenidos con estas técnicas no ofrecen ningún género de dudas —expresó el embajador utilizando el tono más serio que tenía en su repertorio—. No obstante, la desaparición de los huesos conservados en este país, es decir, los restos que ustedes llevan más de cien años proclamando como los auténticos, es un hecho significativo para resolver el enigma de la localización auténtica, y por tanto, nos interesa.

—En cualquier caso, desde la policía queremos decir que el incidente es competencia exclusivamente nuestra y que por el momento no podemos exponer los detalles del robo, por encontrarse aún abierta la investigación —musitó el director nacional de policía, elevando progresivamente la voz.

—Quizá cuando le cuente nuestro especial interés en este tema cambie usted de opinión —aseveró el embajador, moviendo con inquietud unos papeles que se encontraban sobre la mesa.

El director nacional de la policía dominicana se removió violentamente en su sillón, en la impresionante sala de reuniones de la embajada española. Justo cuando acababa de encontrar un nuevo acomodo en su butaca, se abrió la puerta y entró un hombre alto, vestido con un elegante traje gris.

—Les ruego me permitan presentarles al señor Andrés Oliver, investigador de la policía científica de España —expuso el embajador.

Todos los presentes dirigieron sus miradas hacia el apuesto investigador tratando de imaginar qué hacía allí un policía español, en algo que realmente no incumbía a nadie más que a la República Dominicana.

La leve sonrisa del español delataba que había pasado en su vida por muchas situaciones como ésa, y que no le preocupaba la presencia de la alta cúpula policial dominicana en la reunión.

Oliver saludó a todos los asistentes y desplegó una pantalla al fondo de la sala de reuniones, lo que hizo que se apagaran automáticamente las luces. De inmediato, surgió una imagen en la pantalla con unos signos que reconocieron todos los presentes:[2]

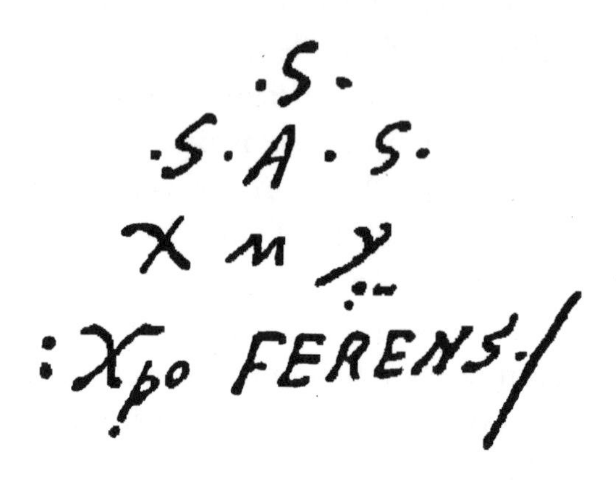


La firma del primer Almirante del Mar Océano, Cristóbal Colón, apareció sobre la pantalla con unos trazos claros y nítidos, que coincidían exactamente con la pintada del mausoleo, realizada por los ladrones tras el robo dos días antes.

—Como ustedes saben, esta firma original del Almirante coincide con la que hay ahora en la fachada del Faro —expuso Andrés Oliver.

Un intenso murmullo se produjo entre todos los presentes, por lo que el embajador solicitó silencio para atender a las explicaciones del investigador español.

—La firma del Almirante ha sido tradicionalmente uno de los mayores misterios que han rodeado el descubrimiento del Nuevo Mundo —continuó—. No obstante, no es el único enigma que existe en torno a la vida de nuestro insigne marino, e incluso tras su muerte, otras muchas incógnitas quedaron sin resolver.

2. Firma original de Cristóbal Colón.

—No estamos aquí para recibir una clase de historia —recordó el director nacional de la policía dominicana, visiblemente alterado.

—No, pero pensamos que la información que nosotros tenemos sobre algunos hechos puede ayudar a resolver el problema que ustedes tienen ahora.

—Prosiga —solicitó el embajador.

Oliver expuso que la extraña firma del Almirante, en forma de triángulo, había sido objeto de diversas interpretaciones entre los investigadores e historiadores desde hace cientos de años. Hasta ese momento, no se había llegado a una interpretación que pudiera confirmar el significado de los signos contenidos en la firma. En particular, esta forma exacta de su rúbrica era la que había empleado Colón en las cartas dirigidas a su hijo Diego.

Los presentes podían observar que la firma original del Almirante contenía tres «eses» que formaban un triángulo, y en el centro de éste aparecía una «a». Justo debajo, había una «equis» seguida de una «eme» y luego una «i griega». Todas estas letras, en mayúsculas, aparecían misteriosamente rodeadas de una serie de puntos y signos que nunca se habían logrado descifrar.

No obstante, continuaba exponiendo el investigador, lo más significativo aparecía en la base del triángulo: «: Xpo FERENS./»

—Si prescindimos de los signos, la firma de Colón puede leerse como sigue:

S<br>S A S<br>X M Y<br>Xpo FERENS

—En nuestro país también hemos estudiado la firma del Almirante durante años, si bien no hemos llegado a ninguna conclusión sobre su significado —explicó la secretaria de Estado tratando de imaginar adónde quería llegar Oliver.

—Esta firma es lo que podríamos denominar un logogrifo, dispuesto probablemente a modo de jeroglífico —explicó el investigador español—. Es decir, constituye un enigma no resuelto que alguien ha querido utilizar para dejar constancia del robo, por alguna razón que desconocemos.

—Algunas teorías recientes apuntan a que puede tratarse de una fórmula religiosa, relacionada con la posible procedencia judía de Colón, o bien de un refrendo de su catolicismo. En cualquier caso, todo un misterio —sentenció el embajador.

—Es importante reseñar que Colón concedía una relevancia significativa a su firma, que incluso mandó copiar a sus herederos al establecer el mayorazgo. Frente a algunos historiadores que piensan que esta firma triangular no es más que fruto de una simbología caprichosa creada por el Almirante, otros muchos piensan que Colón quiso dejar a sus herederos un mensaje, al mandar en su testamento firmar de igual modo a todos sus sucesores —expuso el investigador.

—Y ¿usted qué piensa? —preguntó Altagracia.

—Que muy probablemente Colón quiso dejar un mensaje oculto a sus herederos, de manera que su firma, al ser reproducida por las futuras generaciones, dejaría patente algún tipo de información relevante... —dijo pensativo Andrés Oliver.

El embajador se puso en pie y con gesto serio propuso:

—Nuestra idea es trabajar abiertamente con ustedes

de forma que entre todos seamos capaces de saber lo que ha ocurrido en el mausoleo dominicano, y por qué alguien ha querido hacerse con unos huesos en lugar de robar alguno de los múltiples tesoros históricos que encierra el Faro.

—Todo esto me parece muy chévere,[3] señores —gritó el director nacional de la policía dominicana elevando la voz—, pero ¿qué tiene esto que ver con el robo de unos huesos en nuestro mausoleo? Y sobre todo, señor Oliver, ¿qué interés tienen usted y la policía española en el robo de unos huesos en nuestro país?

—A nosotros también nos han robado nuestros restos de Colón, y ahora, en la fachada de la catedral de Sevilla, también luce la firma del Almirante, como les ha pasado a ustedes.

Oliver cerró la pantalla, y se produjo un fuerte murmullo entre los asistentes.

3. Simpático, agradable.

# 3

# Santo Domingo

*Era de alto cuerpo, más que mediano; el rostro luengo y autorizado; la nariz aguileña, los ojos garzos; la color blanca, que tiraba a rojo encendido; la barba y cabellos, cuando era mozo, rubios, puesto que muy presto con los trabajos que se le tornaron canos.*

HERNANDO COLÓN,
*Historia del Almirante*, 1537

El teléfono de Edwin Tavares sonó con fuerza mientras tomaba su merecido ron de mediodía en la calle El Conde. El tintineo del aparato despertó a muchos clientes que observaban ensimismados el largo desfile de multitud de personas de todas las razas y condiciones. La mayor calle comercial de la ciudad, a modo de improvisada pasarela de modelos, era el lugar perfecto para que la mayoría de las dominicanas lucieran su esbelta figura. La forma de caminar de las mujeres de su país siempre le recordaba a Edwin el suave balanceo de las palmeras en las bellas playas bañadas por el mar Caribe.

Antes de partir, observó que se había formado gran cantidad de nubes en el escaso tiempo que estuvo sentado. Por el color plomizo de éstas adivinó que la amenaza de lluvia era inminente, lo que sin duda sería bien recibido por los dominicanos, asfixiados por el sofocante calor.

Se encontraba a muy pocos metros de la catedral y de la sala consistorial del ayuntamiento de Santo Domingo, donde Altagracia Bellido le había convocado para tener una reunión de trabajo con el investigador español Andrés Oliver. Pagó la cuenta y se puso la chaqueta con desgana.

El edificio, de color blanco, situado en la esquina de las calles El Conde y Arzobispo Meriño, en plena zona colonial, constituía un signo más del glorioso pasado dominicano y una pieza que incrementaba el valor monumental de la Ciudad Primada de América. Los españoles construyeron allí el primer ayuntamiento del Nuevo Mundo. Subiendo las escaleras observó las pinturas originales de las paredes, que representaban distintas escenas de los colonizadores españoles, mientras procedían a difundir el evangelio entre los indios y, en otros casos, luchaban contra ellos. Le vino a la cabeza la idea de que el caso que estaba resolviendo en esos momentos estaba relacionado con esas escenas y con personas que habían vivido esos episodios quinientos años atrás.

Cuando llegó frente al despacho principal de la sala consistorial le recibió una asistente de la secretaria de Estado que le acompañó a una sala de reuniones próxima. Cruzando por un pasillo estrecho, Edwin pudo ver que al final de éste se encontraban la propia Altagracia y el investigador español.

—Señores, quiero decirles que el síndico[4] de Santo Domingo nos ha cedido este espacio, que cuenta con tres

4. Alcalde.

despachos independientes y esta sala de reuniones, en la que vamos a trabajar de forma conjunta hasta que resolvamos este caso —informó la mujer.

Los despachos tenían amplitud suficiente y estaban equipados con ordenadores e impresoras. El español observó que cada una de las dependencias lucía un enorme cuadro con la fotografía del presidente en diferentes poses.

—De igual forma, quiero manifestarles que el presidente de la República Dominicana ha enviado una carta al ministro español de Cultura en la que ofrece toda nuestra ayuda para resolver este caso por el bien de ambos países.

Edwin se quitó la chaqueta al ver que el español había hecho lo propio.

—¿No podemos disponer de un sitio con aire acondicionado? —dijo el dominicano, visiblemente sudoroso.

—He elegido este lugar porque está en la zona colonial, muy cerca de los distintos museos y archivos que pueden contener información relevante para el descubrimiento. Por tanto, puede sernos muy útil para resolver el caso.

—A mí me parece un sitio estupendo —sentenció el investigador español mirando a su alrededor.

Cerrado el debate sobre sus nuevos despachos, la mujer proyectó una presentación en una pantalla.

—Bien, señores. De acuerdo con las instrucciones dadas por el presidente, nuestro país ha aceptado la propuesta de realizar una investigación conjunta. No obstante, las reglas del juego son éstas: primero, yo seré la responsable de la investigación y coordinaré los trabajos que vayamos realizando. Ustedes, por tanto, están a mis órdenes. Segundo, toda la información de que dispongamos y que vayamos consiguiendo ha de ser puesta en mi conocimiento de inmediato, y esto va especialmente por usted, señor Oliver. Tercero, las pruebas físicas que obtengamos serán propiedad del Gobierno dominicano, sin ningún tipo de discusión. ¿Ha quedado claro?

—Perfectamente —dijo Oliver, moviendo la cabeza en señal de asentimiento.

—Claro, claro —respondió Edwin al ver que esperaban su respuesta.

—Bien, una vez dicho esto, le ruego, señor Tavares, que nos exponga las últimas investigaciones realizadas.

El policía dominicano explicó que estaban siguiendo el rastro de dos personas que habían alquilado un coche en el Aeropuerto de Las Américas dos días antes del robo. El vehículo sospechoso, una yipeta[5] negra marca Toyota de fabricación reciente, por tanto, un modelo no muy habitual en las calles de la capital, había sido visto en las inmediaciones del mausoleo la noche del robo. La policía se estaba centrando en la búsqueda de este vehículo y en el rastreo de hospitales, dado que uno de los ladrones había recibido un balazo de los guachimanes. Por el momento, no se había encontrado nada.

—Quizá podamos iniciar la investigación revisando la información que tienen nuestros respectivos países sobre los restos de Colón, ¿les parece? —propuso Altagracia.

Andrés Oliver comenzó explicando que estaba probado que Cristóbal Colón falleció en Valladolid el 20 de mayo de 1506. A los tres años de su muerte y enterramiento, el cadáver fue exhumado y trasladado a Sevilla, donde permaneció muchos años.

Posteriormente, la viuda de su hijo Diego, doña Ma-

5. Vehículo similar al todoterreno.

ría de Toledo y Rojas, tras la muerte de éste intentó durante años trasladar los restos de su marido y del Almirante a Santo Domingo, la primera gran ciudad del Nuevo Mundo, que para entonces se había convertido en el centro de todas las operaciones de los españoles en el Caribe.

—Corría probablemente el año de 1544 —continuó exponiendo—. El primer gran templo de este Nuevo Mundo ya estaba construido para entonces, lo que motivó a los herederos del Descubridor a traer los restos aquí, a Santo Domingo, en cumplimiento de su voluntad, que según parece expresó en diversas ocasiones a sus seres más queridos. Aquí, por tanto, quedaron enterrados Cristóbal Colón y su hijo, para gloria de ambos.

»La cesión temporal de la isla La Española a Francia en 1795 —continuó explicando— provocó que los restos del Almirante fuesen trasladados a Cuba, con el objeto de que éstos permaneciesen en suelo patrio. La estancia cubana de Colón acabó en 1898, cuando España perdió la última gran colonia que tenía en el Caribe. De nuevo, los restos iniciaron un viaje transoceánico para acabar, esta vez de forma definitiva, en la catedral de Sevilla, donde según la versión española, permanecían hasta ahora —terminó de exponer Andrés Oliver.

La secretaria de Estado confirmó que la versión dominicana era radicalmente distinta. Cuando en 1795 La Española cayó en manos francesas, los españoles trasladaron unos restos a La Habana. Hasta ahí, todo bien. Si no fuera porque casi cien años más tarde, exactamente en 1877, varios obreros que restauraban la catedral de Santo Domingo reabrieron la fosa y encontraron una cámara mortuoria escondida. Tras la obtención de los permisos para abrir el nuevo y sorprendente hallazgo, las autoridades dominicanas localizaron un féretro que contenía fragmentos de huesos y una placa grabada con la frase: «Aquí yacen los restos del Primer Almirante Don Cristóbal Colón.»

—Este hecho fue documentado por numerosas personalidades dominicanas y es aceptado como auténtico por múltiples historiadores internacionales —explicó la mujer tratando de convencer al español.

»La tesis dominicana defendida desde entonces apunta a que los restos que se enviaron a Cuba eran los de Diego Colón, hijo del Almirante, que había sido enterrado en el templo, cerca de la tumba de su padre. No obstante, otras fuentes señalan que los restos enviados a la isla vecina podrían ser los huesos de cualquier otro miembro de la familia Colón, dado que en el panteón de la Catedral Primada de América también fueron enterrados otros descendientes.

—Según la teoría dominicana, ¿por qué se cometió un error tan burdo en un tema tan importante como éste? —interrogó el español, para tratar de poner en un aprieto a la mujer, con una historia que él conocía bien.

—Hay muchas teorías, si bien es necesario comprender el devenir de esta isla en el transcurso de los siglos XVI y XVII —contestó Altagracia—. La razón del error en los restos enviados a Cuba estriba, siguiendo la tesis dominicana, en que cuando Francis Drake amenazó con atacar Santo Domingo en 1585, las autoridades del momento se apresuraron a exhumar al Almirante para protegerlo. Posteriormente, no lo devolvieron a su ubicación original, junto al altar mayor. En ningún caso existe constancia de que figurase una lápida sobre la tumba del Descubridor.

Los hombres se miraron entre sí, siguiendo las explicaciones de la secretaria de Estado.

—De hecho —explicó la mujer—, la posición del altar mayor de la catedral ha cambiado varias veces de sitio en los casi quinientos años de existencia de este importante templo. Por tanto, la tesis dominicana tiene una base histórica sólida, hasta el punto de que es aceptada por expertos internacionales.

—La versión dominicana siempre ha sido rechazada en nuestro país —afirmó Oliver—. Cuando se descubrió la nueva tumba en la catedral de Santo Domingo, siendo ya la República Dominicana un país independiente y Cuba la última gran colonia española en el Caribe, la Real Academia de la Historia, a instancias de Cánovas del Castillo, emitió un veredicto rotundo: «Los restos de Cristóbal Colón, Almirante del Nuevo Mundo, yacen en la catedral de La Habana, a la sombra de la gloriosa bandera de Castilla.»

»Por lo tanto, nuestros países llevan más de cien años disputándose la posesión de los auténticos restos del Descubridor del Nuevo Mundo, sin confirmarse si ustedes o nosotros tenemos al verdadero Cristóbal Colón —concluyó el investigador español.

—Se equivoca, señor Oliver. Ahora sí que podemos afirmar que ni ustedes ni nosotros tenemos los huesos del Almirante —sentenció Altagracia.

*

La lluvia caía abundantemente sobre la plaza de la catedral cuando los tres investigadores abandonaron el edificio consistorial para comer. Decenas de escolares vestidos con uniforme azul celeste trataban de refugiarse del aguacero en alguno de los comercios cercanos. Andrés observó la estatua de Cristóbal Colón en el centro de la plaza, en su tradicional posición con el brazo alzado. Comprobó que el monumento tenía una inscripción y decidió que volvería más tarde para leerla.

Se dirigieron hacia el Mesón de Bari, en la calle Hostos, cerca de las ruinas del Hospital de San Nicolás. El restaurante, ubicado en una de las casas más antiguas de la zona colonial, fue especialmente recomendado por Altagracia, que parecía conocerlo bien. Al llegar, tanto Andrés como Edwin, que desconocían el lugar, se encontraron con un tranquilo establecimiento lleno de intelectuales dominicanos que debatían sobre múltiples temas de la actualidad caribeña. El sitio ofrecía como complemento a sus clientes una amplia exposición de obras pictóricas de los principales artistas del lugar.

Nada más cruzar la puerta, Altagracia atrajo la atención de una buena parte de los comensales, que desviaron sus miradas de forma instintiva hacia ella. Sin duda, era muy conocida por la reducida elite intelectual y política de su país. No obstante, Andrés pensó que también podía deberse a su físico, dado que con una piel canela aterciopelada y su pelo liso largo, así como con su escultural silueta, la mujer componía el mejor reflejo del mestizaje de las Antillas.

Consiguieron una mesa en la planta superior junto a una de las ventanas. La dominicana les recomendó el cangrejo a la criolla, el lambí,[6] y cómo no, los tostones de plátano. Los hombres aceptaron la propuesta.

—¿Le va gustando nuestro país, señor Oliver? —preguntó Edwin.

—Sí, por supuesto. Me parecen excepcionales sus riquezas históricas, los escenarios naturales y, sobre todo, su gente.

6. Caracola de mar.

—Quizá podamos ayudarle a conocer también nuestra gastronomía y, por qué no, nuestra música y costumbres —añadió Altagracia.

—Claro que sí, será para mí todo un placer.

Decidieron tutearse, e incluso compartir unos tragos de ron.

*

La noche presentaba un impresionante cielo lleno de estrellas. Más espectacular aún era la proyección que sobre él hacía un potente rayo láser, que desde el Faro de Colón, emitía una imagen en forma de cruz hacia el firmamento, visible desde una buena parte de la ciudad. Oliver adivinó que la señal partía precisamente del edificio que había albergado los restos del Almirante, si es que alguna vez habían estado allí.

Abandonó el hotel Jaragua, en el cual se alojaba esos días. Caminando por el malecón, no pudo sino reflexionar sobre el extraño robo y su conexión con el de Sevilla. Sin duda, los ladrones habían operado de forma coordinada en ambos países, y habían querido dejar patente este hecho mediante la firma del Almirante en la entrada de los edificios expoliados.

Había quedado con sus dos colegas en un bar de típico sabor caribeño llamado El Sartén. Decidió ir dando un paseo porque en el hotel le habían indicado que el bar se encontraba en la zona colonial, a unos treinta minutos andando. El sol del atardecer ofrecía unos sorprendentes colores que se reflejaban en las aguas del Caribe a lo largo del malecón.

Observó que alguien le seguía.

Con el mayor disimulo posible, paró en uno de los

establecimientos de la zona que servían tragos de ron y otras bebidas. Pidió una cerveza Presidente, la más conocida del país, y puso en alerta los sentidos. El hombre que le seguía continuó hacia delante, y le perdió de vista. Andrés comprobó que era un hombre de mediana edad, unos treinta y cinco años, vestido con un traje marrón y corbata de tonos variados. Un policía dominicano, pensó sin vacilar. Pagó su cerveza y avanzó hacia el punto de encuentro con celeridad. Cuando llegó, encontró un local de reducidas dimensiones, iluminado mediante tenues luces de color azulado. Una bachata sonaba de fondo cuando observó que ya se encontraban allí tanto Altagracia como Edwin. Tomó asiento junto a ellos y lo primero que hizo fue contarles lo sucedido minutos antes.

El dominicano trató de quitar hierro a la situación, intentando alegrar la velada.

—¿Dispuesto a vivir una noche caribeña? —preguntó.

—Bueno, si tu gente no me da más sustos, puede que lo pase bien —contestó con sequedad.

—No sé de qué me hablas. Puedes tener absoluta seguridad de que no es mi gente. La policía científica no se dedica a eso —respondió extrañado.

—Bien, mañana me encargaré de hablar con el director nacional de policía y aclarar lo sucedido. ¿Cómo sabes que se trata de un policía dominicano? —preguntó Altagracia algo confusa.

—Intuición profesional.

Para terminar con la tensa situación, la mujer les propuso pedir un trago de ron e invitó a Edwin a bailar un merengue para que el español observase y aprendiese. Andrés Oliver se interesó por el ritmo, si bien determinó que nunca sería capaz de volar sobre la pista como ellos lo hacían.

*

Al día siguiente, en las oficinas, Altagracia informó de que había pedido explicaciones al departamento de policía sobre el suceso de la noche anterior, y propuso hacer una reunión conjunta para poner en común las pistas encontradas y la situación general del caso.

—Tengo la sensación —comenzó a exponer Oliver— de que no estamos acertando en el fondo de la cuestión. Quizás el hilo conductor de este caso no esté en los restos en sí, de uno y otro de los miembros de la familia Colón, sino en algún otro misterio de los que han acompañado al Almirante desde su muerte.

—¿A qué te refieres? —preguntó el dominicano.

—La muerte de Cristóbal Colón dejó sin resolver muchos enigmas —continuó exponiendo el investigador español—. Si me permitís, puedo contaros las distintas facetas de este personaje histórico que aún no han sido aclaradas quinientos años después de su muerte.

—Adelante —propuso la mujer—. Esto puede ayudarnos a centrar el caso e ir abriendo líneas de investigación.

El español inició una explicación ordenada de los enigmas colombinos. El primer misterio, y uno de los más significativos, era su origen. Tradicionalmente aceptada la procedencia genovesa, no existían pruebas sólidas que confirmaran el origen italiano del marino. Frente a teorías que apuntaban a un origen portugués, francés o de algún otro país europeo, las tesis más consolidadas y sobre las que se estaba investigando en ese momento se dirigían hacia un origen catalán o balear.

—La procedencia genovesa, aunque sigue siendo la más afamada, es muy cuestionada por muchos historiadores. Entre otras razones, es extraño que Colón no utilizara nunca el italiano ni para dirigirse a los banqueros genoveses, como demuestran múltiples escritos de la época —explicó el español—. El origen catalán del Descubridor, por ejemplo, estaría avalado por el hecho de proceder de una familia judía conversa; dato que Colón podría haber intentado ocultar durante toda su vida, y de forma permanente en sus negociaciones con los Reyes Católicos debido a la expulsión de los judíos que éstos decretaron y a la fuerte aversión que se produjo hacia aquéllos en los años siguientes. Por tanto, no es nada descabellado pensar que nuestro Almirante pudo haber nacido en Cataluña o bien en algún lugar de las islas Baleares.

—Tengo entendido que también hay propuestas un tanto alocadas sobre el origen del Almirante. ¿Es así? —preguntó la mujer.

—Sí. Existen teorías muy alejadas de la realidad —continuó Oliver—. Éstas apuntan a que Colón nació en América, procedente de algún remoto lugar poblado por templarios que habrían abandonado el puerto de La Rochelle el 14 de octubre de 1307, sin rumbo conocido. Es cierto que cuando el rey de Francia Felipe IV el Hermoso y su canciller Guillermo de Nogaret ordenaron apresar a todos los templarios, éstos desaparecieron sin dejar rastro y nunca más se ha sabido de ellos. Los que apuntan esta procedencia templaria del Almirante sustentan su teoría en que Colón tenía conocimientos náuticos muy superiores a los de su época, y que conocía perfectamente la dirección que habría que seguir para llegar al Nuevo Mundo.

Edwin atendía a las explicaciones exhibiendo una elocuente expresión de sorpresa en su rostro. Jamás había oído algo parecido.

—Por supuesto, yo no creo en absoluto esta relación del marino con la Orden del Temple —dijo el español entre risas—. Independientemente de estas teorías sobre su posible procedencia, es cierto que este último punto, es decir, el posible conocimiento de la ruta exacta antes de iniciar el primer viaje, constituye el segundo gran misterio en torno a nuestro Almirante.

»Este segundo enigma, aún más significativo que el anterior, señala que Colón tenía conocimientos náuticos avanzados para su época, desconocidos para los grandes marinos del momento. Son muchas las fuentes que apuntan que conocía con anticipación la ruta para llegar al Nuevo Mundo.

—Pues tampoco tenía yo noticia de este tema —expresó el dominicano, que seguía mostrando signos de sorpresa en su rostro.

—La tesis más consolidada en este sentido es la del piloto desconocido —continuó narrando el español—. Colón podría haber tenido acceso a los restos de un naufragio durante su estancia en Porto Santo, o bien en un viaje a La Gomera. Una nave procedente del oeste, con sólo seis marinos vivos a bordo, habría llegado a tierra tras una travesía llena de problemas y un intenso temporal.

»El piloto de esta nave, llamado Alonso Sánchez y procedente de Huelva, en el sur de España, habría sido arrastrado hacia el oeste en una sucesión de vientos y tempestades que le impidieron volver a tierra. Una vez en medio del océano, sin velas y sin recursos, él y su barco se dejaron llevar de forma desesperada hacia donde la suerte les llevase.

»Tras diez semanas de travesía, la nave alcanzó alguna isla del mar Caribe, donde pudieron alimentarse de frutas una vez logrado el favor de los nativos, que los consideraron dioses llegados del cielo —siguió explicando—. Resuelto el problema de la comida, iniciaron un periplo por distintas islas durante el cual podrían haber conseguido reponer los elementos imprescindibles de la nave y calafatear el barco. Meses después, en el viaje de regreso, un gran número de incidentes y enfermedades azotó a los marinos. Entre otras, una extraña enfermedad afectó gravemente a los navegantes que habían copulado con las nativas.

»El piloto habría trabajado intensamente durante esta accidentada travesía de vuelta, reconstruyendo la ruta y dibujando cartas náuticas con los mejores cálculos posibles. Al llegar a tierra, Alonso Sánchez sólo sobrevivió seis días, y acabó entregando sus notas y cartas al navegante Cristoforo Colombo, al servicio de Portugal por aquel entonces —concluyó.

—Nunca tuve conocimiento de esta extraña historia —reflexionó la dominicana.

—Ni yo —afirmó Edwin, mientras encendía un cigarrillo para relajarse de la densa clase de historia que estaba recibiendo.

—Bueno, es un relato relativamente conocido y estudiado por algunos investigadores, que apuntan que todo esto sucedió aunque no puede demostrarse con rotundidad. Pero para corroborar en cierta forma los hechos, baste decir que en Huelva existen parques, estatuas y otros elementos en honor del piloto.

—¿Piensas que podría haber alguna relación con nuestro caso? —interrogó Edwin.

—No la veo por el momento, si bien no es ésta la única fuente en la que pudo inspirarse Colón para adivinar la ruta hacia oriente.

Oliver explicó que durante su estancia en Portugal Colón estuvo en contacto con la flor y nata de los científicos, geógrafos y navegantes que dominaban el mundo náutico del siglo XV. En Lisboa conoció a un alemán que influyó notablemente en sus ideas. Su nombre era Martin Behaim y fue el primer geógrafo que construyó un globo terráqueo.

—Aunque tradicionalmente se ha dicho, y mucha gente de forma errónea lo cree, Colón no fue el primero que dijo que la tierra era redonda —expuso Oliver—. Cuando el marino elaboró su proyecto de ir a las Indias por occidente, ya se aceptaba la esfericidad del globo terráqueo. El dilema era la dimensión de la tierra. Nadie imaginaba que se podía ir al oriente por occidente. Colón, en este sentido, sabía que a unas setecientas leguas había tierra. O lo imaginaba. En cualquier caso, nuestro Almirante llevó a cabo su proyecto descubridor y halló un Nuevo Mundo.

Altagracia se acomodó en su silla y acertó a preguntar:

—Y ¿cuál es el tercer gran misterio en relación con Colón que mencionaste al principio?

—Su extraña firma —respondió Oliver—. Y éste, sin duda, sí que es uno de los misterios relacionados con nuestro caso.

El español no había terminado de pronunciar la frase cuando el teléfono de Edwin Tavares sonó. El director nacional de policía les requería urgentemente en su despacho.

Habían encontrado las primeras pruebas del robo.

*

El coche oficial de la secretaria de Estado les había llevado hacia el enorme edificio de la central de policía en pocos minutos. La mujer sentía escalofríos cada vez que entraba en aquel inmueble, de formas rectas y techos altos, construido en la época del dictador Trujillo. De alguna forma, el arquitecto había diseñado el edificio para impresionar, y lo había conseguido.

El mármol gris exageradamente pulido del suelo y el oscuro granito verde utilizado en las paredes conferían al edificio un aspecto siniestro, reforzado por la presencia de gruesos barrotes de hierro forjado en todas las ventanas.

Los tres investigadores permanecían sentados frente a la mesa del director nacional en espera de su llegada inminente. Habían llegado lo antes posible y en esos momentos se encontraban expectantes ante la noticia del hallazgo.

—Vaya silencio sepulcral —acertó a decir Edwin, mirando a sus compañeros.

—Nunca mejor dicho, amigo mío —rió Oliver.

Cuando aún sonreía el español por la ocurrencia del dominicano, entró el director con otros dos mandos de la policía, y casi sin sentarse comenzó a vociferar:

—Hemos encontrado un apartamento en un barrio periférico de la ciudad donde han estado escondidos los malhechores estos días. Pensamos que no se han movido de allí en todo este tiempo. Desafortunadamente, se nos han escapado, aunque creo que los podremos coger. He puesto a un gran número de mis hombres a perseguirlos. Ya veremos.

—¿Sigue vivo el herido? —preguntó Edwin.

—Sí. Todo parece confirmar que ha sido sanado allí mismo, porque hemos encontrado vendas y material médico suficiente para curar una herida de bala. Tengo que decirles que hemos localizado la yipeta negra y mucho material escrito, que quiero que ustedes vean.

Desplegó sobre su mesa decenas de papeles, en su mayoría notas manuscritas de los ladrones, así como gráficos de la catedral, el Faro y otros lugares históricos de la capital dominicana, todos localizados en la zona colonial, la más antigua de la ciudad.

—Parece que tenían también otros objetivos —dijo el director—. Me preocupa que tuvieran mucha información sobre la catedral, así como de otras iglesias y monumentos de la zona. No tengo ni idea de lo que perseguía esta gente.

—¿Qué son esas notas? —preguntó el español, señalando unas hojas con unos garabatos de las inscripciones de varios monumentos dominicanos, incluida una que rezaba:

*Ilustre y Esclarecido Varón Don Cristóbal Colón.*

—Vaya, es la inscripción que tenía la urna en la que fueron encontrados los restos de nuestra catedral, en 1877 —expuso Altagracia—. Parece que los ladrones están interesados en este tipo de leyendas. ¿Por qué querrían anotar tantas veces esta frase en estos folios?

—Todo esto me parece muy significativo —respondió Oliver—. Viendo estas frases y estos dibujos, yo diría que los autores del delito parecen interesados en encontrar algo más que los huesos.

Observaron distintas anotaciones realizadas por los ladrones, entre las cuales se encontraban varios cuadros con diferentes combinaciones de palabras y textos, provenientes de las leyendas del cofre en el que fueron encontrados los restos del Almirante, así como los textos de las inscripciones de varios monumentos erigidos en honor del Descubridor.

—¿Y los huesos? ¿No estaban allí? —preguntó Altagracia.

—No, es lo único que no hemos encontrado —respondió el director nacional de policía—. ¿Tienen ustedes alguna idea de lo que hacía esta gente? ¿Por qué estaba tan interesada en estas inscripciones?

Se miraron unos a otros sin encontrar el motivo.

# 4

# *Santo Domingo*

*De muy pequeña edad entré en la mar navegando, e lo he continuado fasta hoy... Ya pasan de cuarenta años que yo voy en este uso. Todo lo que fasta hoy se navega, todo lo he andado. Trato y conversación he tenido con gente sabia, eclesiásticos y seglares, latinos y griegos, judíos y moros, e con otros muchos de otras sectas...*

CRISTÓBAL COLÓN, 1501

Habían determinado la necesidad de tener una reunión con varios historiadores dominicanos que, de distintas formas, habían estudiado los acontecimientos relacionados con los restos de Colón. El prestigio social de las personas elegidas, así como el reconocimiento unánime que les habían concedido los medios de comunicación y de opinión de su país les hacían merecedores de un gran respeto profesional, que sería muy útil para avanzar en las investigaciones del caso.

El sitio elegido para el encuentro informal con estos eruditos había sido, de nuevo, el Mesón de Bari. Una mesa en la planta superior, que fue cerrada con ese motivo, sirvió como improvisada aula universitaria donde el equipo investigador habría de recibir una charla magistral impartida por los historiadores. El objetivo fundamental era extraer ideas que pudieran ayudarles en la investigación que estaban llevando a cabo.

Altagracia presentó al equipo allí reunido.

El primer intelectual, un hombre de avanzada edad, pelo canoso, bigote y gafas de concha, fumaba un inmenso puro que llenaba con su característico aroma toda la estancia. Fue presentado como don Rafael Guzmán, rector de la prestigiosa Pontificia Universidad Católica Madre y Maestra, conocida popularmente como la PUCMM, una entidad creada en 1962 tras la muerte del dictador Trujillo y que concentraba una serie de disciplinas universitarias de gran aceptación en la sociedad dominicana.

El siguiente erudito, profesor de la Universidad Autónoma de Santo Domingo, la UASD, fue presentado como don Gabriel Redondo. Había escrito varios libros sobre el descubrimiento de los restos del Almirante en el siglo XIX, y se había especializado en la historia colombina, aunque su fuerte lo constituía el desarrollo urbanístico de Santo Domingo a partir de su fundación. También de avanzada edad, Redondo conservaba parcialmente el color de su pelo, y mostraba unos rasgos que dejaban adivinar que había sido un joven muy apuesto.

Cerraba el equipo de historiadores la prestigiosa profesora del Instituto Tecnológico de Santo Domingo, el INTEC, doña Mercedes Cienfuegos. Especialista en historia económica colombina, había realizado un doctorado en una universidad americana, y contaba con múltiples publicaciones que le habían valido el reconocimiento internacional en la materia. La expresión de su rostro, marcada por unos rasgos angulosos, revelaba firmeza y confianza. Su cabello blanco, pulcramente alisado y peinado hacia atrás, sin grandes arreglos, le confería un aspecto decididamente intelectual.

Oliver observó de forma detenida a cada uno de los profesores durante la exhaustiva presentación que hizo Altagracia, donde alabó con infinitos adjetivos a sus amigos, y especialmente, a su mentora. El español agradeció la presencia de los prestigiosos historiadores y trató de romper el hielo con una primera reflexión informal:

—Veo que fuma usted un sensacional puro habano.

—Se equivoca, señor Oliver —respondió Rafael Guzmán—. Este puro es dominicano, normalmente mucho mejor que los cigarros de la isla vecina.

—Vaya, lo siento —expresó el español—. La verdad es que yo no fumo y siempre había pensado que los puros procedían de Cuba.

Edwin aprovechó la discusión para encender un cigarrillo, que contribuyó a enrarecer aún más el ya viciado aire de la habitación.

Altagracia, con objeto de conducir la conversación hacia el asunto de la reunión, realizó una primera pregunta directa a los presentes.

—¿Tenéis idea de por qué quieren los ladrones unos huesos?

—Tienen ustedes que saber que se trate de lo que se trate, esos huesos en sí encierran un gran valor histórico y económico. Habría muchas personas que pagarían por ellos —respondió el rector, Rafael Guzmán.

—Ciertamente, el valor económico de lo robado no debe perderse de vista —tomó la palabra Gabriel Redondo—. Todo lo relacionado con Cristóbal Colón y sus descendientes tiene una enorme valía en este país. Piense que solamente las cartas del Almirante que aparecen de vez en cuando, muchas de ellas falsificadas, adquieren en las subastas precios altísimos.

—De hecho, creo que ustedes deben saber que incluso la urna donde se encontraban los restos tiene un gran valor. Hay quien piensa que se daría un buen puñado de dólares por ella. La prensa dominicana ha versado sin parar sobre este tema desde el robo —sentenció doña Mercedes.

—Si el móvil del robo fuese económico, ¿por qué querrían entonces dejar rastro los ladrones dibujando la firma de Colón en la fachada? —se aventuró a preguntar Edwin.

—Hemos tenido conocimiento de que también han robado los restos de Sevilla, porque la prensa española no habla de otro tema desde entonces —expuso Rafael Guzmán—. La acción combinada de ambos robos, dejando los mismos rastros en los dos sucesos, puede significar que los autores del delito buscan la polémica, o bien, que han querido dejar una pista con algún significado para alguien.

Oliver expuso que ésa era una de las teorías que se manejaban en la investigación española, centralizada en el suceso de Sevilla. Si el motivo del robo fuese económico, no parecería lógico que los autores dejaran rastro de su delito y menos, con el tamaño tan enorme que le habían dado a la firma.

—Ustedes los policías suelen desconfiar de todo —se aventuró doña Mercedes—. ¿No podrían querer despistar mediante la firma? Yo creo en el móvil económico. Mucha gente quisiera tener los restos del Almirante y pagaría por ello.

—Entonces, ¿por qué no robaron otros artículos de

valor del Faro además de los restos? —preguntó Altagracia, mostrando su incertidumbre sobre este aspecto.

Gabriel Redondo explicó que los tesoros que encerraba el Faro eran de gran relieve para la historia dominicana, y que suponían las claves para entender el descubrimiento del Nuevo Mundo y la era precolombina. No había que olvidar el enorme valor que poseía la exposición del arte de los indios taínos, pobladores de la isla antes de la llegada de los descubridores. Quizá los ladrones habían dado más valor a los restos que a otros elementos del Faro debido a la enorme expectación creada en prácticamente todo el mundo sobre la autenticidad de los huesos españoles frente a los dominicanos, y a que desconocían que la tumba de Colón en Santo Domingo encerraba otros valiosos tesoros.

—Señores —comenzó a disertar el rector Rafael Guzmán—, este país es el más antiguo de toda América. No hemos sido el primer país libre, pero sí la nación donde antes ha existido una grandeza de hechos históricos y acontecimientos que han marcado la humanidad. Nuestro pasado es glorioso, a pesar de que la situación actual de la clase política dominicana y la escasez de recursos hacen que, en el concierto internacional, la República Dominicana no ocupe un puesto de primer nivel. Ello no quiere decir que no exista un amor por lo nuestro, por nuestra historia, y por tanto, les puedo asegurar que todo lo contenido en el Faro es de un enorme valor para el pueblo dominicano.

—¿Qué le hace suponer que los ladrones son dominicanos? —acertó a preguntar Oliver.

—Estamos conjeturando, señor Oliver, no he querido ofrecer una idea fija...

—Ya.

—Yo pienso que no deben perder ustedes de vista nuestras ideas, aunque no les convenzan —aseguró doña Mercedes—. Los misterios colombinos que no han podido resolverse en los últimos quinientos años, muchos de ellos relacionados con nuestro pasado, pueden aparecer en el transcurso de su investigación. No me cabe la menor duda.

Altagracia tomó la mano de doña Mercedes Cienfuegos, lo que no pasó desapercibido para Oliver.

*

De vuelta a sus despachos, los tres investigadores decidieron poner en común lo obtenido hasta el momento. La postura de Edwin era seguir investigando lo relativo al robo, y rastrear cualquier intento de los ladrones de vender la mercancía robada en el mercado nacional e internacional, mediante un acuerdo con la Interpol. Altagracia manifestó su apoyo a esta línea de trabajo, sustentada en la conversación con los eruditos dominicanos y en la suposición de la policía del país sobre el móvil del robo basado en el alto valor de las reliquias sustraídas.

—Vamos por mal camino —dijo Andrés Oliver, sorprendiéndoles—. Las teorías de vuestros amigos son muy respetables. No obstante, la línea de investigación que nosotros estamos siguiendo en España es muy distinta.

—Recuerda que has prometido compartir con nosotros toda la información relevante, y que cualquier hecho o prueba que aparezca debe estar en nuestro conocimiento de forma inmediata —recordó Altagracia, tratando de utilizar un tono serio.

—Mis colegas españoles están siguiendo una estrategia para el análisis del robo de la catedral de Sevilla muy diferente a la nuestra. He comentado con ellos toda la información hallada en este caso, y nuestra línea de indagación va por otro lado.

—Y ¿qué sugieres? —preguntó Altagracia.

—Viajar juntos a Sevilla y ver lo que han encontrado allí, mientras la policía dominicana prosigue la investigación aquí.

La propuesta fue debatida y aceptada por todos, dado que, por el momento, no había nuevas pruebas ni indicios que pudiesen abrir otras líneas de trabajo.

*

Edwin visitó a su jefe en la central de policía de la capital dominicana para notificarle los detalles del viaje a España. Por segunda vez en los últimos días, entró en el imponente edificio y observó una vez más su sobria arquitectura. Las enormes columnas y los altos techos hacían que cada paso del policía sonase con gran estruendo. Penetró en la estancia del director nacional y narró a su jefe con todo detalle lo analizado hasta ese momento, exponiéndole las distintas teorías que habían desarrollado sobre los robos.

—Vamos a viajar a Sevilla para conocer lo sucedido allí —explicó Edwin, tratando de obtener su aprobación.

—Me parece bien —indicó el director nacional de policía—. Pero recuerda que debemos ser cautos en todo lo que hagamos. Para nosotros es muy importante dejar claro que los restos que nos han robado son los auténticos, y, en consecuencia, debemos recuperarlos.

—Claro.

—No tan claro. Si nosotros encontramos nuestros huesos y ellos no, entonces...

—¿Qué insinúa? —preguntó nervioso Edwin.

—El Faro de Colón y el hecho de que estén allí los restos del mismísimo Almirante Descubridor del Nuevo Mundo hacen que vengan a nuestro país todos los años millones de turistas. ¿Te imaginas que no recuperamos los restos? ¿O que se encuentran los de Sevilla y no los nuestros? Perderíamos muchos millones de pesos en ingresos turísticos, uno de los principales pilares en nuestra maltrecha economía.

—No entiendo qué puedo hacer yo.

—El presidente me ha pedido que hagamos todo lo posible por mantener el statu quo en relación a la tumba de Colón, y que recuperemos nuestros huesos inmediatamente. Cualquier cosa que hagamos por demostrar que nuestras reliquias son las auténticas, e incluso recuperarlas sin que los restos españoles aparezcan, nos daría una ventaja muy interesante para relanzar nuestro país mundialmente. ¿Te imaginas lo que podríamos sacar nosotros de esto? —inquirió mientras daba una larga calada a su cigarro, dejando la mirada perdida en el techo.

*

Altagracia se encontraba en su despacho oficial cuando su secretaria le anunció por el teléfono interno que tenía una llamada de su madre. El viaje a Sevilla le parecía una buena idea para encontrar nuevas pistas. No era la primera vez que viajaba a España, pero sí la primera que iría a la ciudad por la que había entrado el oro de América. Como historiadora y experta en arte, le encantaba la idea de visitar los distintos monumentos hispalenses, y por supuesto, la catedral y la tumba española de Colón.

—Ya te he preparado todo lo que me has pedido, pero no sé si es buena idea que viajes a España con el policía y ese español desconocido —le indicó su madre, mostrándole su preocupación.

—Vamos, madre, siempre estás con lo mismo. Éste es mi trabajo y me debo a él. No te preocupes, que algún día encontraré a ese hombre que me proteja y que te dé los nietos que tú quieres. Mientras tanto, deja que disfrute con este trabajo.

—Eres muy bella y has de tener cuidado con los hombres. ¿Cómo es ese Edwin Tavares? Al menos viajas con un policía, que cuidará de ti.

—Es un buen hombre, muy simpático, me cae bien y baila estupendo —le contestó Altagracia, entre risas.

—Vaya, ¿no te estarás enamorando de él? —preguntó la madre, pensando que podía haber algo más que una relación profesional.

—Madre, tienes cada cosa...

*

Oliver aprovechó el día anterior al viaje a Sevilla para hacer algunas compras en la zona colonial de la capital dominicana. Vivir solo, estar soltero y sin mucha familia a su alrededor le permitía dedicarse a sus trabajos en exclusiva. Como policía y como profesor en la universidad, ya tenía bastante ocupación en la vida. Pensó que algún alumno de las clases de doctorado en la Universidad Complutense de Madrid agradecería un pequeño regalo relacionado con el arte taíno. La policía científica y las clases en la universidad componían la mayor parte de su mundo. A sus casi cuarenta años, la vida le había reportado muchos éxitos profesionales en la policía, lo cual le suponía un estímulo muy importante para progresar en su carrera, si bien la actividad docente en la universidad le permitía estar en contacto con un entorno distinto, menos tenso que el otro, y en el que podía seguir enriqueciendo sus conocimientos.

Algún día podría alcanzar su objetivo más importante, por el que llevaba luchando muchos años: romper la soledad en que se había instalado de forma placentera su existencia. No le cabía la menor duda de que tarde o temprano iba a conseguir resolver el mayor caso de su vida. Al menos eso esperaba. También para eso sus clases en la universidad le ayudaban de alguna manera.

Entró en una pequeña tienda de la calle El Conde donde se amontonaban multitud de máscaras de madera, pinturas y relieves de escayola con motivos indios. Oliver preguntó a la dependienta si todos los elementos allí expuestos estaban relacionados con el arte taíno, a lo que la joven señorita le respondió que probablemente sí, pero que ella no sabía distinguir eso del arte haitiano, es decir, el que venía del país vecino, con el que la República Dominicana compartía la isla.

Determinó que unas máscaras de madera y unos tucanes, también fabricados con maderas del lugar y de bonitos colores, servirían para sus alumnos. Cuando salió de la tienda, se dirigió a un pequeño restaurante en la esquina de la calle, junto a la plaza de Colón, desde donde podía admirar la catedral y la plaza en la que el Almirante elevaba su dedo mientras la bella india Anacaona intentaba escalar el monumento para llegar al Descubridor. Esto le recordó a Oliver que tenía que leer la inscripción de la base.

Pidió un ron y mientras se lo servían se acercó al monumento. Una enorme bandada de palomas revoloteaba por doquier e impedía avanzar con facilidad. La base del monumento disponía de una lápida que pudo leer sin dificultad:

ILUSTRE Y ESCLARECIDO
DON CRISTÓBAL COLÓN

La misma inscripción que habían encontrado en los papeles de los ladrones. Esta idea le daba vueltas en la cabeza. Los ladrones estaban interesados en las inscripciones relacionadas con la tumba de Colón y probablemente también en otras de diversos monumentos colombinos. En este caso, en uno en la plaza dedicada al mayor Descubridor de todos los tiempos. No debía perder de vista las inscripciones en cualquier monumento colombino.

Elevó la mirada y encontró de nuevo la presencia de la india Anacaona, cuya historia siempre impresionaba a Oliver.

Le conmovió una vez más.

Era la primera vez que veía representada físicamente a la bella heroína. La imagen del monumento se parecía de forma notable a como él la había imaginado a lo largo de los años. En realidad, le había sorprendido. Quizá durante mucho tiempo había idealizado e incluso mitificado la figura de la india, y ahora, la podía ver en tres dimensiones.

Oliver recordó cómo explicaba a sus alumnos la historia de esta hermosa cacica taína, hermana del cacique Bohechío, del reino de Jaragua.

Por un momento, su mente se transportó al aula universitaria donde dos veces a la semana orientaba a los alumnos en varias disciplinas, entre las cuales se encontraba ésta.

La historia de los pobladores autóctonos de la isla, los auténticos mártires de la acelerada colonización española, era uno de los temas del programa académico que más le gustaba explicar. Quizá porque era una parte desconocida de la llegada al Nuevo Mundo, ligada al pasado de un pueblo que no ha tenido memoria histórica para valorar la rica cultura que aplastó con el falso pretexto de implantar nuevos modos de vida más desarrollados.

Cuando Colón llegó a la isla La Española, existían cinco reinos principales, con reyes poderosos. Uno de ellos era Maguá, en la zona de la Vega, al sur de la actual ciudad de Santiago de los Caballeros y al norte de Santo Domingo.

Otro reino era Marién, donde posteriormente se situó el Puerto Real. El tercer reino era Maguana, tierra admirable y bellísima. El cuarto era Higuey.

Por último, Jaragua era el reino donde habitaba la primera india taína que aprendió el idioma castellano: Anacaona.

La versión que utilizaba Oliver para explicar a sus alumnos la historia de esta curiosa mujer era la del padre Bartolomé de Las Casas, que siempre ha sido considerado un fiel transcriptor de los antiguos documentos de Colón.

Desde el primer momento, Anacaona, mujer de gran inteligencia y desenvoltura, supo entender a los españoles y actuó en múltiples contiendas y aventuras. Aprendió el idioma e incluso la escritura castellana con notable facilidad, y ayudó a resolver gran cantidad de incidentes relacionados con la difícil convivencia de las dos culturas. Esposa de Caonabo, cacique de Maguana, según las crónicas de la época, fue una mujer de gran talante y amplia cultura.

Su nombre significaba «flor de oro», y sus composiciones, en forma de cantos y poemas, eran recitadas en las grandes fiestas comunales en las que, bajo la dirección del cacique, se cantaban y recreaban los mitos de la creación.

Su marido, Caonabo, estuvo implicado en diversas refriegas con los colonizadores. Había dirigido el ataque contra el Fuerte Navidad, construido con los restos de una de las primeras naves que vieron el Nuevo Mundo: la *Santa María.* Esta nave, encallada en el cabo haitiano, sirvió al Almirante para construir una fortificación donde se refugiarían parte de sus hombres en espera del regreso de los colonizadores en el segundo viaje. Cuando el Almirante volvió, el Fuerte Navidad había sido destruido y todos los hombres del primer asentamiento en el Nuevo Mundo habían muerto. Apresó a Caonabo y lo embarcó en el viaje de regreso a la península Ibérica, pero éste falleció en la travesía.

Muerto su marido, Anacaona tuvo entonces una vida agitada e intensa en convivencia con los españoles. Los continuos desplantes de distintos grupos de colonos al Almirante y sus hombres, seguidos de intensas revueltas, estuvieron muchas veces intermediados por la taína, que actuó en distintas contiendas guiada por su habilidad para las relaciones personales. No sólo ayudó a resolver asuntos relativos a la convivencia entre las dos culturas, entre los españoles y los indios de su raza, sino que en otras ocasiones pudo contribuir de forma decidida a apaciguar revueltas producidas por colonos establecidos en gran parte de la isla. La colonización del Nuevo Mundo se había complicado de manera sorprendente en poco tiempo, y ella ayudó a lograr la pacificación de la mejor forma que pudo, gracias a su talante conciliador.

En el tercer viaje, ante la situación de desgobierno que presentaba la isla, el Descubridor fue apresado junto con sus hermanos y encarcelado en Santo Domingo. Posteriormente, fue encadenado y llevado preso a Castilla, donde el rey Fernando el Católico resolvió absolverle de todos los cargos y restituirle sus derechos. Pero dejó de ser gobernador de la isla.

Le reemplazó Nicolás de Ovando, que al poco de tomar las riendas se planteó como objetivo primordial apaciguar el estado de rebelión que existía. Para acabar con la sublevación de algunos caciques, ordenó encerrar a una gran multitud de taínos en sus chozas, y les prendió fuego.

Poco después, Anacaona resultó ser injustamente acusada de actuar con pillería y fue ahorcada, en uno de los actos más deplorables de la Conquista. Era el año 1503.

Oliver volvió a donde había pedido el ron y se sentó en una mesa exterior que le permitió seguir contemplando la escultura de Anacaona. Tras unos instantes, se sorprendió al identificar su increíble parecido con Altagracia...

## 5

# *Sevilla*

*Las cosas suplicadas que Vuestras Altezas dan y otorgan a Cristóbal Colón en alguna satisfacción de lo que ha descubierto en los Mares Océanos y del viaje que agora, con la ayuda de Dios, ha de facer por ellas en servicio de Vuestras Altezas son las que siguen...*

Capitulaciones de Santa Fe,
17 de abril de 1492

El sofocante calor que recibió a los tres investigadores a la llegada al aeropuerto de Sevilla le pareció a Edwin incluso más asfixiante que el de la capital dominicana. Recogieron sus maletas, y en el trayecto en taxi hasta el hotel, el tema de conversación fue íntegramente el calor seco que les ofrecía ese día soleado y su comparación con la humedad de Santo Domingo. Los dominicanos encontraron una ciudad moderna en lugar de la antigua urbe que habían imaginado.

Oliver había organizado una reunión esa misma tarde con la policía, y había solicitado una visita a la catedral y a la tumba expoliada. A las cinco en punto, les recogería en la entrada del hotel un coche oficial que les llevaría al templo hispalense. Apareció un elegante BMW conducido por un inspector de policía, amigo de Oliver desde su incorporación al cuerpo nacional.

—Bienvenidos, señores —dijo efusivamente el inspector abrazando a su compañero.

—Inspector Bravo, ¡qué bien te conservas! —contestó Oliver—. Esperaba encontrar un viejo cuarentón con barriga y canas.

—Vamos, Andrés, siempre te has cuidado más que yo, pero eso no quiere decir que el tiempo te tenga que tratar a ti mejor que a mí —reflexionó el sevillano palpando el estómago de su amigo y comparándolo con el suyo, mucho más abultado.

—Ya. Pero no olvides que tu tranquila vida en el sur no es tan ajetreada como mi complicada existencia en la corte madrileña, desde donde no paro de viajar y adonde llegan la mayoría de los casos complicados del país.

—Bueno, ya hablaremos de eso. Aquí llevamos unas semanas muy movidas con esto del robo en la catedral. Si os parece, subid al coche y me presentas a tus amigos en el trayecto.

—Vaya si pagan bien en la policía española —susurró Edwin en el oído de Altagracia mientras subían al coche.

El conjunto arquitectónico de la Giralda y la catedral impresionó a los dominicanos. Al llegar a la puerta, la mujer sintió una extraña sensación al ver la firma del mismísimo Almirante en la fachada del templo. Siguió con detalle el dibujo, observando que había sido pintada con el mismo trazo, con la misma pintura quizás y con las mismas dimensiones que la firma del Faro. Sólo el entorno, y sobre todo, el calor seco, le recordaban que no estaba en Santo Domingo. Presintió que no era lo único similar a lo acontecido en su país que le quedaba por ver.

Una vez dentro, se dirigieron hacia el brazo derecho del crucero del templo, donde habían quedado con varios responsables de mantenimiento con autorización para mostrar los restos del robo y los daños producidos en el sarcófago del Descubridor de América.

En el transcurso del viaje hacia el interior del templo, la dominicana observó con agrado las generosas dimensiones de la catedral hispalense. Las pinturas, los retablos y el resto de elementos que fue viendo en su recorrido en ese enorme edificio la dejaron impresionada.

El inspector Antonio Bravo tomó la palabra para indicar que las primeras autoridades del lugar iniciaron la construcción de ese templo con la idea de hacer una iglesia de tal dimensión que los que la vieran labrada los tuviesen por locos. Así tradujo el pueblo lo que habían decidido en sus reuniones los canónigos de Sevilla en 1401. Estaban dando a luz, sin ser conscientes de ello, a la maravilla que contemplaban los dos policías y la secretaria de Estado. Piedra tras piedra, el pueblo de Sevilla fue viendo crecer esa impresionante montaña hueca que, bajo la imponente mirada de la Giralda, se convirtió en una de las mayores catedrales de occidente, siguió explicando el inspector Bravo. Para él, el remanso del Patio de los Naranjos y los archivos y bibliotecas que guardaba la catedral y sus alrededores formaban un singular sanctasanctórum de los legados colombinos que ningún otro entorno parecido podía aportar en toda la humanidad. Si había un sitio en el mundo que podía algún día desvelar los secretos del Almirante del Mar Océano, el hombre que consiguió globalizar nuestro mundo ese sitio era, sin duda, el que estaban visitando, sentenció el inspector Bravo.

Altagracia calló, mientras su corazón le pedía guerra.

Cuando llegaron a la tumba, la mujer observó que esta parte de la catedral rivalizaba con el monumento del Faro de Colón en Santo Domingo. Le pareció que esta sepultura estaba a la altura de la hazaña del Descubridor.

En Sevilla, Cristóbal Colón fue enterrado en un sarcófago que se encontraba elevado en el aire, sostenido por cuatro estatuas de heraldos que representaban los reinos de España: Castilla, León, Navarra y Aragón.

Oliver, en consonancia con los pensamientos de la mujer, pensó que la tumba española del Almirante rivalizaba en solemnidad con la dominicana. Sin embargo, el recinto era radicalmente más hermoso y fastuoso en el caso de Sevilla. No podía compararse el espacio que estaban visitando con la mole de piedra que había sido diseñada para el Faro en Santo Domingo, pensaba el español mientras daba vueltas alrededor de la tumba. La excelente arquitectura y el esplendor de la catedral hispalense constituían un marco digno para el sepulcro del hombre que dio forma definitiva al mundo. No había duda.

Edwin, al margen de los pensamientos de sus colaboradores, lanzó una pregunta al inspector Bravo: ¿cómo había sido posible que Colón acabase en Sevilla? Según él, si el Gobierno español decidió traer los supuestos restos desde el Caribe, ¿por qué a este sitio y no a Madrid, o a otro lugar, como Valladolid, donde realmente falleció?

Bravo comenzó diciendo que hubo una institución que, motivada por la celebración del IV Centenario del Descubrimiento, en 1892, quiso subrayar sus vínculos con el Almirante: esta institución no era otra que el Ayuntamiento de Sevilla. Los ciudadanos eran conscientes de que su ciudad tenía que agradecer buena parte de su riqueza histórica, su universalidad monumental y el florecimiento de las bellas artes en el Siglo de Oro a los viajes de Colón al Nuevo Mundo y al comercio con las Indias.

—Sin el descubrimiento de América por parte de Cristóbal Colón, Sevilla probablemente no habría llegado nunca a ser el centro económico que fue, sede del Consejo de Indias, y nunca habría alcanzado la alta posición que tuvo en la historia —explicó el sevillano.

»Por ello, existió un enorme interés por recuperar los restos mortales del Almirante. En el año 1899, se cumplió el deseo de la ciudad: el Almirante volvía a la urbe que una vez ya tuvo sus restos, aunque hubiese sido por poco tiempo —concluyó el inspector Bravo ligeramente emocionado.

—Señor Bravo, quiero recordarle que nuestro país, la gloriosa República Dominicana, considera que los restos auténticos del Almirante reposaban en nuestro Faro, hasta que alguien nos los arrebató —matizó Altagracia tratando de sacar al inspector español de su exaltado estado.

Mientras Bravo negaba con la cabeza, y Edwin miraba hacia el techo con aire desapegado, Oliver anotaba en su agenda de mano la inscripción del monumento:

CUANDO LA ISLA DE CUBA SE EMANCIPÓ
DE LA MADRE ESPAÑA, SEVILLA OBTUVO
EL DEPÓSITO DE LOS RESTOS DE COLÓN
Y SU AYUNTAMIENTO ERIGIÓ ESTE PEDESTAL

Continuó observando el monumento al Descubridor, sin perder de vista a los cuatro heraldos con sus solemnes vestimentas, que sostenían sobre sus hombros el sarcófago de bronce donde habían reposado durante más de un siglo los restos del Almirante. Figuraban en el monumento funerario el nombre de los cuatro reinos que bajo las órdenes de Isabel y Fernando, los Reyes Católicos, habían constituido el reino de España, y que con la ayuda del Descubridor del Nuevo Mundo, don Cristóbal Colón, forjaron uno de los mayores imperios de la historia de la humanidad.

—Esta tumba fue originalmente diseñada para su instalación en La Habana —dijo Bravo para atraer la atención de Oliver.

—Sí, lo sé. Pero debido a la Guerra de Independencia, el monumento permaneció en España —explicó su compañero.

La mujer atrajo la atención de todos los presentes. Había descubierto otra inscripción justo debajo del sarcófago:

AQUÍ YACEN LOS RESTOS DE CRISTÓBAL COLÓN.
DESDE 1796 LOS GUARDÓ LA HABANA
Y ESTE SEPULCRO
POR R.D. TO DE 26 DE FEBRERO DE 1891

Este texto circunscribía el escudo del reino de España, en la parte inferior del sarcófago.

—Esta parte de la historia de nuestros países es conocida —continuó Oliver—. Tras la salida de los restos de La Habana, el Gobierno español concedió la petición realizada por el ayuntamiento de Sevilla para que los restos estuviesen aquí.

Todos los presentes comenzaron a caminar alrededor del monumento funerario de Colón, dando un gran número de vueltas, como si de algún rito o ceremonia se tratara.

Tras unos minutos de rotación alrededor de la tumba, quizá muchos, Edwin logró articular una frase coherente:

—Tengo una teoría que podría explicar por qué han robado los restos del Almirante.

*

La sugestiva frase lanzada por Edwin Tavares sorprendió al resto de los investigadores. Para aclararlo, decidieron ir al despacho del inspector Bravo. Situadas en una céntrica calle sevillana, la calidad de las oficinas de su colega español hizo pensar a Edwin de nuevo que la policía española trataba mejor a sus miembros.

El inspector sevillano hizo partícipes a sus colegas de todos los datos que tenían sobre el robo, que no eran muchos. En realidad, la investigación española se encontraba en un punto muerto que no agradaba a las autoridades, deseosas de recuperar los restos.

Cuando el inspector español terminó de exponer su frustración por la falta de indicios, llegó el momento de que el dominicano explicase su teoría.

—Ha llegado la hora de que compartas tus sospechas —pidió Altagracia, acomodándose en la confortable silla del despacho del inspector.

—Bueno, creo que los ladrones buscan algo más que huesos. Pienso que las lápidas y los monumentos relacionados con el Descubridor encierran algún mensaje secreto que los ladrones tratan de descifrar.

—Muy interesante tu teoría. Imagino que tendrás una base para desarrollarla. ¿En qué te apoyas? —preguntó Oliver al tiempo que cogía unos folios para realizar anotaciones sobre esta reunión.

—Si os acordáis, los papeles encontrados por la policía dominicana mostraban una serie de cábalas que utilizaban como base las inscripciones en las lápidas, placas y cofres de los restos y monumentos relacionados con el Almirante —dijo mientras tomaba uno de los folios y escribía aceleradamente alguna de las frases que habían visto en los papeles mostrados por su superior.

—Sí. Nuestro director nacional de policía aseguró que se trataba de anotaciones para intentar vender la mercancía robada en algún caso, o para analizar nuevos objetos pendientes de robar, en otros, con el fin de subastarlos en Internet y venderlos al mejor postor —expuso la mujer.

—Yo también había reflexionado sobre el extraño interés de los ladrones por anotar las inscripciones de las lápidas. Es una pena que tu jefe no quiera dejarnos una copia de esos papeles —razonó Oliver—. ¿Crees que aún hay posibilidad de que nos envíe un correo electrónico o un fax con esa información?

—No lo veo fácil. Ya sabes, hay mucho celo en la investigación —dijo el dominicano, justificando a sus superiores.

—Bien. Tu teoría me gusta. A mí también me pareció extraña toda esa combinación de frases y anotaciones que vimos en Santo Domingo. No obstante, todos nos tragamos lo que tu jefe dijo —apuntó Oliver.

—Y ¿qué te ha hecho pensar ahora esto? —preguntó expectante Altagracia—. ¿Por qué has llegado a esta conclusión hoy en la tumba de Sevilla?

—Las frases que hemos visto en la catedral estaban escritas en los papeles de los ladrones allí, tal y como las hemos leído y visto aquí —sentenció con tono misterioso Edwin.

Todos se miraron sorprendidos, aprobando la genial

asociación de ideas del dominicano, que había conseguido una de las pistas más sólidas obtenidas hasta el momento.

*

Altagracia había decidido dar un paseo para conocer la ciudad. Necesitaba tiempo para pensar en la teoría que había elaborado su compatriota, la cual tenía sin duda cierta base, pero carecía de lógica. Al menos por el momento.

Oliver y Edwin decidieron acompañarla por el centro, ofreciéndose el español a mostrarles la parte de la ciudad que él conocía. Al caer la noche, la temperatura bajó e hizo el paseo más agradable para el equipo investigador. Incluso apetecía sentarse en una de las muchas terrazas que habían visto. Por tanto, tras realizar algunas compras y visitar algunos lugares de interés, decidieron buscar un sitio para tomar una cerveza en el barrio de Santa Cruz.

Oliver explicó que el barrio donde se encontraban era el más popular y concurrido de Sevilla, donde destacaban sus típicas y estrechas calles, sus caserones señoriales, sus patios llenos de flores, el murmullo de muchas fuentes y, sobre todo, el aroma de azahar en primavera.

—Y también el encanto y leyendas que lo rodean —añadió Altagracia—. Tengo entendido que en la plaza de los Venerables podría haber nacido don Juan Tenorio, según las habladurías, claro...

—No lo sabía. Lo cierto es que merece la pena tomarse con tranquilidad los paseos por estas calles y disfrutar de sus espacios —añadió Oliver.

—Y tú ¿qué dices, Edwin? —interrogó Altagracia.

—En cierta forma me recuerda a la zona colonial de

nuestra ciudad. Estas casas con muchos años, estas calles con estos ladrillos de piedra, las rejas y los balcones, sobre todo, me parecen de cierta similitud. Me gusta. Me siento como en casa —terminó de exponer el dominicano, aspirando aire y dejándose llevar por el momento.

—Señores, propongo tomar nuestra primera cerveza española aquí mismo —sugirió Oliver.

Desde el sitio que habían elegido para sentarse, la vista de la catedral y la Giralda iluminadas les ofrecía una estampa inmejorable.

Edwin quedó fascinado por la imagen de Altagracia, con su cabello peinado esa noche de una forma muy particular. El pelo largo y liso de la mujer, normalmente suelto sobre los hombros, se encontraba ahora recogido sobre la nuca, dejando más al descubierto que nunca su bello rostro. Desde su posición, el dominicano veía a la mujer iluminada por la tenue luz de las farolas del barrio, con la silueta de la Giralda tras ella.

Un escenario perfecto para contemplarla, pensó. Sin duda le atraía esa mujer.

—Edwin, ¿qué piensas?

La pregunta de Altagracia le sacó de sus ensoñaciones y le ruborizó, hasta el punto de hacerle sentir incómodo.

—Estaba pensando en el caso —mintió.

—Bueno, hoy has dado un paso importante —le ayudó Oliver al ver a su colega algo turbado—. Debemos seguir pensando en esta teoría tuya, aunque no sé en qué dirección podemos continuar. La policía de Sevilla no tiene más información sobre lo ocurrido en la catedral. No han aparecido sospechosos, y no hay más rastro que la firma en la fachada. ¿Qué camino podríamos tomar ahora?

—Yo también estoy algo perdida.

Pagaron las cervezas y caminaron hacia la plaza del

Triunfo, en silencio, ocupados en sus pensamientos. Era difícil no quedar absorto por aquel entorno, aunque a su manera, todos trataban de dilucidar cuál podría ser el siguiente paso.

Cuando se dieron cuenta, estaban justo en la puerta del conocido Archivo de Indias. Se miraron con sorpresa.

—Puede ser una señal —dijo Oliver—. Mañana deberíamos investigar aquí.

*

Oliver había pedido de nuevo la ayuda de su amigo el inspector Bravo, con objeto de organizar una reunión con alguna persona del Archivo de Indias que pudiera serles de utilidad en la investigación.

El edificio les pareció de día muy diferente al que recordaban de la noche anterior.

—Es probable que sea el efecto de la iluminación de todo el entorno —dijo el dominicano—. Hay que reconocer que durante la noche es realmente fascinante la vista del conjunto.

—Sí, creo que te ha fascinado «todo» el conjunto —respondió irónicamente Oliver.

Les recibió la señora Soler, que ya había atendido en otras ocasiones diversas peticiones de la policía en casos relacionados con robos, desapariciones, e incluso hallazgos recientes de documentos que de una forma u otra podían tener alguna unión con los legajos conservados allí.

A modo de introducción, la señora Soler les indicó que el Archivo General de Indias había sido creado en 1785 por deseo del rey Carlos III. El objetivo era reunir en un espacio común los documentos relativos a las Indias que estaban dispersos entre Simancas, Cádiz y Sevilla. Ese espléndido edificio en el que se hallaban reunidos, prosiguió la experta, era la Casa Lonja de Sevilla, que fue construida en tiempos de Felipe II sobre planos de Juan de Herrera, y que servía como sede del Archivo.

—Espero que les haya gustado el edificio —dijo la señora Soler.

—Nuestro colega Edwin tiene preferencia por el conjunto monumental en el que nos encontramos —respondió Oliver, ruborizando de nuevo al dominicano.

—En 1785 —prosiguió la experta—, llegan a la Casa Lonja los primeros documentos procedentes del Archivo de Simancas. A partir de ahí, y en distintas remesas, se van incorporando los fondos de las principales instituciones indianas: el Consejo de Indias, la Casa de la Contratación, los Consulados de Sevilla y Cádiz, etcétera, hasta convertir el Archivo en el principal depósito documental para el estudio e investigación de la gestión española en el Nuevo Mundo.

»Bien, señores, hoy los documentos que conservamos en el archivo en más de nueve kilómetros lineales de estantería y en 43.175 legajos proceden principalmente de las fuentes que les he enunciado y de múltiples aportaciones posteriores. ¿En qué les puedo ayudar? El inspector Bravo me dijo que estaban ustedes interesados en la época colombina, dado que están investigando el terrible robo de los restos de Cristóbal Colón en la catedral. ¿Es así?

—Exacto —comenzó Oliver—. Quizá la primera pregunta sea evidente. ¿Tiene usted alguna pista?

—¡Vaya! —dijo riendo la experta—. Esto parece un interrogatorio típico de las películas policíacas.

—Usted está muy relacionada con los documentos colombinos de este archivo y, además, nos ha comentado el inspector Bravo que obtuvo un doctorado por la

Universidad de Sevilla con una tesis sobre Colón —afirmó Altagracia tratando de implicar a la mujer.

—Sí, es cierto. Me apasiona la vida del Almirante y todos sus misterios. He escrito varios libros con ocasión del Quinto Centenario y continúo investigando alguna faceta de nuestro extraño Descubridor.

—Y ¿qué faceta de sus misterios ha investigado con más profundidad? —preguntó Edwin.

—Me interesa especialmente su origen, pero me siento también atraída por el enigma de su tumba, es decir, el pleito que tenemos los españoles con ustedes a cuenta de los restos. Ya ven, me gusta el principio y el final —concluyó entre risas.

—Y con respecto a su origen, ¿cuál es su teoría? —preguntó Oliver.

—Hasta que se demuestre lo contrario, soy partidaria del Colón genovés. No obstante, he investigado las razones por las cuales nuestro Almirante ocultó con tanto ahínco su origen. No olviden que nunca lo mencionó a sus hijos ni a sus más allegados.

Sus investigaciones conducían a que Colón ocultó su origen por uno de dos motivos: su condición de procedencia humilde o su ascendencia judía. Ambas hipótesis eran iguales de verosímiles, bajo su punto de vista.

La primera tendría sentido, siguió explicando, dado que Colón era un joven ambicioso que se casó con una señora cercana a la nobleza en Portugal. ¿Cómo iba un plebeyo a proponer al rey portugués una hazaña tan importante como la de descubrir una nueva ruta hacia las Indias y exigir una enorme recompensa a cambio? Sólo un caballero de alta estirpe podía proponer semejante contrato primero al mismísimo rey de Portugal, y posteriormente, a los reyes de España.

—¿Han leído alguna vez el contrato de Colón con los Reyes Católicos? Menudo documento. Recuérdenme que les cuente algo sobre las Capitulaciones de Santa Fe más tarde.

»La segunda hipótesis —continuó la señora Soler—, la de su procedencia judía, podría ser también válida. En un tiempo en el que los judíos estaban en horas bajas, ¿cómo podía un judío proponer a los Reyes Católicos un proyecto de tal envergadura? De hecho, el papel de la Iglesia católica fue fundamental a la hora de la aceptación de las reglas del juego propuestas por Colón, y firmadas en las Capitulaciones de Santa Fe.

»No olviden que Colón partió hacia el Nuevo Mundo el 3 de agosto desde el puerto de Palos, justo un día después de la expulsión de los judíos —concluyó la señora Soler.

—Y ¿cuál es su opinión sobre los otros orígenes propuestos para el Almirante? Catalán, gallego, mallorquín, etcétera.

—También tienen su base, aunque estas teorías no están documentadas del todo. La verdad es que el largo pleito que inició la familia Colón tras la muerte del Almirante, reivindicando sus derechos, duró muchos años y se manipuló y desapareció gran cantidad de documentos. Una pena.

—¿No apuesta usted por tanto por otra procedencia distinta de la genovesa? —interrogó el español.

—Pienso que la existencia en la actualidad del apellido Colom en Cataluña y, sobre todo, las palabras en catalán que el Almirante utilizó en algún que otro manuscrito, podrían revelar algún día que el marino nació allí. Por tanto, quizá la teoría del Colón catalán sea la más plausible.

—¿Ve usted alguna relación entre los robos de los restos y el misterio del origen de Colón? —preguntó Edwin.

—¡Vaya pregunta! Entiendo que el robo tiene más probabilidad de estar relacionado con su muerte. En el fondo estamos hablando de tumbas, lápidas y estas cosas.

—Sí, claro.

—¿Qué decía usted sobre las Capitulaciones de Santa Fe? —preguntó Altagracia.

—Bajo mi punto de vista, es uno de los mayores misterios escritos relacionados con el Almirante.

—¿Se refiere a la famosa frase «lo que ha descubierto», aparecida en el texto de las Capitulaciones? —preguntó Oliver.

—Exacto. Las Capitulaciones de Santa Fe, firmadas en 1492, antes del descubrimiento, son el documento contractual que permite a Colón obtener grandes beneficios en su empresa. En él se cita textualmente: «Las cosas que Vuestras Altezas otorgan a Cristóbal Colón en satisfacción de lo que ha descubierto en los Mares Océanos y del viaje que agora ha de facer.» Colón, antes de partir, manifiesta y firma en un documento de vital importancia que ya ha descubierto nuevas tierras. ¿No les parece increíble?

—¿Qué beneficios obtiene Colón en este documento? —preguntó Edwin.

—Muchos. Nadie entiende cómo los Reyes Católicos concedieron tantos privilegios a Colón: primero, le otorgan el título de Almirante del Mar Océano; segundo, le nombran Virrey y Gobernador General de todas las tierras; tercero, de lo encontrado en todas las tierras descubiertas, ya sea oro, plata, joyas, perlas, etcétera, Colón recibiría el diez por ciento. Y lo que es mejor, todo esto es hereditario para los primogénitos.

—Y es tanto lo que obtiene Colón del descubrimiento

que constituye un Mayorazgo para delimitar su hacienda y fijar las condiciones de sucesión a favor de sus herederos —continuó Oliver.

—Efectivamente. Y lo hace aquí mismo, en Sevilla, el 22 de febrero de 1498, tras cumplir su palabra y mostrar la ruta hacia nuevas tierras que, según él, «ya había descubierto con anterioridad».

—Muy interesante —comentó Altagracia.

—Más interesante es el hecho de la sucesión de la herencia, que en este documento establece el Descubridor —explicó la señora Soler—. En primer lugar, el heredero es su hijo Diego y todos los que le sucedan. También figuran en línea de sucesión sus hermanos Bartolomé y Diego. No obstante, cualquier descendiente que herede el Mayorazgo debe firmar con su firma, que ustedes conocen bien porque figura ahora en la puerta del Faro en Santo Domingo y en la entrada de la catedral de Sevilla. Esta imposición la dice bien clara el Almirante en este documento, y para ello, describe la firma a la que se refiere, y que sus herederos deben usar. Les leo textualmente:

> una .X. con una .S. ençima y una .M. con una .A. romana encima, y encima d'ella una .S. y después una .Y. greca con una .S. encima con sus rayas y bírgulas como agora hago y se parecerá por mis firmas, de las cuales se hallarán y por esta parecerá.

—Pues alguien ha hecho caso a Colón y sigue usando su firma —concluyó Edwin.

Los tres pensaron lo mismo: esto era una línea de investigación en toda regla.

*

El día había comenzado bien. Altagracia sonreía a la salida de la reunión con la experta del Archivo de Indias. También parecían felices sus dos colaboradores en el caso. Las distintas líneas de investigación que habían abierto en los últimos dos días ofrecían un aspecto muy prometedor.

—¿Os parece que comamos algo en un sitio tranquilo donde podamos hablar? —propuso Oliver.

La respuesta fue unánime.

El famoso restaurante Casa Robles presentaba un lleno completo, algo habitual en uno de los locales más conocidos del entorno catedralicio. Políticos, empresarios y gente variada constituían el público habitual de ese establecimiento. Consiguieron un reservado, que sin duda era el lugar apropiado para ordenar las ideas y plantear nuevas acciones.

Cuando se dirigían hacia la mesa, Oliver encontró en la barra a alguien a quien nunca hubiera imaginado ver allí. De pronto, el buen momento que estaba viviendo, los avances que había conseguido en los últimos días se le tornaron amargos cuando vio al hombre apoyado en la barra. De alguna forma, el mundo se le vino abajo.

Frenó en seco el ritmo de la marcha y le dio la mano sin hacer ningún tipo de gesto. Como pudo, tragó saliva mientras el estómago le daba un vuelco de forma instintiva. Sus colegas notaron la reacción de su compañero al ver al sujeto apoyado en la barra del restaurante y el rancio saludo que le había dado. Una vez sentados, Oliver se vio forzado a dar explicaciones.

—Se trata de Richard Ronald, un conocido cazatesoros estadounidense, que siempre aparece en sitios complicados, en el peor momento. Tiene un olfato especial para sacar partido en todas las situaciones revueltas. La última vez que nos vimos casi acabamos mal los dos. Me pregunto qué hace en Sevilla...

—Puede que esté aquí por otro asunto. ¿Qué cosas persigue este sujeto? —preguntó Edwin.

—Ronald es un personaje peligroso. Normalmente trabaja por encargo. Alguien le pide una mercancía determinada y él la consigue. Hablamos de antigüedades generalmente. Otras veces actúa por instinto y aparece en los momentos más complicados para sacar tajada de la partida. ¿Conocéis el refrán español «a río revuelto, ganancia de pescadores»? Pues ésta es la forma de trabajar del sujeto.

Oliver parecía inquieto.

Altagracia se preguntó en qué tipo de circunstancias se habrían visto envueltos estos dos hombres. Para recomponer la situación, llamó al camarero para iniciar el almuerzo cuanto antes.

—Hablemos de nuestro caso —propuso Altagracia—. Tenemos varias líneas de investigación. Vamos a resumirlas si os parece. La primera, los ladrones roban los huesos porque buscan algún tipo de inscripción o información en las lápidas, tumbas y otros monumentos colombinos. La segunda, los ladrones dejan la firma de Colón en los monumentos que roban porque quieren decir algo con ello. La tercera, Colón exigió a sus herederos que utilicen su rúbrica, que nadie sabe lo que significa, para firmar cuando él muera. ¿Alguna hipótesis de trabajo más?

—Lo has resumido muy bien —musitó Edwin, que ya había comenzado a comer el pan, acostumbrado a realizar el almuerzo bastante más temprano en su país.

—Sí, lo has resumido bien, pero son líneas de investigación aún muy vagas —expresó Oliver—. Con respecto a la primera, no sabemos qué tipo de información buscan los ladrones en las inscripciones de las lápidas. En la segunda, no sabemos qué objetivos tienen al dejar la firma impresa en el lugar del delito. Y la tercera sí que es una línea de investigación complicada, porque durante quinientos años ha habido muchos investigadores de gran nivel que han intentado descifrar el logogrifo de la firma del Almirante, sin conseguirlo. Entiendo vuestro optimismo, si bien quiero alertar de que no tenemos nada en concreto por el momento.

—Perdona mi ignorancia. ¿Qué es un logogrifo? —preguntó el dominicano con extrañeza.

—Es un enigma que consiste en hacer diversas combinaciones con las letras de una palabra o conjunto de palabras, de modo que resulten otras cuyo significado, además del de la voz principal, proponga otras cosas con alguna oscuridad —respondió Altagracia impresionando a su compatriota, que tomaba buena nota de la definición.

—En el caso de Colón, además, el logogrifo tiene tintes de jeroglífico, dado que en su firma se representan también signos o símbolos. Recordad las «s» con esos puntitos a los lados y, sobre todo, la forma triangular del conjunto de la rúbrica —concluyó el español.

—Hemos olvidado preguntar a la señora Soler si ha investigado personalmente el significado de la firma o conoce alguna información relevante que nos ayude —propuso Edwin—. Me ha causado buena impresión esa señora y pienso que puede ayudarnos.

—Me parece buena idea —tomó el mando Altagracia—. Si os parece, esta tarde nos podemos dividir. Tú, Andrés, vas a hablar con la señora Soler. Edwin, deberías volver a visitar la tumba de la catedral y analizar si ha quedado alguna prueba del robo que la policía sevillana no haya encontrado. Yo me encargaré de visitar la Biblioteca Colombina y ver si saco algo en claro de los muchos libros y textos sobre el Almirante.

Cuando terminaron de comer, el camarero les indicó que un americano vestido con traje y corbata, muy bronceado, les había pagado la comida y se había marchado.

El español miró a sus compañeros, que volvieron a ver en su cara un gesto de seriedad y preocupación no visto en él hasta entonces.

*

Richard Ronald puso en marcha el motor del coche que había alquilado unos días antes. La caja de cambios sonó con un enorme estruendo al manipular la palanca sin actuar correctamente sobre el embrague.

—¡Estos coches europeos son una...! —gritó el americano, acostumbrado al cambio automático.

Una vez metido en el tráfico de la ciudad descolgó su teléfono móvil y marcó un número local. La voz de una mujer sonó al otro lado:

—Imagino que ya has tomado contacto —dijo.

—Sí. Esta vez no se lo vamos a poner tan fácil. En esta ocasión tenemos más información que él.

# 6

# Sevilla

*Representaba en su presencia y aspecto venerable persona de gran estado y autoridad y digna de toda reverencia. Era sobrio y moderado en el comer y beber, vestir y calzar.*

HERNANDO COLÓN,
*Historia del Almirante,* 1537

Los tres destinos seleccionados se encontraban en la misma zona, muy cerca del restaurante donde habían comido. Los dos hombres acompañaron a Altagracia hasta la puerta de la Biblioteca Colombina, situada en la calle Alemanes, sede de la Institución Colombina y gestora de la Biblioteca Capitular así como del Archivo de la Catedral y otras importantes colecciones bibliográficas y documentales.

Se despidieron de ella y siguieron caminando hacia sus destinos.

De nuevo, el inspector Bravo había conseguido una cita especial, dado que la consulta bibliográfica estaba restringida, bajo cita previa. Le atendió un amable anciano con aires de bibliotecario de toda la vida. Un personaje acorde con el sitio, pensó Altagracia.

—Quisiera comenzar, si es tan amable, conociendo qué es la Biblioteca Colombina —solicitó la dominicana.

—Como usted sabrá, Colón dejó dos hijos. El primero, fruto de su matrimonio con doña Felipa Muñiz en Portugal, fue Diego. Oficialmente, heredero de todos los títulos del Almirante. El segundo hijo, fruto de su relación con la cordobesa Beatriz Enríquez de Arana, fue Hernando Colón. Esta última señora podría calificarse como amante del Descubridor, con la cual tuvo siempre una relación especial.

—Sí. Conocía la descendencia de Colón y su relación especial con Beatriz Enríquez —indicó la mujer anotando todos los detalles que el hombre le iba facilitando.

—Bien. Centrémonos en su hijo Hernando, que participó en el cuarto viaje del Almirante, y que a la muerte de su padre decidió reunir una inmensa biblioteca tomando como base los libros heredados de su progenitor.

El bibliotecario explicó que en el siglo XVI, ya en pleno Renacimiento, Hernando, segundo hijo del Descubridor, se siente un hombre de su tiempo: activo, experimentador, impulsor y otras muchas cosas. En un ambiente humanista, tiene muchos contactos con notables pensadores y escritores de esta época.

—Piense que cuando Colón descubrió América en 1492, Leonardo da Vinci tenía cuarenta años; Miguel Ángel, diecisiete; Martín Lutero, nueve; Nicolás Copérnico, diecinueve; Erasmo de Rotterdam, veintitrés, y Tomás Moro, catorce. Imagínese qué tiempos.

»En este contexto —prosiguió—, Hernando decidió construir un palacio digno de la ciudad de Sevilla en el que tuviera cobijo la gran biblioteca que por aquel entonces ya tenía reunida, y que además le sirviera como centro de enseñanza de muchas disciplinas. En 1526 decidió levantar este palacio en la Puerta de Goles, junto al Guadalquivir. El motivo de situar esa inmensa obra en la ciudad de Sevilla era claro. Precisamente allí se encontraban por aquel entonces los restos de su padre.

»No olvide que aunque Colón murió en Valladolid, sus restos reposaron con los cartujos de Santa María de las Cuevas hasta que fueron trasladados a Santo Domingo en 1544 probablemente. Es decir, los restos se mantuvieron en este sitio alrededor de treinta años. No podemos precisar la fecha de llegada de los huesos a Sevilla, ni la de partida, porque los historiadores no se ponen de acuerdo. ¿Es usted de Santo Domingo, señorita?

—No. Nací en Villa Altagracia, en dirección hacia de la Vega, en el centro de la isla. Por esta razón me pusieron mis padres este nombre, en honor de la Virgen de la Altagracia, muy conocida y venerada en mi país.

—¡Ah! La ciudad de la Vega de la Concepción. Allí debió de ser enterrado. En varias ocasiones nombra el Almirante esa zona, de gran belleza, de la cual quedó prendado. En su testamento dice a sus herederos que se construya allí una iglesia y se celebren tres misas al día.

—No lo sabía. Pero cuénteme, ¿queda algo de la tumba de Colón allí en la Cartuja?

—¡Claro! Los restos de su hermano Diego siguen allí, y un monumento en honor del Descubridor que fue erigido por la marquesa viuda de Pickman. Debe usted verlo.

Altagracia anotó la recomendación del bibliotecario.

—Y ¿qué libros recopiló Hernando en esta biblioteca?

—Básicamente una enorme colección de libros que fue comprando en sus viajes por Europa. Existen muchos libros de Italia, Alemania, Francia y otros países. También adquirió estampas y grabados. Tiene usted que saber que su colección fue de las más importantes del mundo en su época.

—Bueno, yo estoy interesada en los libros heredados de su padre.

—Sí. Los libros heredados de su padre son una verdadera reliquia aquí, en esta biblioteca. Son cinco los ejemplares, todos con un valor incalculable. Estos cinco libros marcaron la vida del Almirante y fueron la razón intelectual del descubrimiento. Se los describo rápidamente.

El primero, comenzó a exponer el bibliotecario, es el *Imago Mundi*, del cardenal Pierre d'Ailly. Ese ejemplar, un incunable de 1480 o 1483, estaba impreso en Lovaina. Explicó que trataba de astronomía, cosmografía y conocimiento del mundo y de la tierra habitada en ese momento.

—En ese libro —prosiguió el bibliotecario— se dice que el océano se puede navegar en pocos días y que no es tan ancho como se creía. Colón presta una enorme atención a esta obra; de hecho, tiene más de 898 notas escritas al margen, de su puño y letra, y también de los de su hijo. Ya sabe usted la enorme atención que dedicó Colón a la esfera armilar, al mundo redondo. Definitivamente esta obra influyó enormemente en él. Junto al globo terráqueo que diseñó el cosmógrafo alemán Martin Behaim y el mapa de Toscanelli, este libro puede considerarse el tercer pilar en que sustentó el genovés su proyecto para descubrir la ruta hacia las Indias.

—¿Qué otros libros legó a su hijo? —preguntó Altagracia a un bibliotecario encandilado con lo que estaba contando.

—La *Historia Rerum*, del papa Pío II, que es una enciclopedia geográfica de la época. El *Libro de los Viajes de*

*Marco Polo* es otro que sin duda motivó a nuestro marino a buscar una ruta más directa para llegar a las Indias, es decir, a Catay y Cipango y al Gran Khan. Otro texto importante es la *Historia Natural*, de Plinio, y por último, el *Libro de las Profecías,* que es una obra enigmática que nunca llegó a publicarse. Este manuscrito consta de ochenta y cuatro folios y en la actualidad faltan catorce que fueron arrancados o cortados.

—Cuénteme esto con un poco más de detalle.

—El *Libro de las Profecías* es una colección de textos bíblicos a los que prestó una atención muy especial. Cristóbal Colón intenta demostrar que el descubrimiento que él hizo fue profetizado en las Escrituras, y que marcó una nueva era en la historia de la humanidad debido a su hazaña.

—¿Me está contando que Colón interpreta las Sagradas Escrituras creyendo leer en ellas que su gran descubrimiento estaba predestinado? —preguntó con sorpresa la mujer.

—Sí, así es. Si quiere, se lo puedo mostrar. Venga conmigo —solicitó el hombre mientras ella le seguía.

»Mire esto —pidió mientras le mostraba unos manuscritos tras un grueso cristal—. Aquí puede ver que la parte fundamental de este libro la compone una copiosa copia de textos bíblicos.

—Pero la obra fue confeccionada en su mayor parte por Colón, ¿no es así? —logró decir Altagracia sin quitar los ojos de lo que estaba viendo.

—Correcto. El autor de la recopilación es Colón, junto con su amigo y confidente Gaspar Gorricio, que era un monje del convento de Santa María de las Cuevas en la Cartuja.

—De nuevo la Cartuja. Debo ir a ver la tumba de

Diego Colón y el monumento del Almirante que me dijo usted antes.

—Mire esto —indicó el bibliotecario—. El *Libro de las Profecías* consta de ochenta y cuatro hojas, como le dije, pero faltan catorce. Hay una anotación... aquí.

Altagracia pudo leer perfectamente lo que decía un texto original del propio Descubridor con unas notas al margen en la hoja número 77:

> Mal hizo quien hurtó de aquí estas hojas porque era lo mejor de las profecías deste libro.[7]

*

Edwin observaba con detenimiento las muescas dejadas en la tumba de Colón. Los ladrones habían utilizado herramientas profesionales, porque no habían dejado grandes destrozos y los cortes en la cerradura del monumento aparecían limpios.

El jefe de mantenimiento de la catedral miraba al dominicano como si no entendiese qué era lo que buscaba. Tras un buen rato acertó a preguntar:

—Si me dice lo que busca, quizá le pueda ayudar.

—Cualquier indicio o dato que nos pueda indicar cómo se practicó el robo —respondió Edwin.

—Mis compañeros y yo hemos hablado sobre el tema. Creemos que los que robaron esto eran muy profesionales. Sabían lo que hacían y no venían a por cualquier cosa. Tenían buenas herramientas, y no dejaron ningún rastro de restos de materiales tras la apertura de la tumba.

7. Nota de la hoja 77 del *Libro de las Profecías* de Colón, en la Biblioteca Colombina en Sevilla.

—Sí, es lo que estoy observando. ¿Cómo pudieron acceder al interior de la catedral por la noche?

—Es uno de los temas que no entendemos.

—Pero ¿tienen alguna teoría? —preguntó sin grandes esperanzas el dominicano.

—Sí. Déjeme que le cuente.

*

Andrés Oliver entró en el Archivo de Indias para volver a encontrarse con la señora Soler. El objetivo era interrogarla sobre sus conocimientos relacionados con la firma de Colón y la posible comprensión de la simbología utilizada por el Almirante.

—Hola de nuevo, señora Soler.

—Hola, señor Oliver. No se va a creer lo que he encontrado —dijo la experta.

—¿A qué se refiere?

—Usted me pidió esta mañana alguna pista sobre el robo, ¿se acuerda?

—Sí, claro. ¿La tiene? —dijo el hombre con creciente interés.

—No exactamente. Pero he buscado en libros, revistas antiguas y en varias hemerotecas, y he descubierto algo que le va a sorprender —dijo la mujer con un brillo inusual en sus ojos.

—Cuénteme —soltó Oliver con expectación.

—He encontrado algo increíble. El expolio de un monumento colombino no es la primera vez que sucede —dijo la señora Soler tratando de adivinar la cara del policía.

Por la cabeza de Oliver pasaron mil cosas antes de adivinar a qué se refería la experta señora Soler.

—¿Podría usted precisar? —pronunció el hombre sin entender nada.

—Hace más de cien años, el monumento a Colón en la Piazza Acquaverde en la ciudad de Génova fue expoliado. En esa ocasión, alguien rompió la parte inferior del monumento, que tiene un pedestal enorme en forma de rectángulo, con diversos dibujos de variadas escenas de las hazañas del Descubridor labradas en la piedra.

—Y ¿qué ocurrió? —preguntó con creciente intriga el investigador.

—Nadie lo sabe, porque se desconoce lo que había en el interior. En teoría se trataba sólo del clásico monumento a Colón con una base grande y una columna larga, alta e importante, sobre la que está el Descubridor.

—Entonces, ¿cómo sabe que ese hecho está relacionado con los robos de Sevilla y Santo Domingo? —susurró inquietado Oliver.

—He aquí lo increíble. He leído en un periódico italiano muy antiguo que los malhechores pintaron la firma del Almirante en la base del monumento después de llevarse lo que fuera.

*

Los tres se encontraron esa misma noche de nuevo para intercambiar la información que habían conseguido.

Altagracia comenzó a hablar deprisa, casi sin dejar espacio entre palabra y palabra, lo que fue interpretado por sus colegas como algo importante, porque la bella dominicana era una mujer muy pausada.

Edwin, sin dejar acabar a su compatriota, también lanzaba ideas, datos e impresiones sobre sus hallazgos que no dejaban entender lo que había descubierto.

Oliver, un poco más tranquilo pero impaciente por contar lo que había conocido, tuvo que pedir a sus compañeros de aventura que callasen.

—Sabía que los dominicanos tienen fama de ser buenos oradores, pero no imaginaba que podíais hacerlo tan rápido —bromeó.

—Es que he descubierto algo que es muy importante —señaló la mujer.

—Yo también creo tener información relevante —advirtió Edwin.

—Pues cuando yo os cuente lo que sé... —sentenció Oliver.

Decidieron ir por partes.

Altagracia comenzó explicando su reunión con el bibliotecario. Le había sorprendido sobre todo el misterio de las hojas que faltaban en el *Libro de las Profecías,* sin duda las más importantes. De la misma forma, la existencia de la tumba de Diego Colón en la Cartuja era algo que debían ver, e ir a allí cuanto antes.

Edwin indicó que había descubierto en el interior de la catedral que los ladrones habían utilizado herramientas de expertos, y que en ningún caso querían dañar la tumba. Era gente que sabía lo que hacía, porque habían realizado un trabajo de precisión, con mucho respeto hacia los bienes históricos que estaban expoliando. Podrían haber robado el contenido de la tumba de una forma más rápida, con mucho menos cuidado del que habían tenido. La teoría de los empleados de mantenimiento de la catedral corroboraba esta hipótesis.

—¿Y tú? —preguntó Altagracia sin dejar comenzar al español—. ¿Has encontrado algo relevante sobre la firma?

Movió la cabeza en señal afirmativa, sonriendo por la situación. La enorme dedicación de sus amigos por el caso le asombró. Estaban realmente volcados en descubrir lo que estaba pasando, pensó.

—No he resuelto qué significa la firma de Colón, pero he hallado un hecho relevante que puede ser realmente importante para el caso —dijo en tono misterioso.

—Pues di lo que sea porque nos va a dar un infarto —pidió Altagracia.

—Hace cien años hubo un robo en Génova con unas características similares a los de Santo Domingo y Sevilla —pronunció Oliver rápidamente para que no le interrumpiesen.

Los dominicanos se miraron entre sí sorprendidos.

¿Cómo era posible que los servicios centrales de la policía de ambos países no hubiesen encontrado esta información? ¿Por qué la documentación que tenían no mostraba ni una sola reseña de ese hecho?

—Pienso que debemos ir allí cuanto antes —expresó el español.

—De acuerdo —dijo la mujer—, pero primero tenemos que visitar otra tumba: la del hermano del Descubridor.

*

Llegaron muy temprano a la Cartuja. La narración de Altagracia sobre el monumento de los Pickman y la tumba de Diego Colón, que había participado en los viajes colombinos, les convenció de la necesidad de hacer una visita a ese lugar.

Allí encontraron un monumento de tamaño medio. Sobre una columna se alzaba una estatua del Descubridor, realizada en mármol, que simulaba tener unos papeles enrollados en la mano izquierda. La mano derecha se hallaba sobre una esfera que representaba el mundo. Nada más acercarse, Oliver sacó una libreta del bolsillo de su chaqueta y anotó la inscripción situada en una placa en la parte frontal del monumento:

> A CRISTÓBAL COLÓN EN MEMORIA DE HABER ESTADO DEPOSITADAS SUS CENIZAS DESDE EL AÑO MDXIII A MDXXXVI EN LA IGLESIA DE ESTA CARTUJA DE SANTA MARÍA DE LAS CUEVAS. LA MARQUESA VIUDA DE PICKMAN ERIGIÓ ESTE MONUMENTO EN MDCCCLXXXVII

—Ya tenemos otra frase más para nuestra colección —indicó Oliver.

—Me vais a disculpar, pero yo no sé leer muy bien los números esos… —solicitó Edwin.

—¿Te refieres a los números romanos? —preguntó Altagracia.

—Sí.

—Te los traduzco —se ofreció Oliver—: «A Cristóbal Colón… sus cenizas desde el año 1513 a 1536… La marquesa… erigió este monumento en 1887.»

—Muy bonita la escultura en mármol, pero ¿aporta algo al caso? —interrogó Edwin.

—No lo sé —dijo la mujer, pensativa—. La verdad es que tras mi reunión con el bibliotecario de la Colombina me quedó la inquietud por ver este monumento. En un principio me atrajo la idea de poder encontrar alguna pista aquí, pero no sé por qué.

—Yo no encuentro relación alguna —meditaba Oliver—, aunque bien pensado es importante revisarlo, al estar tan cerca de la tumba de un Colón.

Edwin había dado más de cinco vueltas alrededor del

monumento. La distancia desde donde se encontraba la efigie hasta el caserón de la parte trasera dejaba espacio para poder esconder muchas cosas. Pero no parecía la clave, pensó.

El español observó a la dominicana perdida en sus pensamientos, justo delante de la estatua, que le doblaba la altura.

Tras unos minutos, tal vez horas, Edwin propuso volver al hotel. No había nada que hacer allí. Oliver secundó la petición. No habían encontrado relación alguna con el caso. No obstante, la mujer decidió permanecer en aquel lugar.

—Hay algo que se me escapa. No sé lo que es, pero lo voy a descubrir —sentenció.

Los dos hombres, ante tan convincente afirmación, quedaron en silencio sentados en un banco próximo al edificio, observando a la mujer, que no apartaba la mirada del monumento.

De pronto, Altagracia recordó lo hablado con el bibliotecario: «La esfera armilar que dio pie a Colón a elaborar su teoría sobre el descubrimiento...»

—Señores —impuso la mujer—, la esfera armilar es un instrumento astronómico formado por varios anillos, es decir, armillas, que servía para fijar la posición de los astros en el espacio. Démosle la vuelta a esta esfera a ver qué pasa.

—Me parece imposible —le gritó Oliver desde el banco—. Creo que es de mármol, como el mismo cuerpo del Almirante y todo el conjunto.

Casi sin poder alcanzar la esfera de la efigie, la dominicana tuvo que encaramarse al pedestal.

La imagen de una bella Altagracia sobre la escultura del Descubridor le pareció cercana al español. De repente, recordó la plaza de Colón en Santo Domingo. Anacaona, la bella cacica que trataba de alcanzar al genial nauta, se parecía de forma espectacular a la dominicana, en una situación parecida a la que estaba viendo con sus propios ojos en aquel momento.

La mujer alcanzó la parte superior del monumento. Cuando llegó, no supo qué hacer con la esfera.

Edwin le gritó:

—¡Gírala!

Con toda la fuerza que pudo ejercer desde esa posición, subida al pedestal, intentó sin éxito girar, aunque fuese de forma leve, la esfera que representaba el mundo. Cuando ya iba a desistir, ésta se movió sobre su eje y consiguió darle varias vueltas, hasta que algo sonó en la base del monumento.

De un salto enorme, Oliver y Edwin llegaron al pie del pedestal, porque vieron que la placa con la inscripción se había desprendido violentamente y se iba a estampar contra el suelo. No pudieron hacer nada. La placa acabó aterrizando sobre el acerado y estalló en mil añicos, levantando una enorme polvareda y produciendo un gran estruendo.

Altagracia se encontró en ese momento en una situación embarazosa, porque allí, encaramada a lo alto de un monumento con más de un siglo de antigüedad, ella había sido la causante de ese estropicio.

Oliver le tendió la mano para ayudarla a descender. Edwin se había acercado al espacio que había dejado libre la placa.

—Venid corriendo —dijo el dominicano.

Lo que vieron les dejó sin habla: un conjunto de documentos ordenados en varios grupos se encontraba ante sus ojos. El papel se veía envejecido por el tiempo y había una capa de polvo bastante densa.

Cogieron los legajos con cuidado y se quedaron allí sin saber qué hacer.

Edwin decidió gastar una broma:

—Creo que deberíamos pintar la firma de Cristóbal Colón en el monumento —dijo entre risas.

Sus compañeros se miraron sin creer lo que había dicho el dominicano: acababa de dar una respuesta probable al misterio de las firmas aparecidas en los robos de Santo Domingo y Sevilla.

—Dios —acertó a decir Oliver—. Ésa podría ser una razón por la cual los ladrones dejan la firma del Almirante en el sitio que roban.

—Yo he pensado lo mismo —corroboró la mujer—. Los ladrones lo que hacen es avisar a otros de que ese monumento ya ha sido abierto y han extraído su contenido. Aunque en sí misma esta idea plantea otras dudas, pienso que podría explicar en cierta forma las pintadas.

—Exacto.

—Nos queda por visitar el monumento a Colón en Génova —dijo la mujer—. Allí también dejaron la firma y también hubo placas rotas, según te contó la señora Soler.

Los tres sonrieron y se alejaron del monumento de Colón en la Cartuja de Sevilla. Ahora tenían pistas más sólidas y unos documentos por estudiar.

*

Lejos, desde el interior de un coche con cristales oscurecidos, un hombre había grabado con una cámara todo lo ocurrido. Había llegado justo en el momento en el que la mujer estaba subiendo al monumento. Por unos instantes pensó que la dominicana se iba a caer y se iba a herir seriamente. Tardó un rato en entender lo que esa gente estaba haciendo allí. No lo comprendió hasta que se produjo el enorme estruendo de la placa que se rompió contra el suelo.

En cuanto se abrió el pedestal, grabó con todo detalle el suculento conjunto de documentos que habían encontrado en el interior del monumento. Su jefe no se lo iba a creer.

Cogió un teléfono móvil y marcó un número de la memoria del aparato.

—Ya se van —comunicó—. Llevan consigo unos documentos que han hallado en el interior del monumento Pickman.

—¿Qué han encontrado?

—Una gran cantidad de papeles. Había multitud de documentos y posiblemente planos de tamaño medio. Todos eran de un color amarillento, por lo cual imagino que eran muy antiguos.

—Y ¿hacia dónde han partido?

—Les estoy siguiendo. Parece que se dirigen hacia el hotel. No te preocupes.

—Bien. Imagino que has grabado todos los detalles.

—Sí, no se me ha escapado nada.

—No les pierdas de vista y tráeme la cinta en cuanto puedas —le ordenó Richard Ronald.

*

Una vez en el hotel, prepararon una mesa en la habitación de Oliver donde podrían estudiar los documentos encontrados. La impaciencia por descubrir el contenido de los textos les devoraba, si bien se hacía necesario planificar los trabajos que iban a desarrollar a continuación.

—Deberíamos avisar a las autoridades españolas —pidió Altagracia.

—Yo soy la autoridad española —dijo riendo Oliver—. ¿Te valgo yo? Recuerda que soy policía.

—Sí, claro. Tengo cierta preocupación por lo que he roto esta tarde —dijo la mujer mostrando cierta inquietud por lo ocurrido con la lápida del monumento.

—No te preocupes. Ya he hablado con Antonio y han enviado un equipo de la policía científica para recabar más datos y cualquier otra información que pueda ser útil. Ellos recompondrán el monumento y se construirá una placa nueva —dijo el español tratando de tranquilizarla.

—Veamos qué hay aquí —expresó Edwin mientras extendía los documentos sobre la mesa.

Habían quitado todos los arreglos florales y objetos que decoraban la habitación del hotel, tratando de adecuar el espacio a la actividad que tenían prevista. La noche se presentaba intensa, y en consecuencia, debían adecuar el lugar para sacar todo el rendimiento posible al estudio de los documentos. Tras unos instantes disponiendo el mobiliario de la mejor manera posible, llegaron al acuerdo de que ésa era la mejor forma de trabajar de forma confortable.

Los papeles encontrados podían clasificarse en diversos grupos: había planos, dibujos y hojas de texto.

—Si te parece, Edwin, tú te encargas de revisar los planos y nosotros leemos los textos. ¿Vale? —propuso el español, mientras hojeaba los papeles que debería analizar en las siguientes horas de trabajo.

Los dos asintieron y comenzaron a trabajar inmediatamente. La enorme expectación por conocer el contenido de los documentos hizo que durante un buen rato no levantasen la cabeza.

Al cabo de un tiempo ya tenían estudiada la mitad de

los papeles encontrados. La mujer aprovechó para estirar las piernas y observar el exterior a través de la ventana. El sol comenzaba a ocultarse y proyectaba sombras de proporciones desmesuradas desde la larga hilera de cipreses que decoraba el jardín frente al hotel.

Decidieron entonces parar unos minutos para cenar algo. Como no se atrevían a dejar los papeles en la habitación sin vigilar, acordaron que bajarían dos de ellos y el tercero custodiaría los legajos. Le llevarían algo para comer en la propia habitación.

El sorteo deparó que el dominicano permaneciera arriba.

Ya en el restaurante del hotel, Altagracia y Oliver buscaron un sitio para poder hablar cómodamente. Una mesa con vistas al río Guadalquivir ofreció el entorno necesario para que tras la tensión de esa tarde los dos se entregasen a una agradable conversación.

—¿Qué tal tu estancia en Sevilla? ¿Te gusta la ciudad? —preguntó Oliver, mientras elegía el vino adecuado para la cena que habían pedido.

—Sí, mucho. Es difícil que a alguien no le guste esta ciudad. Tiene una riqueza cultural increíble y su gente es muy amable. ¿Tú la conocías antes?

—Sí. La verdad es que tuve la oportunidad de venir varias veces durante la Exposición Universal de 1992, pero después no he vuelto. Fíjate que no veo a mi amigo Antonio desde hace tiempo. Fuimos compañeros en la facultad, y luego los dos nos hicimos policías, pero nos vemos poco.

—Y ¿qué estudiasteis? —interrogó la mujer.

—Los dos terminamos una licenciatura en historia del arte. Él se ha dedicado plenamente a la policía y yo también, pero sigo ligado a la universidad porque doy clases como profesor asociado.

—Por cierto, no te lo he preguntado: ¿estás casado? ¿Tienes familia? —dijo Altagracia.

—No. Vivo solo con mi perro. Viajo mucho y no me queda tiempo para eso. La verdad es que me hubiese gustado. Provengo de una familia muy unida y me gustan los niños. He tenido algunas relaciones más o menos duraderas, pero no han cuajado. Quizá le pido mucho a mi pareja. Pienso que esta sociedad en la que vivimos nos lleva a todos por la vida a una velocidad increíble que nos impide dedicarnos más a las relaciones interpersonales. Quién sabe. Y tú, ¿estás casada?

—No. Me ha ocurrido algo parecido a lo tuyo. En mi caso, me defino a mí misma como una persona solitaria que vive en buena compañía de sus amigos. Ya sabes, me he dedicado a la política desde muy joven.

—Yo diría que eres muy joven.

—Bueno, no tanto. La verdad es que entré muy pronto en la política y me ha ido bien. Estudié mi carrera en el INTEC. ¿Recuerdas a doña Mercedes Cienfuegos? Fue profesora mía —expuso la mujer con cierto brillo en los ojos—. Me dio grandes consejos durante la carrera y también durante la preparación de mi tesis doctoral. La verdad es que le debo mucho. Gracias a ella, he entendido mejor mi país, y quizá por ello, me he dedicado a la política activa. Por una u otra razón, le debo mucho a esa mujer, a la que admiro profundamente.

—Sí, a mí también me parece una persona brillante.

—La vida desde entonces me ha ido bien, pero con un ritmo frenético. En el terreno sentimental, me ha pasado algo parecido a lo tuyo. He tenido varias relaciones de cierta intensidad pero no han terminado en nada serio. También le pido mucho a mi pareja. Coincidimos en eso.

Cruzaron una mirada que ninguno supo mantener. El hombre se quedó un momento pensativo. La verdad es que Altagracia coincidía con la mejor expresión de la mujer caribeña. Era difícil que no le gustase a alguien, pensó.

—Yo creo que lo importante es ser feliz con lo que haces y comprometerte con lo que te gusta —disertó Oliver—. En mi caso, la policía científica me ofrece casos muy interesantes y comprometidos. Me ha gustado siempre y he dedicado toda mi vida a ello. La universidad es un complemento interesante que hace que me mantenga cerca de las fuentes del conocimiento y, sobre todo, de gente muy joven. Creo que soy feliz gracias a ello.

—Interesante definición. ¿Crees que eres feliz? Nosotros, los dominicanos, no pensamos tanto en eso. Simplemente lo somos. En mi país hay ciertas carencias estructurales que intentamos paliar con buen talante ante la vida. Pero de una forma u otra, somos felices. Te lo aseguro.

—¿Por eso te metiste en política? ¿Para arreglar esas carencias? —le lanzó el hombre con una sonrisa en los labios.

—Exacto. Me apasiona cambiar el mundo pero me encanta mi país como es. Yo intento, desde mi posición de responsable pública, cambiar las cosas e ir a mejor, pero partiendo de la idea de que los dominicanos somos un gran pueblo.

—Lo sois —respondió Oliver—. Me gustó mucho todo lo que percibí en mis días allí, y tengo muchas ganas de volver. ¿Me invitarás alguna vez?

—Pues claro. Además, ¿quién te ha dicho que no tienes que volver otra vez más para avanzar en este caso? Allí hay muchos huesos perdidos —dijo entre risas.

El hombre también reía cuando el camarero les indicó que tenía preparada la cena de su compañero y que estaba listo para acompañarles arriba. Cuando llegaron a la habitación, algo les indicó que había algún problema. La puerta de la habitación estaba entreabierta.

Oliver sacó su pistola y susurró a Altagracia y al camarero que se quedasen quietos y callados. Se aproximó hasta la puerta, con la pistola cogida con las dos manos, y llamó a gritos a su colega Edwin. Al ver que no había respuesta, se acercó y pegó una patada a la puerta para abrirla completamente. Lo que vio no le gustó nada.

El dominicano estaba en el suelo en medio de un charco de sangre.

El enorme revuelo provocado por el desorden en todos los muebles y enseres de la habitación, incluidas las maletas, hizo sospechar al español que la habitación había sido revisada en profundidad. Ni un solo papel de los muchos que habían traído esa tarde permanecía en la mesa. Acudió al cuarto de baño, por si alguien se hubiera ocultado allí. Comprobó que también habían revisado cualquier recodo del aseo. Era evidente que los ladrones habían verificado que ni un solo papel de los encontrados quedara en manos de los tres investigadores.

Tras comprobar que los ladrones habían escapado, Andrés Oliver comenzó a gritar pidiendo ayuda.

# 7

# *Madrid*

*Habíanle llegado (a Colón) hasta allí un tanto estrecho los años que había estado en la Corte, que, según se dijo, algunos días se sustentó con la industria de su buen ingenio y trabajo de sus manos, haciendo o pintando cartas de marear, las cuales sabía hacer muy bien, vendiéndola a los mareantes...*

BARTOLOMÉ DE LAS CASAS,
*Diario de A bordo*

El tren de alta velocidad había salido de Sevilla hacía ya un buen rato. El silencio se había apoderado del habitáculo de la clase club que habían elegido para poder estar juntos en el interior del tren y así trabajar durante el viaje. Afortunadamente, no se ocupó el cuarto asiento, que quedó libre. Cada uno de ellos, presos de sus negros pensamientos, se compadecía de la pérdida de los documentos.

La mujer observaba cómo el tren se acercaba rápidamente a una pequeña montaña coronada por un desmoronado caserón de paredes blancas cuyo techo se confundía en la distancia con el color rojizo de la tierra que le circundaba. Multitud de olivos se elevaban por la colina sin llegar a alcanzar el intenso cielo azul que completaba el paisaje.

Edwin Tavares lucía un enorme vendaje en la cabeza, que le permitía realizar las funciones básicas de ver, oír, oler y sólo a duras penas, comer.

—No debimos dejarte solo —se reprochó Oliver.

—La culpa fue mía. No debí abrir la puerta. Jamás en mi vida he cometido un error más tonto. La verdad es que estaba encantado analizando aquellos mapas.

—Parece mentira que dos curtidos policías digan estas cosas —interrumpió Altagracia tratando de cerrar la fase de reproches—. Seamos sensatos y utilicemos nuestras energías en resolver el caso, porque hemos llegado muy lejos.

—Si cojo a ese tipo... —dijo con ira el dominicano—. ¿Piensas que con la descripción que les di a tus compañeros podrán encontrarle?

—No lo sé. La descripción que diste es un poco vaga, pero haremos todo lo que podamos. No te quepa la menor duda, porque nosotros también hemos perdido mucho con este nuevo robo.

La mujer propuso que cada uno anotase en hojas de papel independientes todas las cosas que hubiesen podido retener de lo visto en los legajos encontrados en la Cartuja. La propuesta les pareció interesante y se pusieron manos a la obra.

Edwin pintó parte de los mapas que había visto, de alguno de los cuales recordaba significativamente la silueta de la isla La Española, es decir, de su país, la República Dominicana, y Haití. Otros mapas antiguos representaban unas tierras desconocidas para Edwin, aunque pudo reconocer parte de América Central en la costa del mar Caribe. Dibujó todo esto como pudo.

Altagracia anotó una gran cantidad de palabras en su hoja. De vez en cuando, paraba para observar el bello paisaje que veía desde el interior del tren, en ese caluroso día de verano. Exhausta por el esfuerzo mental que suponía recordar todo ese texto en unas circunstancias tan difíciles, completó la última palabra y observó detenidamente a sus colegas en espera del fin de su parte del trabajo.

El último en terminar fue Oliver. Recordaba detalles significativos del contenido original, si bien no llegó a conectar varios párrafos que podían haber aportado coherencia a lo que estaba escribiendo. Pensó que era una lástima no poder completar el texto.

Los tres pusieron en común lo escrito.

El dominicano era el único que había analizado los planos, porque había tenido más tiempo que los demás. Explicó a sus compañeros de aventura lo anotado.

—Sin lugar a dudas, uno de los mapas corresponde a nuestro país. He podido reconocer la parte nororiental, con la bahía de Samaná perfectamente dibujada, así como otros detalles en el este, como la isla Saona. No obstante, lo que me ha convencido finalmente ha sido ver en ese plano un río que salía de una ciudad que me ha recordado de forma importante a nuestro río Ozama, que divide Santo Domingo.

—Bueno, es un punto de partida interesante —afirmó Oliver.

—Sin duda que es un punto significativo, porque de ahí salía una línea hasta el resto de los mapas. Era algo así como el origen de los demás documentos.

—Curioso —añadió la mujer—. ¿Y el resto de los planos?

—Yo juraría que se trata de alguna zona entre la costa de Nicaragua, Costa Rica, Panamá y la parte caribeña de Colombia. No pude confirmarlo, pero creo que todas las flechas, distancias y anotaciones en los mapas apuntaban hacia esa zona. La he dibujado como la recuerdo, pero no podemos fiarnos al cien por cien.

—Está bien. Y tú, ¿Altagracia? —preguntó Oliver.

—El texto que yo he recordado hablaba de unas personas en un contexto difícil, complicado, donde quien narra explica detalladamente el motivo de la toma de una decisión que parece justificada por lo extremo de la situación que estaban viviendo. Leo lo que he escrito:

> Nuestro destino era Jamaica. Desde Dominica hallamos una gran tormenta que nos persiguió durante muchos días después. Parecía que la tormenta tenía vida, representada por un enorme animal salvaje, y que nosotros éramos su presa. Cuando por fin escapamos, nuestras velas maltrechas debieron ser reparadas en el único sitio posible: Santo Domingo. Pero no nos dejaron atracar en ese puerto. Mientras negociábamos, nuestro comandante pidió ayuda ante otra gran tormenta que se avecinaba. El gobernador de la isla no autorizó...
>
> Nuestras naves permanecieron ancladas ante el puerto y sufrieron el temporal perdiendo más velas. Algunas de nuestras naves rompieron amarras y fueron llevadas mar adentro, lejos de la costa. Nuestras naves lograron reunirse días después. Muchas naves de ellos que habían partido de puerto hacia Castilla se hundieron... Nuestro comandante les había avisado.

—Vaya, es una historia que da pena —dijo Oliver—. Fijaos en lo que he escrito yo. Es todavía más dramático:

> Durante la travesía, las tormentas nos acompañaron casi todos los días. No sabíamos lo que buscábamos. Los hombres estaban exhaustos y los motines se sucedían a menudo, por no decir todas las noches. El hambre debido a la comida agusanada, las enfermedades y el peligro de nuestras maltrechas naves hacían que nuestros hombres pensaran en cada momento en volver y salvar las vidas. Nuestro comandante sólo pensaba en el oro. Nosotros sólo pensábamos en la comida. Cuando nos acercábamos a tierra y nos encontrábamos con tribus de indios, él trataba de cambiar baratijas por oro, y nosotros las cambiábamos por comida. Debido a ello, el comandante nos prohibió bajar a tierra sin su permiso. Conseguimos al poco tiempo convencerle de la necesidad de matar el hambre para sobrevivir. Cuando íbamos a atracar para traer comida, fondeando en un sitio de gran belleza, aguas limpias y muchos árboles con sabrosas frutas, unos indios muy hostiles hirieron a varios de nuestros hombres y tuvimos que salir a la mar navegando con mucha prisa. Las tempestades nos acompañaron otra vez, durante muchos días, y allí sin comida, con las naos maltrechas tomamos una decisión. Por eso lo hicimos.

Los tres se quedaron pensando en estas palabras y trataron de imaginar la situación que tuvieron que pasar esos marinos. Edwin, por fin, comenzó a hablar:

—Vaya. Ahora sí que estamos perdidos. ¿Qué quiere decir todo esto?

—No lo sé, pero en Madrid vamos a recibir ayuda, y de la grande. Ya veréis —explicó el español, convencido de que tenía a la persona adecuada para ayudarles.

—¿Cuánto tiempo tenemos antes de partir hacia Génova? —preguntó la dominicana—. Debo comprar algunas cosas. No tenía previsto un viaje tan largo, y ya sabéis cómo somos las mujeres. Tenemos más necesidades que vosotros, los hombres.

—En principio pienso que dos días estará bien. He previsto que nos quedemos en mi casa y desde allí haremos las gestiones. ¿Os parece bien?

La amabilidad del español al ofrecer su casa contribuyó a crear una atmósfera de entendimiento, que debía de fortalecer el ánimo de los tres investigadores tras los acontecimientos del día anterior.

En consecuencia, los dos asintieron aceptando la propuesta.

*

En la clase preferente, dos hombres observaban los movimientos de los tres investigadores, a través de la puerta de cristal que comunicaba los distintos compartimentos. Habían subido al tren casi pegados a ellos, y tenían la clara intención de no dejarles solos ni un minuto, pasara lo que pasase durante el viaje y en la llegada.

—Espero que no sea complicado seguirles en una ciudad tan grande como ésta —dijo uno de ellos—. Yo no conozco bien Madrid y podemos perdernos. Me preocupa esta misión.

—Allí vamos a contar con algo de ayuda —dijo su compañero—. De todas formas, tenemos algunas referencias a las que podemos acudir.

—¿A qué te refieres?

—Hemos conseguido la dirección personal del tal Andrés Oliver, así como la de su trabajo. Seguro que va por alguno de estos sitios.

—Sin duda. Es una buena garantía para hacer bien nuestro trabajo. No podemos fallar bajo ningún concepto.

*

La vivienda del español sorprendió a Edwin por su amplitud y decoración. No había duda de que allí se acomodarían de forma confortable.

—¡Vaya! Veo que también a los policías de Madrid les pagan bien —dijo el dominicano, sorprendido por el espacioso apartamento de su colega.

La mujer observaba la acertada decoración, que conseguía crear un ambiente placentero a la vez que elegante. Un tanto minimalista y masculino, pensaba la dominicana en el momento en que Oliver atrajo su atención.

—Esta casa era de mis padres. Yo la he rehabilitado porque está en una zona muy buena y además porque es un ático, que siempre es más desahogado. Mirad qué vistas.

Salieron a una terraza enorme. Altagracia dejó escapar una expresión claramente dominicana:

—¡Vaya sitio! —exclamó.

—Éste es el Parque del Retiro, muy típico de mi ciudad. ¿Os gusta la vista? A mí me relaja mucho tomar una cerveza al terminar el día, mientras veo todos esos árboles.

—Yo me quedo aquí a vivir —afirmó Edwin.

—Estás en tu casa —confirmó su colega.

La amplitud del ático permitió a cada uno de los invitados ocupar una habitación independiente. Una vez asentados, el anfitrión les anunció que debían partir hacia la cita por la cual habían decidido ir a esa ciudad. Bajaron al garaje a coger el coche de Oliver. El departamento de análisis de la policía científica les esperaba.

Las calles madrileñas presentaban un aspecto concurrido a esa hora, en un típico día laborable. Los dominicanos tenían puesta su atención en todo lo que iban viendo. Modernos edificios de oficinas y suntuosos inmuebles residenciales se alternaban con rapidez cuando, al pasar por la plaza de Colón, Edwin no pudo dejar de señalar el monumento al Descubridor en la capital de España.

—También tenéis aquí un monumento al Descubridor —dijo, señalando hacia el sitio donde había encontrado un nuevo vestigio del personaje que venía ocupando su vida de forma tan intensa en los últimos días.

—Claro. Quizá deberíamos visitarlo. Por si acaso.

Llegaron a un inmenso inmueble situado en una céntrica calle madrileña. El español explicó que el edificio pertenecía a la policía científica y, aunque no era el lugar donde tenía ubicado su propio despacho, solía venir por aquí de forma frecuente. La oficina que buscaba Oliver se encontraba en la última planta del edificio, al fondo del pasillo más largo que los dominicanos habían visto en su vida. Tras una larga caminata, en la cual pasaron por delante de una infinidad de puertas de despachos cerrados, llegaron al último rincón posible de un increíble laberinto. Oliver tocó suavemente con sus nudillos en la puerta y abrió despacio.

Les recibió desde la mesa de su despacho un señor mayor, de pelo gris y gafas caídas sobre la punta de la nariz. El aspecto de científico despistado hacía presumir que estaban ante alguien con años de experiencia y conocimientos suficientes para ayudarles en el caso, como había prometido Oliver. El habitáculo estaba repleto de papeles en un desorden absoluto. Múltiples fotografías y diplomas llenaban las paredes de forma que prácticamente no se veía el color de éstas. Se podía afirmar, sin lugar a dudas, que la habitación constituía el mayor caos que los dominicanos habían visto en sus vidas, concentrado en un lugar tan pequeño como ése.

Andrés Oliver y Tomás Oliver se fundieron en un largo abrazo.

—Os presento a mi tío Tomás, uno de los mejores investigadores de la policía española y uno de los grandes expertos en análisis de materias relacionadas con el patrimonio histórico iberoamericano de este país.

—¡Vaya! Qué chicos más guapos. ¿De dónde sois? —preguntó el experto.

—Dominicanos —respondió Edwin—. Veo que tiene usted un despacho muy peculiar.

—Es un desorden organizado —aseveró con seguridad Tomás Oliver—. Cualquier cosa que necesite la puedo encontrar rápido. Creedme, ¿para qué perder el tiempo ordenando cuando lo importante es la eficacia?

—Claro, claro —respondió la mujer—. Veo que tiene usted una foto con nuestro presidente de la República Dominicana.

—Sí. Me consultan de vez en cuando desde su país. Entre otros asuntos, asesoré al ex presidente Balaguer con ocasión del quinto centenario del descubrimiento en relación con el traslado de los supuestos restos de Colón desde la Catedral Primada hasta el Faro. ¡Menudo bodrio de edificio hicieron allí! Yo aconsejé dejar los restos en la catedral de Santo Domingo, pero no me hicieron caso. Creo que ustedes han salido perdiendo con el cambio. No me cabe ninguna duda.

—Bueno, ahora da igual —respondió Altagracia—. Ya sabe usted que no tenemos ni un solo hueso tras el robo.

—Sí, lo sé. Andrés me ha llamado desde entonces en veinte ocasiones. Estoy al tanto de todo.

Los dominicanos miraron a Oliver, que encogió los hombros.

—Bien, sentémonos para hablar del asunto. ¿Por dónde empezamos? —preguntó Tomás.

Hablaron durante horas de los detalles relativos a lo encontrado en Santo Domingo y en Sevilla. Trataron de narrar los hechos de la forma más ordenada posible, poniendo énfasis en los legajos encontrados y en los detalles relevantes que habían encontrado en las dos ciudades. Terminaron la explicación dando a conocer el sorprendente hallazgo al que habían tenido acceso sobre el robo sucedido en Génova cien años atrás.

—Yo no tenía conocimiento de que el monumento de Colón en la Piazza Acquaverde en Génova había sido expoliado hace un siglo, hasta que Andrés me lo contó. Aquí no tenemos ni un solo informe relativo a este hecho. Pero he investigado, y he llegado a la conclusión de que se desconoce si tenía algo en el interior. Lo que sí se sabe es que los ladrones dejaron la firma en el exterior. La prensa italiana a la que yo he tenido acceso dijo entonces que habían sido unos gamberros, que rompieron una lápida. Sin embargo, no entiendo cómo esta noticia había pasado desapercibida en nuestros archivos. Me pregunto qué podría contener el monumento expoliado.

—Podría haber contenido papeles similares a los que encontramos nosotros —reflexionó Oliver en voz alta.

—¿Qué antigüedad podían tener esos papeles que os han robado en Sevilla? —inquirió Tomás, que procedía de forma sistemática a anotar todo lo hablado en distintas hojas de papel al mismo tiempo.

La mujer se preguntó para qué querría el investigador anotar estas cosas, cuando tenía el despacho sometido a un intenso desbarajuste. Con toda seguridad, iba a perder las hojas en las que estaba anotando el contenido de la conversación en cuanto salieran de allí. Pensó que alguien así, con esa tendencia al desorden, debería tratar de esquematizar sus ideas antes que anotarlas en muchos papeles al mismo tiempo, porque tantas hojas contribuirían a incrementar la anarquía de la habitación.

—No hemos podido analizar la antigüedad de los legajos, si bien hemos conseguido recordar una parte de los textos y de los mapas —dijo Edwin sacando un dossier de su maleta.

La mujer pensó por un momento en avisar a su compatriota para que no sacase más papeles dentro de ese despacho, por si acaso.

Tomás Oliver apartó de un manotazo una gruesa columna de documentos situada sobre la mesa de reuniones de su despacho. Los folios cayeron al suelo provocando un enorme revuelo y levantando una gran polvareda. Cuando la nube de polvo se asentó, el investigador comenzó a leer de forma pausada en voz alta. De vez en cuando paraba para reflexionar sobre el contenido, dejando escapar gestos de sorpresa.

Nada más terminar de leer el texto recuperado por los investigadores, el experto sentenció:

—Se trata de un episodio conocido del descubrimiento: el cuarto viaje de Colón.

Los tres se miraron sorprendidos.

—¿Cómo lo sabe? —preguntó extrañado el dominicano.

—Es fácil. Estas escenas del cuarto viaje son relativamente conocidas. Lo que no es normal es que estuviesen descritas por alguien que estuvo allí y que esto estuviese dentro de un monumento a Colón durante no sabemos cuánto tiempo.

—¿Cómo lo relacionas con el cuarto viaje? —le preguntó su sobrino.

Tomás comenzó a contar de forma ceremoniosa esta parte del descubrimiento. Parecía que, narrando la historia, éste era otro hombre muy diferente al que habían conocido hacía unos minutos. Se tomó su tiempo, y comenzó indicando que en 1502, contando ya con cincuenta años y la salud quebrantada, al mando de cuatro pequeñas naves denominadas *La Capitana, Santiago de Palos, La Vizcaína* y *La Gallega,* Cristóbal Colón zarpó rumbo a la más arriesgada de sus expediciones. Junto a él, también habían embarcado en esta aventura su hermano Bartolomé y su hijo Hernando.

—Este último personaje fue quien luego fundaría la biblioteca colombina en donde ha estado usted, señorita —dijo el experto—. Quizá fuese en ese cuarto viaje cuando Hernando Colón quedó maravillado por los libros que tenía su padre. A partir de ahí, puede quizás explicarse el fuerte aprecio que les daba a esos textos y la razón por la que decidió reunir una colección única en Europa en aquel entonces. Pero sigamos con la historia.

»Años antes —siguió exponiendo—, los Reyes Católicos habían nombrado a Nicolás de Ovando gobernador y juez supremo de las Indias. Entre otros personajes significativos de esta parte de la historia, el padre Bartolomé de Las Casas acompañó a Ovando en ese viaje, y gracias a él se ha conservado una gran cantidad de documentos del Almirante. Debido a los acontecimientos del tercer viaje, donde Colón llegó a ser apresado, los Reyes prohibieron a Colón atracar en Santo Domingo, salvo a la vuelta y sólo para repostar víveres.

»El objetivo de Colón —prosiguió— era ir directamente a Jamaica. No obstante, una fuerte tormenta dañó la nave *Santiago de Palos,* y por eso decidió sustituirla en el único y mayor puerto disponible en ese momento: Santo Domingo. El Almirante ancló las naves frente a la ciudad y solicitó el cambio. Nicolás de Ovando negó cualquier aproximación al puerto.

»Y aquí tenemos otro de los grandes enigmas de este personaje al que nunca acabaremos de conocer —dijo Tomás, alisando su barba con gesto serio y retrepándose en su sillón para indicar que necesitaba relajarse para narrar lo que seguía.

—¿A qué se refiere? —preguntó el dominicano.

—Cristóbal Colón adivina que se acerca un huracán, aunque entonces no se conocía este fenómeno, y nota signos inequívocos del desastre que se avecina. Avisa a Ovando del peligro y pide permiso para atracar con sus naves en el estuario del río Ozama, dentro de la ciudad de Santo Domingo, a modo de refugio. El gobernador le niega esta petición y Colón se ve obligado a ver pasar un huracán sobre su cabeza mientras permanece anclado en la costa. ¿Os imagináis un ciclón tropical sobre barcos de madera?

—Había olvidado esta historia, que ahora veo reflejada en los legajos que encontramos —dijo Oliver pensativo.

—Pero aquí no acabó la cosa —prosiguió su tío—. Colón, seguro de la tragedia que se avecinaba, advirtió al gobernador Ovando de que no dejase partir una numerosa flota de veinte barcos y más de quinientos hombres que volvía a España. El gobernador ignoró completamente el aviso de Colón, y el huracán arrasó con todos los barcos, hundiéndolos, en uno de los episodios más nefastos de los primeros viajes a América.

—Y las naves de Colón sortean el huracán y se salvan —añadió Oliver.

—Sí. Y como dice el documento que habéis encontrado, sólo la nave del Almirante consiguió mantenerse anclada en la costa. Las otras naves rompieron amarras y se adentraron en el mar Caribe, pero lograron volver a los pocos días ya pasado el huracán.

—Y ¿qué piensa de la otra parte del texto que le hemos traído? —preguntó Altagracia.

—También está relacionada con el cuarto viaje, el más peligroso y complicado de todos. Colón pasa de las islas centrales del Caribe a América Central, es decir, a tierra firme, descubriendo en este viaje muchas zonas de las que hoy ocupan países como Honduras, Nicaragua, Costa Rica o Panamá. El objetivo de este viaje era encontrar por fin las tierras del Gran Khan y Cipango, es decir, Japón.

Los tres investigadores miraban absortos al anciano, imaginando la escena que narraba de forma tan intensa.

—El objetivo de nuestro Almirante era llegar a las Indias, que para entonces era una zona muy amplia del Oriente y que abarcaba desde la India hasta China y más allá. De allí venían las especias que condimentaban las carnes putrefactas que comían los europeos de la época. ¡Imaginaos lo que era entonces comer carne de animales sin especias! Por eso era tan importante encontrar nuevas rutas hacia las zonas productoras de especias —concluyó Tomás.

—Y ¿qué referencias utilizó Colón para este viaje? ¿Qué ruta siguió? —preguntó Edwin.

—Buena pregunta —apuntó Tomás—. El Almirante perseguía el extremo más oriental de la actual China, es decir, el más meridional de la provincia de Ciamba, la larga península que constituía el límite oriental de Asia. Por lo tanto, cuando Colón va siguiendo la costa de los actuales territorios de Nicaragua, Costa Rica y Panamá, las cuatro naves de nuestro marino barloventean dirección este.

—Y ¿qué buscaba? —volvió a preguntar el dominicano.

—Pues encontrar al Gran Khan y sus minas de oro. Este viaje fue el más difícil del Descubridor. Las tormentas le acompañaron prácticamente todo el tiempo. Las descripciones que hace Colón de este viaje son escalofriantes. Fuertes vientos, mar espumado, imposibilidad de seguir una ruta determinada, etcétera. En una de las muchas escalas, los indios le hablaron de la rica tierra de Veragua y más específicamente de Ciguare, más allá de unas cadenas montañosas. Colón interpretó que Ciguare y Ciamba era lo mismo, y que por tanto había llegado a donde la península era más estrecha. Supuso, en consecuencia, que no lejos de allí estaría el mar Índico.

Tomás Oliver se levantó y volvió a derribar de un manotazo una alta y desorganizada columna de papeles para coger un mapa de la zona. Cuando el improvisado torbellino de polvo se asentó, les mostró en el mapa lo que quería indicar.

—Nuestro marino navegaba entre tormentas, vientos, y con la tripulación realmente maltrecha. Navegando como podía, la península se hacía más larga de lo que él creía y desmentía los mapas asiáticos que él conocía. La tierra torcía al sudeste y al este en lugar de hacerlo al sudoeste y oeste como él esperaba. ¡Qué tremenda decepción debieron de sentir los marinos!

—Y además nuestro Almirante sufrió terribles enfermedades durante el viaje —apostilló la mujer—. ¿Es así?

—Efectivamente. Colón pasó la mayor parte del viaje postrado en un camastro que a veces situaban en cubierta. En alguna ocasión, como él mismo narra, creyó caer al mar.

Los cuatro callaron durante unos minutos imaginando la dureza de lo que Tomás estaba diciendo.

—Es una verdadera pena que os hayan robado los mapas —aseguró el experto—. Si pensamos que Colón vivió durante una buena parte de su vida de los mapas de marear que pintaba, cualquiera podría imaginar que nos ha dejado un legado importante de planos con descripciones de sus descubrimientos. Pero la realidad nos dice que no hay ni uno solo, salvo algún pequeño dibujo garabateado en su cuaderno de a bordo.

—Yo no sé si los mapas que vimos —tomó la palabra Edwin— eran del mismísimo Almirante. Lo que sí puedo afirmar es que en uno de ellos se dibujaba La Española y el otro hacía referencia a algún sitio de América Central. Además, había marcas hechas en distintos puntos de la costa de toda esta zona.

—Y no podéis deducir de qué se trataba... —apostilló Tomás Oliver, observándolos a todos, esperando obtener alguna pista adicional, aunque a sabiendas de que habían agotado en esa reunión todos sus conocimientos relacionados con la investigación.

—No tenemos ni idea —concluyó Altagracia, elevando la vista hacia el techo, imaginando lo que podrían contener los legajos perdidos.

—Bien, creo que debéis leer la carta que escribió Cristóbal Colón a los Reyes Católicos desde Jamaica, a la vuelta de este viaje, el 7 de julio de 1503, justo antes de regresar a España. Este escrito narra muy gráficamente todas las experiencias que hemos contado y, en especial, la dureza del viaje. Quizá de ahí saquéis conclusiones. Por lo pronto, no creo que yo pueda ayudaros más.

# 8

# Madrid

*Revino la tormenta y me fatigó tanto que ya no sabía de mi parte. Allí se me refrescó el mal de la llaga; nueve días anduve perdido sin esperanza de vida; ojos nunca vieron la mar tan alta, fea y hecha espuma. El viento no era para ir adelante ni daba lugar para correr hacia algún cabo. Allí me detenía en aquella mar hecha sangre, hirviendo como caldera por gran fuego [...] La gente estaba tan molida que deseaba la muerte para salir de tantos martirios.*

Carta de Cristóbal Colón a los Reyes Católicos. Jamaica, 7 de julio de 1503

La cálida noche invitaba a permanecer en la calle en alguna de las muchas terrazas abiertas. Sentados en pleno paseo de la Castellana, los tres investigadores decidieron darse un respiro tras la complicada carrera que habían emprendido en los últimos días.

Altagracia comentó que los historiadores dominicanos, sus amigos los profesores, habían llegado a Madrid para asistir a unas conferencias en la universidad. Solicitó permiso para reunirse con ellos y cambiar impresiones sobre el caso. Oliver expresó su preocupación por mantener la discreción y no revelar los valiosos secretos que habían encontrado.

—Pues no lo entiendo —le respondió la mujer, visiblemente irritada—. Tú has revelado todos los detalles de nuestros hallazgos a tu tío Tomás.

—Mi tío Tomás es policía. Es uno de los investigadores de mayor reputación profesional en el cuerpo. No lo olvides.

—Bien —intentó mediar Edwin—, yo creo que los dominicanos somos capaces de ser prudentes cuando es necesario, y desde luego, somos gente leal. No te preocupes, Andrés.

Oliver dio un sorbo a su cerveza y se entregó a sus pensamientos.

*

Los hombres decidieron dar un paseo por las calles madrileñas en la calurosa noche mientras la mujer descansaba en el apartamento. Las calles estaban llenas de gente bulliciosa con pretensiones de pasar una noche agradable. Edwin no pudo resistir el comentario:

—Esta ciudad me recuerda a Santo Domingo. Gente en la calle a todas horas y con ganas de pasarlo bien. Se nota que somos latinos.

—Sí —respondió Oliver—, y la verdad es que con esta temperatura podríamos estar perfectamente en tu ciudad. ¿De qué parte del país eres?

—Yo nací en Haina, me crié allí y posiblemente moriré allí. Soy un enamorado de mi barrio, que es muy antiguo. Colón creía que allí había mucho oro. Y la verdad, se lo debió de llevar todo, porque cuando yo llegué no quedaba ni una mísera pepita.

—Y ¿dónde está Haina? —preguntó Oliver, riendo por la brillante ocurrencia del dominicano.

—No muy lejos del centro de Santo Domingo, al oeste. Es una zona muy pobre, con muchas carencias. Tiene un puerto que le da algo de vida, aunque la actividad portuaria no es suficiente para dar de comer a todos.

—Bueno, has llegado hasta aquí y no te va mal en la vida. Eres un policía con reputación en tu país y creo que te gusta lo que haces —trató de consolarle Oliver.

—Sí, no me quejo. Pero vengo de una familia muy humilde y no te negaré que hemos pasado mucha hambre. La época del dictador fue muy dura y aún hoy mucha gente tiene dificultades allí.

Los ojos del dominicano se perdieron por un momento. La imagen de su barrio, con carencias básicas en saneamiento, seguridad y muchos otros aspectos del urbanismo más elemental, le venía a la cabeza. Su infancia había sido realmente difícil. Su padre abandonó a la familia cuando él apenas contaba dos años. Al principio, costó mucho aceptarlo, porque un país como el suyo, sin ningún tipo de apoyo social por parte del Estado, deja a sus ciudadanos indefensos. Lo más difícil para su madre fue mantener a cuatro hijos sin ningún tipo de ayuda. Todos tuvieron que trabajar desde muy pequeños, y gracias a que él era el menor pudo ir a la escuela mientras sus hermanos llevaban el peso de la casa. El tiempo pasó rápido y pudo estudiar hasta cumplir los dieciocho años. Aunque no consiguió recursos suficientes para ir a la universidad, pudo alcanzar un puesto en la policía dominicana, donde fue subiendo en el organigrama hasta hacerse con el departamento de la división científica. Desde entonces, su vida había transcurrido con gran celeridad debido a la multitud de casos que había tenido que afrontar, uno tras otro. Los años habían pasado casi sin que pudiera disfrutar de su alta posición en un organismo público. La intensidad del puesto no le permitía bajar la guardia. Por tanto, podía decir que la vida no le había dado respiro.

Pero le gustaba. Decididamente, le gustaba su vida.

—Cuando vuelvas por allí te llevaré a mi casa. Te encantará conocer un mundo diferente —invitó el dominicano, emocionado por sus recuerdos.

—Por supuesto, será un placer conocer Haina —contestó el español, aceptando la invitación.

Oliver pensó que este tipo le caía bien. Desde el principio le había parecido un hombre sincero y directo, y había confiado en su profesionalidad. En un caso tan complicado como el que les ocupaba, era necesario fiarse de los compañeros.

—Bien. Ahora vamos a divertirnos un rato, que es lo que me apetece —dijo Edwin mientras tiraba de Oliver hacia el interior de una concurrida discoteca.

*

El día amanecía con un sol inusualmente radiante desde las primeras horas. La luz inundaba las calles presagiando un nuevo día de implacable calor.

Altagracia había acordado reunirse con sus amigos los profesores en el hotel donde éstos se hospedaban, no muy lejos del apartamento de Oliver.

Su amiga Mercedes Cienfuegos abrió los brazos para recibirla en cuanto la vio. Las dos mujeres se fundieron en un largo abrazo. Cuando aún no habían acabado de estrujarse mutuamente, llegaron los otros profesores, que observaron la cálida relación de ambas. Don Rafael Guzmán, rector de la Pontificia Universidad, venía fumando un enorme puro ya a esas horas de la mañana. Altagracia observó que tenía el pelo un poco menos blanco de lo habitual. Las gafas de concha y el bigote seguían inalterables.

—Vaya —le dijo—, veo que estás tratando de quitarte años. ¡Pero si ya eres un hombre apuesto!

—¿Te refieres a mi pelo? —preguntó Guzmán riendo—. Es una idea de mi mujer, que prefiere los machos jóvenes. Yo le digo que la juventud está en el corazón, pero ya ves.

—Nunca debiste casarte con esa tigresa —le espetó Mercedes—; va a acabar contigo.

—Bicho malo nunca muere, como dicen acá en la madre patria —respondió entre grandes carcajadas.

El tercer profesor, Gabriel Redondo, llegaba con varios periódicos bajo el brazo. Su gran altura y sus rasgos muy marcados siempre le recordaban a Altagracia a los de un actor de Hollywood cuyo nombre nunca le venía a la cabeza.

—¿Cómo está el galán que persigue a las universitarias dominicanas? —preguntó la mujer, guiñándole un ojo.

—Pues bien contento de estar contigo acá, mi niña. ¿Cómo te va?

—Muy bien. Estamos avanzando mucho en la investigación. Han sucedido cosas que no vais a creer. Sentémonos y os lo cuento. Quiero vuestra opinión sobre varios asuntos.

*

Oliver se levantó a media mañana con un fuerte dolor de cabeza. El ron que había tomado en exceso la noche anterior le estaba pasando factura. Fue a comprobar si su amigo estaba ya despierto y observó que se había marchado. Una buena ducha y un desayuno con mucho café le vendrían bien. Se vistió y salió a la calle dispuesto a coger el metro.

Llegó a su oficina con tiempo suficiente para hacer varias llamadas y consultas a la base de datos de la policía antes de comer. Tenía previsto almorzar con su jefe y contarle todo lo acontecido en esos días. Encendió su ordenador y revisó el correo electrónico. Más de cien mensajes le esperaban en la bandeja de entrada. Los ordenó y despreció los que veía superfluos en estos momentos. El caso de los restos de Colón le tenía realmente absorto. Cuando llegó a la mitad de la lista de correo entrante, observó en el centro de la pantalla del ordenador un mensaje que le llamó la atención. Orientó el cursor del ratón hacia el mensaje y antes de abrirlo comprobó la identidad del remitente con ira.

¡El mensaje venía de la oficina de Richard Ronald en Miami, Florida!

La certeza de que este oscuro personaje estaba detrás del robo de los documentos y, sobre todo, la dureza con que habían golpeado a Edwin casi le hicieron explotar de rabia antes de abrir el correo electrónico. Pensó en mandar el mensaje directamente al departamento correspondiente para que persiguiesen a Ronald, aunque decidió leerlo, por si acaso contenía algún dato relevante para resolver el caso.

El asunto del mensaje no podía ser más curioso, dada la situación: «Urgente: tenemos que vernos.» Lo abrió y pensó, una vez más, en enviar a la policía para detener a Ronald en el lugar donde pretendiera mantener la reunión.

El mensaje, no obstante, le orientó en otra dirección:

*Hi,* Andrés:

Espero que tus investigaciones vayan bien. He tenido conocimiento de que estás colaborando con el Gobierno dominicano en el misterioso robo de los restos de Cristóbal Colón en Santo Domingo.

Me han informado también de que tu amigo el dominicano ha sido agredido en Sevilla, y que le han robado unos documentos que pudieran ser valiosos para descifrar lo que está pasando.

También he recibido la confirmación de que os encontráis en Madrid en este momento. Como verás, me interesa el caso. No puedo ocultarlo.

Pero antes de que te enfades, permíteme que te explique mi interés en este asunto.

Hace más de cincuenta años, compré unos legajos en una subasta en París. Me interesaron porque estaban escritos en castellano antiguo y parecían originales. Desde el día que los tuve en mi poder, estos documentos han ejercido sobre mí una poderosa atracción, casi hipnótica.

Desafortunadamente, faltaban hojas en el conjunto de documentos que compré, y a mi pesar, en todos estos años no he conseguido completar la información que contienen. Jamás he encontrado en mi largo periplo como buscador de tesoros y marchante de antigüedades ningún otro documento que complemente o explique los que yo tengo.

Te podría decir que hemos estado juntos en muchas aventuras, e incluso que alguna vez no has entendido mis acciones, o peor aún, creo que piensas que te he jugado sucio en más de una ocasión. Estoy seguro de que piensas así, pero no estás en lo cierto.

Es probable que siempre trate de perseguir mis intereses y en ocasiones los ponga por encima de todo. Pero quiero decirte algo.

Por razones que no puedo explicar ahora, quiero completar la búsqueda de documentos que creo nos pueden llevar a algo grande. Tengo la sensación de que será lo más importante que haga en mi vida.

Ten en consideración mis palabras y encontrémonos cuanto antes.

*Bye, Bye.*

*Signed:* Richard Ronald

Oliver imprimió el correo electrónico. Con la hoja recién salida de la impresora, se retiró a la mesa auxiliar de su despacho para leerlo con más detenimiento. Tras varias lecturas seguidas, seguía sin creer el contenido del mensaje. Cualquier respuesta posible pasaba primero por comentarlo con sus socios de aventura, sus colegas dominicanos.

*

Doña Mercedes mantuvo una expresión de sorpresa sostenida durante las más de dos horas que Altagracia empleó en narrarles lo ocurrido en los últimos días. Durante toda la conversación, los hombres se habían mantenido al margen, sin intervenir, sabiendo la especial relación que unía a las dos mujeres, la profesora y la alumna.

—Quiero pediros encarecidamente la mayor confidencialidad posible en todo lo que he contado —solicitó Altagracia, juntando las manos a modo de ruego.

—No te preocupes, ya nos conoces —dijo doña Mercedes—. Seremos una tumba.

Todos rieron.

*

Oliver esperó en su apartamento a sus compañeros. El primero en llegar fue Edwin, que venía de recorrer el centro de la ciudad a pie. Manifestó que había estudiado palmo a palmo la madrileña estatua de Colón, por si acaso. El español escuchó con interés las investigaciones del dominicano, que explicó que se había documentado sobre la escultura, diseñada y realizada por Jerónimo Suñol en 1885.

La base del monumento fue realizada por Arturo Mélida. Cada uno de sus lados mostraba un motivo diferente: la *Santa María,* el acto de entrega de las joyas de Isabel la Católica, el momento en que Colón revela los planes del descubrimiento, y la Virgen del Pilar, conmemorativo de la fecha del descubrimiento, el 12 de octubre.

—La verdad es que he pasado todo el día allí —explicó—. Hasta que apareció un buen hombre y me contó que el monumento a Colón había sufrido un cambio importante de localización. Ocupaba originalmente una plaza ovalada. Alrededor había palacetes, entre ellos, el Palacio de Medinaceli. Los problemas de tráfico que había en el paseo de la Castellana y la necesidad de construir nuevos edificios hicieron imprescindible remodelar el lugar y diseñar nuevos espacios libres. Por esto, se construyó una nueva plaza, un gran aparcamiento subterráneo y el Centro Cultural de la Villa de Madrid.

Oliver callaba, escuchando con atención. Nunca antes se le había ocurrido observar el monumento a Colón de esa manera, en la ciudad en la que había nacido.

—Por todo ello —continuó, mientras comprobaba que su compañero escuchaba con interés—, creo que no vamos a encontrar nada en este monumento. Ha habido muchos movimientos del Almirante en este lugar.

—Estoy de acuerdo —aplaudió el español, contento con las investigaciones de su colega.

En ese momento, apareció Altagracia. Una amplia sonrisa denotaba que había conseguido información valiosa para el caso.

—Mis amigos, estos que vosotros llamáis intelectuales, tienen una teoría muy interesante —dijo Altagracia un poco enigmática.

—¿A qué te refieres? —preguntó Edwin.

—Existen en el mundo más de cien monumentos de Cristóbal Colón. La teoría de doña Mercedes, don Gabriel y don Rafael es que los monumentos que están relacionados con los restos pueden contener cosas relevantes.

Oliver, que había estado callado desde que la mujer había entrado, preguntó con rotundidad:

—Y ¿cómo saben eso?

—Es una teoría que han elaborado ellos mismos a partir de la información que les he dado y de la que ellos tenían antes —respondió Altagracia evitando su mirada.

—Pienso que debemos volver al buen ambiente anterior —pidió Edwin—. Sólo si nos centramos en el caso y nos entregamos a él, podremos resolverlo.

—Yo no tengo ningún problema al respecto —dijo

Oliver—. Hay que preguntarle a ella si ha revelado aspectos de este caso que hagan que nos tengamos que lamentar.

—Cualquier problema que pueda ocasionar la reunión con mis amigos será mi responsabilidad —respondió muy seria.

El dominicano, una vez más, actuó en calidad de moderador del debate, y encontró una solución para quitar hierro al asunto:

—Me apetece un trago —dijo—. ¿Dónde tenemos ese ron que trajimos de nuestra tierra?

El trago de ron, la música caribeña que sonaba en el equipo de música y, sobre todo, las continuas complicidades de Edwin habían conseguido limar asperezas. Cuando ya parecía haber concluido la batalla entre los dos investigadores, el dominicano retomó el espíritu conciliador:

—Por cierto, Andrés tiene buenas noticias. ¿No es así? —dijo exagerando la expresión.

—No sé si son buenas noticias. He recibido un correo electrónico de Ronald. Me dice que quiere vernos para intercambiar información y darnos a conocer unos legajos que compró en París hace muchos años. Ya conocéis mi opinión. Este hombre es muy peligroso y mi intuición me dice que puede ser el responsable del robo de los documentos que encontramos en Sevilla y del tremendo golpe que recibió Edwin.

Los tres se quedaron en silencio durante unos minutos, entregados cada cual a sus pensamientos. El paso que había que dar no era claro en ningún caso. Tras unos instantes, Altagracia tomó la palabra:

—Parece interesante y peligroso al mismo tiempo. De acuerdo con la teoría de mis amigos, de los muchos monumentos de Colón que hay en todo el mundo, sólo los relacionados con los restos pueden ser interesantes para el caso. Según ellos, debería haber documentos ocultos en donde estén los restos de Colón.

—Sí, esto ya lo has dicho —recordó Edwin, encogiéndose de hombros, para dar a entender que no comprendía nada.

—Aunque parezca mentira —prosiguió Altagracia—, existen otros destinos de los huesos del Almirante. Permitidme que os cuente.

»Cuando se hallaron los restos en la catedral de Santo Domingo en 1877, los huesos encontrados fueron objeto de múltiples vicisitudes y viajaron mucho.

»Que nadie piense que todos los restos de la catedral dominicana se quedaron allí. Mis amigos dicen que parte de los huesos encontrados fueron objeto de un largo viaje —expuso Altagracia.

—¿A qué te refieres? —preguntó Edwin.

—El obispo de Santo Domingo, que en ese año de 1877, cuando se descubrió la nueva tumba de Colón, era monseñor Rocco Cocchia, un italiano de talante abierto y de personalidad explosiva, lanzó las campanas al vuelo por el hallazgo y se mostró muy generoso con el resto del mundo.

»Mis amigos han investigado a fondo —continuó la mujer— y han encontrado multitud de datos confirmados sobre donaciones de pequeños fragmentos de los huesos y de polvo encontrado en el ataúd a instituciones de distintas partes del mundo. Dejadme leeros una lista que he elaborado:

> Algunos fragmentos fueron entregados al papa León XIII, porque obviamente la Iglesia estaba por medio. Otros fueron entregados a la Univer-

> sidad de Pavía, porque existe una creencia antigua que dice que Colón estudió allí. Esta teoría carece de fundamento. Por otro lado, existe constancia de que este arzobispo italiano convenció al ministro de Justicia dominicano de que se entregase una buena pieza a la ciudad de Génova, donde se entendía que había nacido el Almirante. Finalmente, se regaló una buena parte de las cenizas o polvo que había en la tumba de la catedral a distintas instituciones genovesas.

Altagracia se dio un respiro para tomar aire, mientras buscaba otra hoja más que tenía en el portafolio.

—Aquí no acaba la cosa. Cuando se hallaron los restos en la catedral, el ingeniero jefe era el señor Castillo. La bondad del arzobispo le llevó a donar también a este hombre parte de las cenizas del interior de la urna encontrada. A su vez, este ingeniero donaría partes de sus reliquias a la ciudad de Boston y a personas de su círculo más cercano.

Los compañeros de aventura de la dominicana no salían de su asombro. Toda esta información valiosa para el caso no había aparecido en ninguno de los papeles e informes que habían manejado. Ni siquiera el Gobierno español había dado al departamento de Oliver información relevante sobre el asunto, donde esto apareciese.

—Buen trabajo, colega —dijo el dominicano, aplaudiendo de forma decidida a la mujer, mientras daba vueltas alrededor del sillón donde se encontraba sentada.

—Pienso que debemos partir para Génova lo antes posible —dijo Oliver en tono pausado—. Allí tenemos que analizar lo que pasó con el monumento de Acquaverde y hacer una buena revisión de todos los vestigios del

Almirante. Además, como no tenemos nada que perder porque no tenemos ningún documento original, creo que debemos quedar con Ronald y ver qué nos cuenta. ¿Estáis de acuerdo?

Sus compañeros asintieron. Génova sería su próximo destino, por lo cual dejarían para más tarde el posible encuentro con el americano.

Oliver no terminaba de hallar acomodo en su asiento. Algo en su interior le decía que estaban cometiendo errores importantes, que le provocaban temores posiblemente infundados, pero que, en el fondo, le causaban una cierta preocupación.

*

La Universidad Complutense se encontraba abarrotada de expertos internacionales. Multitud de profesores se agolpaban en el hall de la facultad, justo antes del comienzo de las ponencias del día.

Don Rafael y don Gabriel permanecían de pie, junto a un grupo de colegas de otros países, con los que compartían ideas relacionadas con el asunto del congreso. Doña Mercedes les pidió que se acercaran a ella. Localizaron una mesa en la que se ubicaron para analizar con urgencia algo que la mujer les avanzó.

—Me ha llamado Altagracia. Nuestras ideas han calado en el policía español.

—En el fondo —tomó la palabra el rector Rafael Guzmán—, todo lo que hemos dicho es cierto. Ahí están los hechos históricos que pueden comprobarse en cualquier hemeroteca y en muchos libros de historia dominicana.

—Sí, tienes razón —dijo Gabriel Redondo—. Lo importante es lo que no hemos dicho.

—Lo realmente importante es que nuestras estrategias están en marcha —afirmó doña Mercedes con aplastante seguridad—. Mañana salen para Génova, según me ha confirmado mi niña.

Los tres se quedaron pensativos. Todo estaba bajo control.

# 9

# Génova

*Mando al dicho Don Diego, mi hijo, o a la persona que heredare el dicho mayorazgo, que tenga e sostenga siempre en la ciudad de Génova una persona de nuestro linaje que tenga allí casa y mujer, le ordene renta con que pueda vivir honestamente, como persona tan ligada a nuestro linaje, y haga pie y raíz en la dicha ciudad...*

CRISTÓBAL COLÓN, acta de institución del mayorazgo, 22 de febrero de 1498

El calor les perseguía. El clima seco de Madrid fue sustituido por un ambiente más húmedo en Génova. La pretendida ciudad natal del Almirante les recibió con un cielo limpio de nubes y una gratificante brisa marina. Edwin había continuado su labor mediadora durante todo el viaje. El español y la dominicana aún mantenían una relación tensa que no parecía terminar. El hotel se encontraba cerca de la Piazza Acquaverde, destino que habría de ser su primera escala italiana.

Presos de una fuerte impaciencia, fueron a ver el monumento a Colón sin haber dejado las maletas en el hotel. El taxi les esperaría mientras ellos echaban un primer vistazo.

A simple vista, nada hacía pensar que ese monumento hubiera sido objeto de un robo tiempo atrás. Probablemente, había contenido información relevante que podría haberles ayudado a resolver el caso. Hoy día, quizá ya no podía aportar nada.

Tras muchas vueltas a esta especial representación del Descubridor, ninguno de ellos acertaba a decir lo que pensaba. El pedestal de este monumento y la columna que sostenía al insigne marino eran de menores dimensiones que la que habían visto en Madrid. La estatua del Descubridor era cuando menos curiosa, dado que lucía un largo cabello ligeramente desplegado al aire.

En la parte baja del monumento, cuatro pedestales en la sólida base representaban alegorías de la ciencia, la constancia, la prudencia y la piedad. Entre estas esculturas, cuatro bajorrelieves mostraban imágenes de la historia colombina: Colón en el Consejo de Salamanca, Colón levantando una cruz en las tierras recién descubiertas, Colón en la recepción de los Reyes Católicos en Barcelona tras el primer viaje, y Colón tras el tercer viaje, encadenado, volviendo a España.

—Deberíamos anotar las inscripciones —pronunció por fin Edwin, mientras los otros permanecían en silencio.

Leyendo el panel frontal, Edwin anotó:

A CRISTOFORO COLOMBO, LA PATRIA

En el lado derecho:

MDCCCLXII DEDICATO IL MONUMENTO

En el lado izquierdo:

MDCCCXLVI POSTE LE FONDAMENTA

—Veamos ahora la inscripción trasera —propuso Edwin, que observaba que sus amigos seguían sin pronunciar palabra.

DIVINATO UN MONDO, LO AVVINSE
DI PERENNI BENEFIZI ALL'ANTICO

—¿Alguien entiende algo? —preguntó el dominicano.
—Si quieres te lo aclaro —dijo apáticamente el español, que tradujo sin interés—: «A Cristóbal Colón, la Patria. Este monumento fue dedicado en 1862. La base se puso en 1846. Habiendo adivinado un mundo, él lo encontró para el perenne beneficio del mundo anterior.»
Edwin asintió y se encaramó en la sólida base del monumento, tratando de ver qué parte de éste había sido objeto del saqueo un siglo antes. Asumió tras unos instantes que el largo periodo transcurrido habría borrado todos los indicios del expolio. Finalmente desistieron de encontrar pistas reveladoras y fueron al hotel.

*

Cuando la Interpol en Italia recibió la petición de la policía española para averiguar lo ocurrido un siglo atrás en el monumento de la Piazza Acquaverde, el agente de turno no podía creer la extraña solicitud de sus colegas españoles.
Oliver y el agente Bruno Verdi se encontraron en el hall del hotel a la hora acordada. El inspector italiano

vestía un traje muy claro con formas un poco ajustadas que dejaban entrever una buena forma física. Su pelo rubio cortado sobre los hombros confería al policía un aspecto que al español le recordó a algún personaje de una serie de televisión americana. Bajo el brazo, portaba un grueso dossier en una carpeta de cartón cargada de hojas amarillentas y polvorientas, que por su envoltura aparentaban tener decenas de años.

—¡Vaya misterioso caso el que ustedes quieren ver! —dijo, mientras inspeccionaba de arriba abajo a su colega español.

—Estamos investigando la desaparición de los restos de Colón en la República Dominicana y en España —explicó Oliver—. Cualquier idea que pueda tener usted sobre los hechos ocurridos en la Piazza Acquaverde hace cien años nos puede ser de utilidad.

—No entiendo por qué. ¿Cuáles son los indicios que les traen hasta Génova? —preguntó el italiano, mientras seguía analizando a Oliver, esperando que su aspecto delatara con quién estaba tratando.

—Los ladrones en Santo Domingo y en Sevilla dejaron una pintada de la firma original del Almirante en las tumbas. Hemos visto en recortes de prensa italianos que el monumento Acquaverde, tras ser expoliado, también fue objeto de una pintada como las nuestras.

El italiano comenzó a sacar papeles del abultado expediente. Oliver observó que la mayoría de los documentos eran informes escritos hacía muchos años, sobre un papel claramente envejecido por el tiempo. En unos instantes, el inspector había encontrado unos dibujos relativos al expolio.

—Aquí tiene usted unos dibujos que unos vecinos de la zona hicieron entonces. Hágase a la idea de que en esa época las cámaras fotográficas no proliferaban —explicó Verdi.

El español observó que se trataba más bien de un esquema en el cual se veía que los ladrones habían levantado la placa trasera, precisamente la que tenía el texto algo más complejo, pensó.

—*Divinato un mondo, lo avvinse di perenni benefizi all'antico* —dijo en su propio idioma Verdi—. Ésta es la placa que rompieron para acceder al interior. Nadie sabía que había un hueco tan grande dentro.

—Y ¿hay información sobre lo que contenía esa cavidad?

—Sí, al menos tres testigos vieron a los ladrones correr. Llevaban una serie de legajos en sus manos, pero no tenemos constancia de lo que esos textos decían.

—¿Cómo sabe que se trataba de textos, y no de dibujos o cosas parecidas? —preguntó intrigado Oliver.

—Bueno, no sé —acertó a decir el italiano.

Algo contrariado, cambió de posición en su sillón y encendió un cigarrillo que inundó de humo el espacio entre ellos.

—Le ruego que si sabe algo más nos lo indique —dijo en tono serio el español—. Este caso es muy importante para mi Gobierno. Si tengo que hacerlo, hablaré con el embajador español.

—Bien. Tenemos al menos una hoja original rescatada de aquel suceso, que lograron coger los testigos cuando los ladrones huían.

—¿Puedo verla? —preguntó el español.

—Sí, pero nos gustaría que antes nos contase lo que ustedes han descubierto en sus investigaciones —pidió Verdi.

Oliver adivinó que el italiano no iba a dar ese documento así como así. Sintió curiosidad por saber por qué tenía tanto interés en el caso. ¿Qué podría decir ese documento encontrado años atrás?

Sin entrar en muchos detalles, narró la historia del robo en la catedral de Sevilla y su similitud con el robo en el Faro de Santo Domingo. De forma consciente, evitó hablar de los documentos encontrados en el monumento Pickman en la Cartuja de Sevilla y su posterior robo.

—O sea, que no tienen ustedes ni idea de por qué han robado los huesos del Descubridor, nuestro compatriota Cristoforo Colombo —dijo en tono interrogativo el inspector Verdi.

—Así es, pero estamos en ello. Pruebas como la que usted me va a mostrar nos ayudarán a resolver el caso.

Pensándolo dos veces, el italiano sacó una fotocopia de un texto escrito en español.

Oliver leyó con interés, en voz alta:

> Donde él está, nosotros estamos. Muchos años han pasado y aquí estamos. Nuestra misión debe seguir, porque algún día conseguiremos nuestro objetivo. Dios nos ayuda.
>
> Nuestro tesoro está allí, en algún sitio del mismo mar que nos tragó durante muchos meses. Ese mar que nos llevaba a donde quería, sin ninguna posibilidad por nuestra parte de enderezar el rumbo. El viento, la lluvia y las corrientes que nos acompañaron son los únicos testigos que quedan de aquellos terribles días.
>
> Los navíos estaban todos comidos de broma y no se sostenían sobre el agua. A finales del año, nos metimos en un río que nos dio cobijo por un

tiempo y pudimos reponer fuerzas y coger frutas, carnes y otros alimentos que conseguimos mediante trueques con los indios.

En enero, el río cerró su boca y nos quedamos dentro. Para sacarlos, tuvimos que vaciarlos con gran pena para todos nosotros. Pero llevábamos nuestro tesoro.

Unas barcas volvieron dentro por sal y agua. Luego, una vez fuera, la mar se puso otra vez alta y fea. Todo volvió a comenzar.

—Esto es todo —dijo Bruno Verdi.

—Pero usted dijo que se había encontrado al menos una hoja. ¿Puede decirme si hay alguna más?

—Le dije que al menos una hoja de los legajos se había encontrado. Ésta es. Hubo otras que también se rescataron días más tarde, pero se han perdido. No tenemos constancia de que exista ni siquiera una copia en nuestros archivos. Sinceramente, no puedo decirle nada más —dijo el italiano con rotundidad.

—¿Puedo quedarme con una copia de este texto? —pidió Oliver.

—No.

Oliver miró a su compañero de profesión con cara de sorpresa.

—Como usted comprenderá, señor Oliver, en este texto se habla de un tesoro. Cualquier cosa que venga de la mano de Cristoforo Colombo es muy importante para nosotros. Queremos participar en la investigación. Si ustedes acceden, nosotros les daremos una copia de este texto.

—Me parece irregular y fuera de todo convenio internacional en la materia. Lo siento, pero informaré a nuestro embajador de su petición —dijo Oliver visiblemente enojado.

—Le ruego que nos entienda. Esto es importante para nosotros. Se trata de un genovés… y de un tesoro.

—Es mucho más importante para nosotros. Nos han robado los restos de la persona que labró el Imperio español —pronunció Oliver mientras se despedía del policía italiano.

*

Más tarde pudo narrar con todo detalle la reunión con el inspector italiano a los dominicanos. Trató de recomponer el texto, tal y como lo había leído. El sentido de las frases, el tipo de letra y hasta el contexto le parecieron muy similares a los documentos que habían encontrado en Sevilla. La palabra «tesoro» sonó con fuerza en los oídos de sus compañeros tan pronto la pronunció.

—¿Quieres decir que el texto hablaba de un tesoro? ¿Así, tal cual? —preguntó Edwin.

—Sí. A mí también me ha sorprendido. Nunca imaginé que nuestro caso y la desaparición de los restos estuviesen relacionados con algo así —expresó.

Altagracia permanecía en silencio. Por su cabeza pasaban muchas cosas. La más importante era que su compañero de aventura, Andrés Oliver, nunca había tenido en cuenta la opinión de sus amigos, los intelectuales dominicanos, y ahora, se estaba demostrando precisamente la teoría que ellos habían esgrimido desde el principio.

—Quiero recordar que doña Mercedes, don Rafael y don Gabriel nos manifestaron en la reunión que tuvimos con ellos que el móvil del robo era de tipo económico

—dijo Altagracia con cierto resquemor—. Nunca les tuvimos en consideración.

Tras terminar de pronunciar la frase, fue capaz de mirar a Oliver directamente a los ojos por primera vez en muchos días. El hombre trató de recomponer su opinión sobre el caso en función de lo que acababa de decir la dominicana, que sin duda estaba cargada de razón a tenor de lo que había visto en el documento de Génova esa misma tarde. Él siempre había sido una persona fiel a sus principios y a sus creencias en el análisis de los distintos casos que había afrontado y que había resuelto en su vida profesional. Quizás esta vez simplemente había cometido un error y había desconfiado de los amigos de Altagracia.

—Quiero pedirte disculpas. Me he equivocado y todo parece apuntar a que tus amigos tienen razón —explicó con dificultad el español—. Creo que también deberíamos apuntar ideas que confluyan en la hipótesis de que los ladrones lo que buscan es un tesoro, es decir, dinero.

—Siempre me habían dicho que los españoles erais muy orgullosos, pero me costaba trabajo saber por qué —dijo Edwin con cierta ironía—. Ahora lo entiendo.

—Le estoy pidiendo disculpas —expresó de nuevo Oliver, mirando al hombre—. Quizás es ella la orgullosa.

—Bueno —tomó la palabra de nuevo el dominicano—, chico pide disculpas a chica. Quizá la chica debería perdonar al chico. ¿No es así?

La mujer levantó la mirada hacia Oliver y le brindó una leve sonrisa.

—En mi país solemos resolver estos dilemas y estas vainas con un beso. ¿No es así, Altagracia? Pues adelante.

El español y la dominicana se pusieron de pie y sellaron sus disputas con un ligero beso en la mejilla. Edwin pensó que era un bocazas. No le gustó nada el abrazo que se dieron después del beso. Vaya si le disgustó.

*

La veraniega noche genovesa prometía una velada agradable. El tenso ambiente que les había acompañado desde Madrid parecía estar cambiando. La terraza en la que se encontraban, en pleno centro de la ciudad, les ofrecía un espacio propicio para el reencuentro de cara a alcanzar una situación similar a la que habían vivido en los primeros días en Santo Domingo. Las cervezas que habían pedido y el buen momento por el que pasaba el caso les hacían mostrar sus mejores caras. Dado que a la mañana siguiente tendrían una reunión para resumir la situación del estado de las cosas y preparar los siguientes pasos, esa noche habían acordado divertirse.

—¿Cómo sigue la recuperación de tu cabeza, Edwin? —preguntó Oliver.

—Bien, ya casi no siento dolor. Mañana debo visitar a un médico para que me retire los puntos.

—Me alegro —dijo Oliver con alivio—, ya sabes que siento haberte dejado solo. Nunca me lo perdonaré.

—No sigas con eso. Lo importante es que encontremos más pistas en este extraño caso.

—¿Conocíais Génova? —preguntó el español.

—No —respondió Altagracia—. Estuve estudiando en París varios años, y desde allí me movía por casi toda Francia, Alemania e Italia, pero nunca llegué hasta aquí.

—No sabía que habías estudiado en Francia —dijo Oliver.

—Sí. Primero terminé la carrera en Santo Domingo, y luego hice un doctorado en París, en la Sorbona.

—Y tú, ¿conocías la ciudad? —preguntó Oliver a Edwin.

—No. Me temo que Altagracia y yo venimos de familias muy distintas. Yo prácticamente nunca había salido de mi país antes de esta excursión que estamos haciendo. Ésta es mi primera estadía en Italia y nunca he estado en Francia.

—Bueno, Italia es un gran país, con una gran riqueza histórica. Los italianos y los españoles, y por añadidura, todos los pueblos de Latinoamérica, tenemos muchos elementos en común. Además, la lengua, las costumbres e incluso la música son muy parecidas. Quiero daros una sorpresa. Levantaos y venid conmigo.

*

Doña Mercedes y sus compañeros acababan de llegar al aeropuerto Cristoforo Colombo de Génova. El viaje desde Madrid había sido un poco movido, y como no le gustaban mucho las alturas, le había parecido un trayecto extraordinariamente largo. El desasosiego y la fragilidad por el miedo que había mostrado durante el vuelo le preocupaban. No solía exteriorizar sus emociones con facilidad. Como pudo, sacó fuerzas de su interior y trató de ofrecer la misma compostura que le caracterizaba. Una mujer como ella no podía flaquear en momentos tan importantes como ése. Proveniente de una familia muy antigua con profundas raíces en su tierra, podía dar fe de que los primeros asentamientos en el Nuevo Mundo ya contaban con ascendientes suyos. La sangre que corría por sus venas correspondía a una raza que no se amilanaba de cualquier manera.

Al salir, respiró el aire genovés, más fresco que el de

Madrid, y pensó que le reconfortaba el legado tan peculiar que cualquier viajero adquiere con el paso del tiempo. Ver por segunda vez esta ciudad, que tantos recuerdos le traía, le hizo intentar capturar las sensaciones que aún perduraban en su memoria.

Tuvieron mucho cuidado de no hospedarse en el mismo hotel que el trío investigador. Eligieron uno pequeño situado junto al aeropuerto, en el extremo opuesto de la ciudad. A pesar de ser un típico establecimiento de paso, ofrecía un aspecto razonable para descansar del difícil viaje que habían tenido. Una vez asentados, la primera llamada fue para el inspector Bruno Verdi.

—Tenemos que vernos —pidió doña Mercedes.

—Sí, inmediatamente —respondió el italiano—. Mañana a primera hora les daré todos los detalles del encuentro.

—Espero que la información que se le ha dado sea la precisa —exigió la mujer—. Lo nuestro no debe peligrar en ningún caso.

—Así ha sido —respondió el hombre—. Es evidente que pueden confiar en mí, llevo mucho tiempo trabajando con ustedes en esto.

*

Llegaron a un local de copas llamado Azúcar. La fachada del establecimiento, decorada con motivos caribeños, hacía pensar que se trataba de algún sitio en el que se podían bailar ritmos centroamericanos. Un merengue dominicano sonaba con estruendo en el interior, y podía escucharse incluso desde el exterior del establecimiento sin necesidad de entrar. Altagracia acogió la idea de Oliver con ilusión y expectación. Nunca hubiera imaginado que iba a bailar en esa ciudad. En realidad, el negocio respondía al concepto de un restaurante con música en directo, donde los propietarios, una familia cubana, ofrecían todos los estilos latinos, incluyendo salsa y otros ritmos caribeños. Escogieron una mesa cercana al escenario. El restaurante servía un tipo de comida adaptada al gusto italiano, donde la pasta no faltaba en todas sus variedades.

—Vaya, ¡esto no se parece a nuestra comida! —soltó Edwin—. No veo que tengan chicharrón de pollo ni tostones.

—Pero seguro que tienen ron de tu tierra —dijo riendo Oliver—. Verás cómo acabas convencido. ¿Por qué no bailáis?

Salieron a la pista. Aunque otras parejas movían sus cuerpos al ritmo del merengue que sonaba, nadie pudo resistir dirigir su mirada hacia los dominicanos. La pareja seguía de una forma precisa la música, componiendo una imagen que nadie podía evitar seguir. El español los miraba sonriendo, disfrutando de la compañía de sus colegas, que estaban siendo reverenciados por toda la sala.

Al terminar, todo el restaurante les aplaudió. Edwin hizo un ademán de responder a la ovación, mientras que Altagracia buscó con urgencia la mesa en la que se encontraban, a modo de refugio. Una vez sentados, Oliver no pudo evitar decir lo que pensaba:

—Nunca he visto nada igual. Hacéis una gran pareja.

—Sí, de baile —dijo la mujer.

—Y ¿tú no te animas? —preguntó el otro policía.

—Ni muerto —respondió—. Me gustaría bailar como vosotros, pero primero debería recibir clases de vuelo.

Mientras sus colegas reían, alguien les preguntó si deseaban otra canción para seguir bailando. Edwin pidió encarecidamente una antigua bachata, muy conocida en su país. Comenzó a sonar una música con ritmo más lento, con contenido romántico, que hizo al dominicano solicitar a su compatriota volver a la pista de baile. El español comprendió la estrategia de su compañero. Este tipo de música, mucho más lenta y sensual que el merengue, exigía bailar algo pegados. ¡Menudo estratega!, pensaba Oliver, cuando le sonó el teléfono móvil. Tuvo que salir del establecimiento para poder oír algo, debido al fuerte volumen de la música.

La llamada era de Richard Ronald. Les proponía una reunión en Miami cuanto antes.

Sin saber por qué, notó que el corazón le palpitaba de forma descontrolada.

# 10

# Génova

*De muy pequeña edad entré la mar navegando, e lo he continuado fasta hoy. Ya pasan de cuarenta años que yo voy en este uso. Todo lo que fasta hoy se navega, todo lo he andado...*

CRISTÓBAL COLÓN, 1501

El hall del hotel ofrecía un aspecto frenético a la mañana siguiente. Decenas de personas se movían de un lado a otro sin prestar atención a un dominicano extenuado que esperaba a sus compañeros leyendo un periódico que no entendía. Cuando parecía haber pasado una eternidad, observó que Andrés Oliver estaba pidiendo información en la recepción, y que había recibido un plano de la ciudad donde le estaban señalando diversos puntos de interés. Se acercó a Edwin y le preguntó:

—¿Has sobrevivido? Parece que tu cabeza ha resistido una noche de impacto.

—No relajes —contestó el dominicano—, estoy realmente acabado.

La mujer apareció en ese momento, vestida con ropa

informal, dispuesta a desarrollar un intenso día de trabajo.

—Veo que has venido preparada para pasar el día en la calle —indicó el español.

—Sí, como nos dijiste ayer, hoy vamos a conocer la ciudad y a buscar otras pistas.

—Allá voy —logró decir Edwin, levantándose de su asiento y tratando de buscar fuerzas en su interior.

*

La biblioteca presentaba una imagen bastante diferente al hall del hotel. Una gran sala de lectura estaba bañada por el sol, que se filtraba por unas enormes vidrieras que dejaban escapar rayos de luz. En esa mañana de verano prácticamente nadie ocupaba los pupitres de roble que se disponían a lo largo de la sala principal. El sitio lo había elegido Oliver, quien previamente había propuesto a sus compañeros una reunión en ese lugar, para centrar el análisis de la investigación y buscar otros indicios relacionados con el caso. Rodeados de libros, mapas y fotos de monumentos genoveses, ese refugio de la cultura les daría una visión completa y exhaustiva de la ciudad en la que se encontraban.

—¿Qué os parece si analizamos el estado de las cosas? —propuso Edwin.

Procedieron a comparar los textos que habían escrito tras el robo de los legajos en Sevilla con el texto que Oliver había logrado recomponer de su encuentro con Bruno Verdi.

—Es evidente —tomó la palabra Altagracia— que ambos textos se refieren al cuarto viaje de Colón. De nuevo nos encontramos con un episodio de este viaje narrado por alguien que estuvo allí pero que no es nuestro Almirante. Inédito.

—Sí —siguió diciendo Oliver—. De acuerdo con lo que hablamos con mi tío Tomás, aparecen unas escenas relativas al cuarto viaje, el más complicado de todos, donde la tripulación sufrió de forma considerable.

—La narración deja claro que lo pasaron realmente mal —expuso Edwin—, pero… ¿qué quieren decir con eso de «nuestro tesoro está allí»?

—No lo sé, pero creo que puede referirse quizás a algún tipo de cofre o de caja que debieron de dejar atrás por las inclemencias del tiempo y la necesidad de abandonar varias naves.

—¿Qué podrían contener esos cofres o cajas? —preguntó la mujer.

—Eso sí que es difícil de decir —contestó Oliver—. Desde luego, algo importante, para que estas personas dejen documentos dentro de monumentos del Descubridor tantos años después.

—Y para que roben tumbas —precisó Edwin.

—Esto no lo sabemos con certeza, podríamos estar ante varios grupos de personas, o no. Quiero decir que no tenemos constancia de que los que han expoliado tumbas y los que han escondido legajos en monumentos colombinos, sean los mismos. Ya veremos.

—Y ¿qué puede tener Ronald, aparte de nuestros documentos? —inquirió Altagracia.

—Ése es el misterio que debemos resolver ahora —contestó el investigador español—, aunque antes quiero comentar otra cosa con vosotros.

—Adelante —expresaron los dominicanos al unísono.

Comenzó diciendo que en Sevilla había al menos dos sitios de interés que contenían información: la propia tumba en la catedral y el monumento Pickman, que ellos habían abierto.

En Génova, siguiendo la confirmación dada por el inspector Bruno Verdi, existía al menos un monumento donde hubo documentos relativos al caso. ¿Por qué no podría existir otro monumento con información relevante?

—Esta ciudad es probablemente la cuna del Descubridor. Está claro que es un lugar importante para estos señores, porque ya escondieron legajos en una estatua de Colón, que luego alguien abrió y rubricó con la firma.

—Ahora te entiendo —indicó el dominicano, poniéndose en pie—. Pero ¿por qué utilizan la firma del Almirante cuando abren un monumento?

—Quizá porque son sus propios descendientes —dijo Altagracia—. El Almirante dijo en su testamento que sus herederos debían usar su firma. ¿Recordáis?

—O quizá porque se identifican con lo que la firma expresa —propuso el español—. Recordad que no tenemos ni idea de lo que quiere decir el criptograma encerrado en ese juego de letras y de palabras dispuestas geométricamente en un triángulo. Es probable que Cristóbal Colón quisiera dejar un mensaje secreto en su rúbrica. También es posible que estos señores, que se toman tanto tiempo y esfuerzo en conservar documentos y planos, hayan sido capaces de descifrar el secreto y estén de acuerdo con su contenido, y utilizan la firma en sus propios actos.

Los tres se quedaron pensativos mientras la bibliotecaria les observaba con cercana discreción.

*

En cierta medida, cada ciudad ofrece a sus visitantes la impresión que éstos quieren recibir, pensaba Oliver. Génova ha atravesado periodos de opulencia, decadencia y de expansión nuevamente.

—Bien, chicos —expresó el español, dejando traslucir sus mejores dotes de líder—, creo que hemos elaborado un plan realmente ambicioso.

»Génova, una de las cuatro repúblicas marítimas de la península Itálica, junto a Amalfi, Pisa y su rival, Venecia, fue con frecuencia más poderosa que las otras.

»Una ciudad como ésta debía aspirar a tener un héroe internacional, o mejor, uno mundial —continuó el español—. Por ello, Génova tiene más de diez monumentos dedicados al Descubridor, al hombre que por encima de otros héroes genoveses puso esta república en el más alto puesto del concierto mundial. En este sentido, yo pienso que Génova atrajo nuevos intereses alrededor del mito del Descubridor Cristóbal Colón.

La frase hizo reflexionar a los dominicanos, que se miraban entre sí tratando de adivinar lo que había motivado al español a decir frases tan grandilocuentes.

—¿Hay alguna ciudad en el mundo con más monumentos dedicados al Almirante? —preguntó Oliver, aunque probablemente era una reflexión para sí mismo.

Desde la cima del monte en la que se encontraban, Génova se les presentaba como un conjunto urbanístico heterogéneo. Desde allí, repartieron los destinos que había que analizar en esa jornada de trabajo. Edwin revisaría fundamentalmente los bustos en honor del genial marino. Oliver acudiría a los monumentos con placas conmemorativas que pudiesen tener relación con el caso. Altagracia, por su parte, iría al resto de sitios de interés y, especialmente, a los edificios más singulares levantados en honor del Almirante.

Se despidieron y se desearon éxito en sus respectivas investigaciones.

*

Edwin Tavares se encontró con la necesidad de visitar cuatro monumentos dedicados al Descubridor. A priori, esta misión se le antojó complicada. ¿Cómo podía saber si contenían algún mensaje cifrado?

El primero de ellos se trataba del monumento Custodia, un busto del siglo XIX. Se dirigió hacia allí en un taxi, con cuyo conductor había negociado previamente, y al cual tuvo que pagar doscientos euros por contar con sus servicios durante toda la mañana. La cantidad le pareció realmente alta. En su país, por ese dinero podría haber comprado hasta el carro, pensó. Al llegar, Edwin observó desde todos los ángulos posibles un busto que, junto con la columna que lo sostenía, medía algo más de dos metros. El autor, Peschiera, había realizado una buena labor, ya que el dominicano recibió una grata impresión. Una obra de arte, pensó.

Analizando la documentación que daban a los turistas en aquel lugar, observó que la parte superior de la columna tenía un receptáculo que había albergado unos documentos provenientes del propio Almirante y que en esos momentos estaban en posesión del archivo de la ciudad de Génova. Esos documentos originales desaparecieron en 1797, y tras varios años, fueron encontrados en París y devueltos a su lugar de origen. Para custodiarlos, se construyó ese busto y la columna, en cuya parte superior se localizó el receptáculo donde se depositaron los documentos recuperados. Esa parte de la historia del Almirante y del Banco de Génova, así como otros aspectos, no pasaron desapercibidos para el dominicano, que tras un buen rato de reflexión, no logró encontrar ningún elemento de conexión con la trama que estaba investigando.

El taxista esperaba fielmente en la puerta. Los doscientos euros se pagarían al final de la jornada.

La siguiente parada era el Palacio de la Región de Liguria. Cuando llegaron, el chófer casi no tuvo que parar el motor, porque tras una rápida visita del dominicano al busto realizado en aluminio en el año 1934 por el artista Messina, entendió que nada podría esconder ese vestigio del Almirante. Dio varias vueltas al lugar y volvió al vehículo.

El taxista recomendó la ruta para ir hacia el próximo destino: el barco humano realizado por el artista Cavallini. De nuevo, Edwin supo que nada se podía esconder allí, ya que ese tipo de escultura moderna no encajaba con lo que estaba buscando. Una serie de figuras humanas amontonadas unas sobre otras configuraba una especie de barco. Sin duda, nada que ver con el misterio de las tumbas de Colón.

Su último destino era Il Bigo, en el puerto antiguo de Génova. Realizado por Renzo Piano con ocasión del Quinto Centenario en 1992, esta gran estructura metálica difícilmente podría esconder algo relacionado con la búsqueda que llevaba a cabo.

Decepcionado por el inútil día de trabajo, intentó sin fortuna negociar de nuevo el pago al taxista, y pidió que le llevara de vuelta al hotel.

*

Oliver optó por el coche de alquiler debido a la movilidad que este medio de transporte le ofrecía. Tres obras dedicadas al Almirante le esperaban en esa mañana de trabajo.

El primer destino le parecía cuando menos sugerente: un pavimento en una elevada terraza pública. Guijarros blancos y negros procedentes del mar fueron dispuestos en este mosaico en 1992 por un famoso artista. Una inscripción que rezaba «I Volontari» y la fecha completaban esta obra dedicada al insigne marino. Rápidamente, dedujo que nada podía sacar en claro de aquel moderno trabajo.

Volvió al coche de alquiler y se dirigió a la Piazza della Vittoria. Se trataba de un jardín ornamental dispuesto en una colina en pendiente, de forma que desde la parte inferior ofrecía un conjunto artístico compuesto por tres anclas y tres naves elaboradas con plantas y decoración vegetal. Sentado en un banco durante un largo rato, no pudo imaginar qué tipo de información podría revelar este parque floral. Agotado por el largo paseo, retornó al coche con otro destino bien claro: la Piazza Dante, su último objetivo. Sobre el edificio de la Riunione Adriática di Sicuritá, varios relieves realizados en mármol sobre la fachada mostraban distintas imágenes de un joven Colón en distintas posiciones. De nuevo, nada había allí que pudiese coincidir con los misteriosos acontecimientos que venían sucediendo.

Sin albergar esperanzas, Oliver regresó al coche y emprendió rumbo al hotel, confiado en que sus compañeros hubiesen tenido más suerte.

*

Altagracia inició la jornada de trabajo con el orgullo de haber sido ella quien había encontrado los legajos en el interior del monumento Pickman en la Cartuja de Sevilla.

Su primer destino se encontraba en el Palazzo San Giorgio. También eligió el taxi como medio de transporte, aunque optó por despedir al taxista y conseguir un nuevo vehículo más tarde. Una placa fechada en 1951 con ocasión del Quinto Centenario del nacimiento del Descubridor era una de las cosas que la dominicana había venido a analizar a este edificio. La placa había sido restaurada hacía poco tiempo y el texto no ofrecía ningún atractivo para la investigadora, aunque lo anotó. En la fachada que daba al puerto, vio un excelente fresco que representaba al Descubridor. La información que pudo recabar sobre el Palazzo fue bastante completa: el edificio había sido construido en el año 1260 y había albergado distintos usos, entre otros, el ayuntamiento de Génova y la Banca San Jorge, con la cual Colón llegó a tener relaciones comerciales en diversas ocasiones.

Tras varias horas de análisis, no encontró nada específico que pudiese estar relacionado con los restos óseos del Almirante, con legajos escondidos o con cualquier otra pista que pudiese llevarla hacia la resolución del caso. Con cierta frustración, abandonó el Palazzo.

El segundo y último destino habría de ser el Castello d'Albertis. El taxi enfilaba una empinada cuesta cuando le sonó el teléfono móvil.

—Hola, mi niña, soy Mercedes.

—¡Vaya sorpresa! —expresó—. Estoy en este momento en plena investigación.

—Y ¿habéis encontrado algo más?

—No, por el momento. Aunque a decir verdad, sí que tenemos algo significativo.

—¿De qué se trata? —pidió expectante doña Mercedes.

—Un inspector italiano nos ha hablado de la información que tiene la policía sobre el robo de la Piazza Acquaverde hace cien años. Es sencillamente increíble.

—Pero ¿dice algo relevante?

—No te lo vas a creer —dijo Altagracia, queriendo satisfacer a su mentora—. Lo hallado por la policía italiana en ese robo corrobora tu tesis, Mercedes.

—¿Te refieres a mi idea de que podemos estar ante ladrones que buscan dinero, y no otra cosa?

—Efectivamente. El texto que nos han mostrado, procedente de los papeles que se encontraban en el interior del monolito Acquaverde, habla de un tesoro como elemento principal que mueve a esta gente a ocultar papeles dentro de los monumentos de Colón.

La dominicana tuvo mucha precaución al decir estas palabras, ya que estaba cerca del taxista. Aunque pensó que el hombre no comprendería el español de su país, prefirió bajar la voz, por si acaso.

—Bueno, quiero darte una buena noticia —dijo doña Mercedes—. Estamos en Génova, de paso hacia otro sitio. Si me necesitas, cuenta conmigo.

—¡Qué casualidad! Me alegro mucho —dijo la mujer sonriendo—. Pero si no te importa, te llamaré luego porque acabo de llegar a mi destino.

El Castello d'Albertis dominaba la ciudad de Génova desde la colina de Montegalletto. Altagracia encontró un extraño castillo, más bien un palacio, que parecía un collage de distintos estilos arquitectónicos, aunque se le antojó que el neogótico describía bien el resultado. Una vez en el castillo, observó que se podía visitar con un guía. Nada más entrar, un italiano muy delgado con aspecto de galán de cine se acercó a ella y le ofreció su ayuda. Cogió la mano de la mujer y la besó mientras se inclinaba ligeramente por la cintura.

—No sabía que hoy vendría Miss Mundo a visitarnos... —dijo en tono adulador.

—¿Sería posible hacer una visita guiada al castillo?

—Yo mismo la acompañaré. Permítame presentarme. Mi nombre es Alfredo Pessagno y soy el jefe de los guías de este interesante enclave turístico de nuestra ciudad. ¿De dónde es usted?

—De la República Dominicana —contestó.

—¡Ah!, del Caribe. Y ¿quiere ver algo en especial?

—Todo. Me interesa todo el castillo y, sobre todo, los temas colombinos. Estoy redactando una tesis doctoral sobre el Almirante —mintió.

—Bien, pues aquí tendrá buenas referencias para obtener cum laude —presumió el italiano—. Génova es el mejor sitio para aprender del marino y este castillo tiene cosas importantes.

El guía comenzó explicando que el Castello d'Albertis fue ideado por el capitán Enrico Alberto d'Albertis, mezclando estilos arquitectónicos sobre restos de edificaciones antiguas entre 1886 y 1892.

—El capitán D'Albertis fue un espíritu inquieto: aventurero, viajero incansable, escritor, dedicó su vida a los viajes y a la mar —expuso el guía—. Se enroló en la marina militar para pasar posteriormente a la marina mercante. Fundó el Yacht Club de Italia, y a bordo de su barco, el *Violante,* navegó el Mediterráneo y luego el Atlántico, siguiendo la ruta de Colón hacia San Salvador.

—¿Seguía la ruta de Colón? —preguntó la mujer, sorprendida.

—Sí, y además navegó utilizando instrumentos náuticos antiguos, propios de la época del Almirante —dijo con orgullo el italiano.

La dominicana se interesó por esta parte de la historia. Sin duda, haber seguido la ruta de Colón, usando los mismos métodos marinos, era cuando menos una pista significativa.

—A su muerte en 1932, el capitán donó el castillo y todas sus colecciones a la ciudad de Génova —concluyó.

Cuando llegaron a un punto en concreto, el guía pidió a la supuesta doctoranda que observase el conjunto arquitectónico visto desde allí. La mujer comprobó que los distintos elementos componían un impresionante collage de culturas y estilos. Desde el extremo de Levante, Alfredo explicó que podía verse claramente preservada una parte del bastión del castillo original del siglo XV. Le indicó con el dedo índice lo que quería que viese, y ella identificó de forma clara la parte antigua del castillo así como la parte más moderna, levantada por el marino en el siglo XIX.

La inmensa colección de armas que contenía el castillo y las largas explicaciones del guía, que parecía conocer bien el mundo bélico, cansaron a la mujer, que tomó la determinación de pedirle que le llevase rápido a los vestigios de Colón que se mostraban en el museo.

El guía pensó que ésta debía de ser una mujer de armas tomar. Atajó por unas escaleras cerradas al público, y le pidió que subiese para ver unas pinturas en honor del Almirante. Llegaron a un pasillo donde pudo observar distintos óleos de barcos que entraban al puerto de Génova. El italiano continuaba explicando que todas esas obras de arte que estaban viendo habían sido coleccionadas por el viajante D'Albertis, que diseñó el castillo para acoger expresamente todas esas maravillas. Cuando Altagracia comenzaba a desesperarse, el italiano tomó la palabra y dijo lo que ella quería oír:

—Señorita, la joya de la corona aquí es el Colombo Giovinetto —explicó—, que, a lo mejor, es lo que usted ha venido a ver.

El guía la condujo a una terraza que presidía la ciudad entera. Las vistas desde ese sitio impresionaron a la dominicana, que no pudo contener un gesto de emoción.

—¡Qué vista más hermosa! —exclamó.

—Sí. El puerto allí enfrente, la ciudad a sus pies... D'Albertis, cuando puso aquí este joven Colón, sabía lo que hacía —dijo el guía.

—Explíquemelo —pidió la mujer.

El italiano se sentó en el borde del muro que rodeaba la terraza, se atusó el bigote y comenzó a narrar la historia con un tono profundo que le salió del alma.

—Enrico d'Albertis, a modo de colofón a su intensa vida, a sus emocionantes viajes, construyó este castillo, que convirtió en su morada. Como expresión de su intensa devoción por Cristóbal Colón, le dedicó muchas obras de arte en este palacio. Pero habría de hacer algo más. Tenía que realizar algo más profundo para la eternidad y a favor del Descubridor.

—Y ¿qué hizo? —preguntó expectante Altagracia.

—Pues encargar esta obra de arte que tiene usted delante y colocar a este joven marino orientado exactamente hacia la isla de San Salvador, la primera que vio el Descubridor en las Antillas y donde tocó tierra por vez primera.

El guía continuó explicando que D'Albertis encargó esa preciosa estatua del Almirante adolescente a Giulio Monteverde en 1870. El autor pretendía que esa representación del Descubridor fuese una escenificación de lo que pudo haber sido, el momento en que Colón se inspiró por primera vez en el descubrimiento de un nuevo mundo, más allá del océano conocido. De alguna forma, el artista quiso plasmar ese momento con el mayor realismo posible. La mujer observó que la estatua de mármol del joven marino le representaba sentado sobre un noray, en la base del cual las olas rompían de forma violenta, sin lograr sacarle de su profunda meditación. La figura sostenía un libro en las manos, que la dominicana no pudo identificar. Sobre la base de la estatua observó un escudo de armas genovés, una carabela y la fecha de 1460, que debía de ser la que D'Albertis imaginó para este joven marino que soñaba un mundo más allá del conocido.

—No deje de leer el poema de la base —sugirió el guía, que continuaba sentado en el borde de la terraza.

Tomó un lápiz de su bolso y anotó la inscripción:

AL SOL CHE TRAMONTAVA SULL'INFINITO MONDO
CHIEDEVA COLOMBO GIOVINETTO ANCORA
QUALI ALTRE TERRE, QUALI ALTRI POPOLI
AVREBBE BACIATO AI SUOI PRIMI ALBORI

—Esta obra de arte fue construida en Roma y ganó un premio en Parma unos años más tarde —continuó el italiano—. Tiene usted que saber que existen copias de esta excelente estatua en otros museos del mundo. Entre otras, recuerdo que hay reproducciones en las ciudades de Boston, Goteborg, San Petersburgo y Vancouver. También aquí en Italia tenemos alguna copia más.

—Muy interesante —fue todo lo que la visitante pudo decir.

—Aún tenemos más cosas relacionadas con Colón en este museo. Acompáñeme.

Abandonaron la terraza donde estaba la imagen del

joven Colón y avanzaron por un pasillo con diversos frescos que representaban la llegada de la primera nave a la isla de San Salvador, así como otras pinturas relativas al descubrimiento. Descendieron hacia el ángulo del castillo que daba al mar. El italiano señaló a la dominicana un enorme reloj de sol situado sobre la fachada del edificio. La mujer se tuvo que separar un poco para poder verlo con cierta distancia.

Una enorme placa de mármol colgada en la parte superior del palacio, que contenía muchas frases y un busto de Colón en relieve, así como varios escudos y el propio reloj solar, componían el conjunto que el italiano le estaba mostrando. La mujer leyó con detenimiento el texto, porque observó que podía comprenderlo con facilidad. Estaba escrito en castellano y en italiano:

ONORE E GLORIA
A CRISTOFORO COLOMBO
NOSTRO CONCITTADINO

Siendo yo nacido en Génova
vine a servir aquí en Castilla
Génova es ciudad noble y poderosa por la mar
della salí y en ella nací
(Testamento 1498)

Bien que el cuerpo anda acá
el corazón está allí de continuo
(Carta abril 1502)

El reloj de sol lucía la frase «HORA VERITATIS» y otras indicaciones en la parte inferior:

ORE 17.34
MEZZOGIORNO
A SAN SALVADOR

1492 – 1892
Enrico d'Albertis

La mujer concluyó la lectura de la enorme placa adosada a la pared del castillo y se retiró a pensar. La información que había recogido en ese sitio le pareció de gran interés. A decir verdad, era necesario reflexionar con sus compañeros sobre todos esos datos y volver. Sin duda, había que volver al Castello. Allí había algo que podía ayudarles, aunque no era capaz de identificarlo.

—¿Ha quedado usted satisfecha, señorita? —preguntó el italiano.

—Sí, ciertamente. Pero he de volver con unos compañeros de la universidad para tomar más notas.

—Bueno, si usted quisiera, yo la invitaría a cenar.

Como pudo, logró zafarse del guía y pedir un taxi.

*

Decenas de clientes entraban en el hotel a esa hora de la tarde. Otros se preparaban para salir a cenar en alguno de los muchos restaurantes genoveses. Se encontraron en el hall. Edwin presentaba un aspecto cansado y algo alicaído. Oliver tampoco parecía muy contento y ni siquiera se había arreglado para la cena. Altagracia, sin embargo, parecía muy contenta con los resultados del día. Eligieron un sitio tranquilo para cenar, donde pudieran intercambiar impresiones sobre las indagaciones de cada uno y ultimar nuevas acciones. Los hombres resumieron las investigaciones que habían llevado a cabo, y su fracaso en el objetivo de encontrar pistas que les sirvieran al caso. La mujer expuso su idea de que el Castello d'Albertis contenía algo, sin saber precisar de qué se trataba.

—La verdad es que ese castillo contiene signos inequívocos que concuerdan con lo que hemos encontrado en Santo Domingo, en Sevilla y lo que pudo haber en el interior del monumento de la Piazza Acquaverde, aquí en Génova.

—Ya conocéis mi teoría —apuntó Oliver—. Esta ciudad podría ser la cuna del Descubridor. Desde mi punto de vista, está claro que este sitio es importante para los señores que están escondiendo documentos muy antiguos en monumentos relacionados con el Almirante. Se trate de lo que se trate, tengo la impresión de que estamos cerca de algo más.

—Yo he tenido hoy la sensación de que esta ciudad encierra muchas cosas, pero no he descubierto nada —indicó el dominicano, algo decepcionado por los resultados de su trabajo.

—Propongo volver al castillo mañana —sugirió la mujer.

—Bien, pero cuéntanos con detalle cómo es el castillo ese —le solicitó su compatriota.

*

Los profesores dominicanos decidieron cenar en el restaurante del hotel y hablar del asunto que les había llevado a ese país. Doña Mercedes, ya repuesta del viaje y asentada en suelo italiano, volvía a tomar las riendas de la situación.

—He hablado con Altagracia y me ha dicho que Verdi

le ha dado la información que nosotros le dijimos que diera. Nada más.

—No sé si es buena idea —expresó Gabriel Redondo—. Llevamos muchos años trabajando en esto para que ahora se nos escape de las manos.

—No te quepa la menor duda —dijo irritada doña Mercedes— de que toda la información que ellos tienen la vamos a tener nosotros.

—Sí, pero no sólo es eso. Tenemos que garantizar que la situación no se nos complique.

—¡Calla! Ahí viene Verdi. Cambiemos de tema.

# 11

# Génova

*Relación de ciertas personas a quien yo quiero que se den de mis bienes lo contenido en este memorial [...] Hásele de dar en tal forma que no sepa quién se las manda dar. Primeramente a los herederos de Gerónimo del Puerto [...], chanceller de Génova, veinte ducados. A Antonio Vazo, mercader genovés [...], dos mil e quinientos reales [...] A los herederos de Luis Centurión Escoto, mercader genovés, treinta mil reales [...] A esos mismos herederos y a los herederos de Paulo Negro, genovés, cien ducados o su valor.*

Testamento de Colón, 19 de mayo de 1506

El jefe de los guías del museo del Castello d'Albertis, el italiano Alfredo Pessagno, se abalanzó sobre la dominicana cortándole el paso antes de entrar al castillo.

—Vaya, no esperaba verla tan pronto, señorita.

—Aquí vengo con mis compañeros para una nueva visita —contestó Altagracia tratando de mostrar su mejor sonrisa.

—Permítanme mostrarles el castillo —se ofreció el guía.

—No, no es necesario. Con las explicaciones que me dio usted ayer ahora yo soy una experta.

—Bien, como usted quiera. Yo estaré aquí abajo por si necesitan algo —añadió, mostrando una cierta decepción.

Por el contrario, la mujer se sintió satisfecha de poder realizar la visita sin el guía, y comenzó a mostrar a sus compañeros los hallazgos, siguiendo el camino inverso al que había utilizado el italiano el día anterior.

El reloj de sol sorprendió a los hombres en cuanto lo vieron. La enorme placa en el que se encontraba y la gran cantidad de frases que contenía sugerían que había que intentar entenderlo y razonar sobre su contenido, cuando menos. Por alguna razón, Oliver prestó mucha atención a la hora que señalaba.

—Me interesa esa referencia: 17.34 mediodía en San Salvador. ¿Qué querrá decir? —reflexionó.

—Entiendo que cuando aquí, es decir, en Génova, este reloj marca las 17.34 horas, en la isla de San Salvador es mediodía. La diferencia horaria es de cinco horas y media aproximadamente —expuso la mujer.

—Sí, lo entiendo —respondió el hombre—, pero no sé qué ha querido decir con esto el capitán D'Albertis, y por qué marca exactamente esa hora. Cuando es mediodía en esa isla, aquí son las 17.34 horas. El capitán podía haber elegido cualquier otro momento del día en la isla de San Salvador en lugar de ése, y representarlo aquí, siempre sumándole esas cinco horas y pico de más. ¿Por qué mediodía?

—Pensemos en ello —contestó Edwin.

—La cita, por cierto —continuó Oliver—, podría ser falsa. No está demostrado que esa parte del testamento de Colón en la que nombraba exactamente Génova sea cierta. Tendremos esto en cuenta.

—Sigamos —pidió la mujer, convertida en improvisada guía.

Continuaron visitando el castillo mientras caminaban hacia las pinturas de los pasillos. Los hombres se quedaron observando las carabelas y naos que arribaban a las nuevas tierras descubiertas. Al llegar a la puerta de la terraza donde se encontraba el joven Colón, la mujer logró situarse frente a los hombres, antes de que entraran.

—Quiero que penséis en lo que vamos a ver y os fijéis con atención. Estoy convencida de que este monumento contiene algo. Confiad en mi intuición, como en Sevilla.

Salieron a la terraza, donde el joven Colón continuaba perdido en sus pensamientos, con la mirada dirigida a la isla de San Salvador, hacia ese nuevo mundo que habría de descubrir años más tarde. Desde distintas posiciones de la terraza, los investigadores trataban de adivinar si esa famosa escultura les iba a aportar algún indicio relevante que les pudiese ayudar a resolver el caso que les había ocupado en las últimas semanas.

Altagracia había comenzado a notar el cansancio que produce la tensión de una situación incontrolada y nada común para ella. Su pacífica vida en Santo Domingo, rodeada de políticos, medios de comunicación y procedimientos administrativos, se había tornado en los últimos días en un sufrido periplo por ciudades adonde nunca hubiera imaginado ir, buscando cosas que se escapaban a su rutinaria existencia. La misteriosa desaparición de los restos del Almirante en su ciudad y la importancia que esos huesos tenían para el patrimonio histórico y cultural de su país, le hacían buscar fuerzas en su interior para seguir avanzando en la investigación.

Algo en su cabeza había despertado en el mismo momento en que vio el Colombo Giovinetto, como si un misterioso resorte escondido en su mente hubiese sido activado de forma inconsciente. La expresión del rostro del muchacho le sugería algo que no acababa de reconocer. Una vez más leyó la inscripción del monumento. Oliver se atrevió a hacer una traducción al español:

AL SOL PONIENTE SOBRE EL INFINITO MUNDO
PREGUNTABA COLÓN, JOVEN AÚN,
QUÉ OTRAS TIERRAS Y QUÉ OTROS PUEBLOS
HABRÍA BESADO EN SUS PRIMEROS ALBORES

Los tres reflexionaron sobre este texto. Nada se les ocurrió. Por si acaso, el dominicano se afanó en el inútil intento de mover las distintas partes del monumento, que al estar esculpido en una pieza de mármol, ofrecía una resistencia infinita. Ninguna parte cedía ni se movía, al contrario de lo que había ocurrido en el monumento de la Cartuja de Sevilla. Aquí no había una esfera armilar que diese un giro inesperado y abriera un resorte mágico.

Al ver que no tenía éxito, el dominicano se decidió a confirmar a sus compañeros que había llegado el momento de partir. Oliver accedió a abandonar la terraza y ambos salieron.

Sin embargo, la mujer continuó hipnotizada por el joven Colón que adivinaba un nuevo mundo más allá del conocido. El sol había alcanzado el mediodía y el calor comenzaba a ser sofocante. Ni una sola nube empañaba el cielo azul, que adornaba un paisaje sobre el puerto que otrora fue el centro de todos los océanos del mundo. Ensimismada en el Descubridor, la dominicana permanecía absorta en sus pensamientos cuando su compatriota regresó a la terraza para rescatarla.

—Tenemos que volver. Aquí no vamos a encontrar nada —le advirtió Edwin.

—Por favor, déjame un poco más. Necesito pensar a solas —rogó Altagracia.

Ante la insistencia de la mujer, los hombres aprovecharon para comer algo en un lugar cercano, dejándola en compañía de sus propios pensamientos. El tiempo pasaba mientras a sus pies, la ciudad seguía desarrollando su actividad cotidiana sin que ella percibiese que el mundo continuaba allí abajo. Una mujer como ella, con su formación y una perfecta combinación de la teoría y la práctica de lo que deben ser las cosas, pensó, tenía que resolver aquel enigma. Porque allí había algo, de eso no le cabía la menor duda. Por enésima vez, leyó la inscripción del marmóreo joven genovés, en la traducción que le había dado Oliver. El sol comenzaba a ponerse cuando se dio cuenta de esta circunstancia. La inscripción estaba clara. Este joven Colón se preguntaba qué otras tierras y qué otros mundos habría bañado con su luz ese sol que ahora se ponía. El autor de la obra entendía que a esa temprana edad el joven genovés ya adivinaba un mundo más allá del conocido.

De repente, encontró en su interior una idea que la despertó del letargo. La frase podía contener un mensaje que ella habría de encontrar. Con toda la determinación del mundo, se dirigió hacia el reloj de sol situado en la parte baja del palacio. Mientras descendía, se encontró con sus dos compañeros, que volvían de un largo almuerzo.

—Hemos comido pasta italiana hasta reventar —expresó Edwin—. Además, hemos hablado de cosas de tíos, ya sabes.

—Sí, ya imagino. Venid conmigo.

La excitación de Altagracia hizo percibir a los hombres que allí pasaba algo. Quizá su compañera había encontrado lo que ellos ya habían renunciado encontrar. En la parte inferior del palacio, la dominicana señaló a los dos policías el reloj de sol y las citas colombinas.

Siendo yo nacido en Génova
vine a servir aquí en Castilla
Génova es ciudad noble y poderosa por la mar
della salí y en ella nací
(Testamento 1498)

Bien que el cuerpo anda acá
el corazón está allí de continuo
(Carta abril 1502)

—¿Veis lo que quiero decir?

—No entiendo nada de nada—expresó el dominicano.

—Yo tampoco veo la relación entre esas citas y lo que estamos investigando —reclamó por su parte Oliver.

—Dejadme que os hable de las ideas que he podido relacionar —dijo la mujer, con un brillo inusual en los ojos.

Pidió a sus colegas que recordasen la frase del joven Colón situada en la estatua del castillo. En esa frase, el joven marino se pregunta qué otras tierras y qué otros mundos habría besado el sol poniente.

—Pensad que este palacio se terminó de edificar en 1898, y que fue construido sobre unos restos del siglo XV. Básicamente, lo que queda de la edificación antigua es un bastión. Al leer mil veces esta cita de aquí, de la planta baja, pensé que el autor se refería a cosas distintas.

—Sigo sin ver la relación —expresó Oliver, con cara de no entender nada.

—Pues que justo a la hora que marca este reloj solar, a las 17.34, el astro rey besa con sus rayos la parte más antigua del castillo, es decir, el bastión del siglo XV sobre el que nuestro misterioso capitán Enrico d'Albertis construyó este palacio.

—Vaya —fue todo lo que pudo expresar su compatriota.

—Y ¿qué más? —preguntó el español.

—Una vez que he descubierto esto, he tratado de ver qué parte del antiguo bastión en el que se asienta este palacio podría contener algo que nos ayude. Aunque no encontraba nada, de pronto recordé esta cita. —La mujer volvió a señalar la inscripción en el reloj solar.

—¿La primera? —quiso saber Oliver.

—No, la segunda —le contestó.

Los dos hombres leyeron en voz alta al unísono: «Bien que el cuerpo anda acá el corazón está allí de continuo (Carta abril 1502).»

—Y ¿qué significa? —preguntó Edwin, que mantenía los ojos muy abiertos, en un intento de dar a entender su expectación.

—¿A cuál de los cuatro viajes colombinos hacían referencia los legajos que encontramos en Sevilla? —lanzó al aire Altagracia.

—Al cuarto —contestaron los hombres.

—Y ¿qué fecha tiene la cita? —preguntó la mujer, intentando que sus compañeros entendiesen lo que había encontrado.

—Ahora lo comprendo —dijo Oliver, mostrando un cierto relajamiento—. Colón partió hacia América en el cuarto viaje el 11 de mayo de 1502. Esta cita, sea falsa o sea verdadera, corresponde a unos días antes de que partieran hacia el Caribe. Interesante.

—Y ¿qué relación le ves con lo anterior? —quiso saber Edwin.

—Lee bien la cita —respondió la mujer—. Dice: «mi cuerpo anda acá», es decir, en Castilla en ese mes de abril de 1502, y «el corazón está allí de continuo», es decir, aquí, en Génova.

—Increíble —soltó su compatriota—. Pero ¿qué puede significar?

—He visto un corazón claramente dibujado en el antiguo bastión de este castillo, besado por el sol de la tarde, tal y como dice el joven Colón en su cita.

*

Los pocos restos del antiguo bastión se concentraban en varios puntos de la nueva edificación realizada por D'Albertis. Accedieron al lugar en el cual la mujer había visto el corazón. Se trataba de un pequeño torreón en el que se distinguía la parte de edificación antigua, y la estructura nueva, construida utilizando los cimientos del siglo XV. Desde donde se encontraban, podían ver claramente que un corazón había sido esculpido en la piedra, aunque no mostraba signo alguno de contener documentos o pistas que pudiesen permitir seguir avanzando en el caso.

—Y ahora ¿qué? —se preguntó el dominicano.

—No veo nada aquí fuera que nos ayude —se lamentó la mujer.

—Pienso que deberíamos ir al interior del castillo —se aventuró a decir Oliver—. La parte nueva está construida sobre la cimentación antigua. Quizá desde el interior se pueda acceder.

—Pero están a punto de cerrar —dijo Edwin—. Son casi las seis, y seguro que nos echan antes de esa hora.

—Tendremos que escondernos. Así trabajaremos mejor —propuso el español, que había ideado un plan sobre la marcha.

*

El Castello d'Albertis ofrecía un aspecto tenebroso a esa hora de la noche. La colección de armas, los cuadros expuestos, la decoración barroca y, sobre todo, la penumbra en la que se encontraban dibujaban a esa hora un escenario fantasmagórico que aumentaba la preocupación que tenían por encontrarse en un lugar en el que no debían estar. Cuando todos los guardias se hubieron marchado, el dominicano fue el primero que acertó a preguntar algo:

—¿Creéis que ya no queda ningún guachimán? —dijo, mientras oteaba la sala en busca de algún signo de vida.

—Probablemente tengan activados distintos sistemas de alarma y haya quedado algún vigilante en la entrada principal. Debemos andar con cuidado —pidió Oliver.

—La ventana que hemos dejado abierta nos permitirá salir sin problemas —dijo la mujer—. Pero ¿no estará conectada a la central de alarmas?

—No, ya habría saltado —afirmó el español con seguridad.

—Bien, pues adelante —exigió la mujer, consciente de que esta parte de la aventura era suya.

Abandonaron el estrecho habitáculo en el que se habían refugiado durante unas horas y avanzaron hacia la parte antigua del palacio. La oscuridad era absoluta. Se dieron la mano para no tropezar. Al llegar al torreón antiguo, pudieron comprobar que había una puerta que separaba la parte de escalera nueva de una zona construida muchos años antes. El acceso tenía que ser por ahí. El dominicano se ofreció para manipular la cerradura, que no le ofreció mucha resistencia. Los años de infancia en los que tuvo que ganarse la vida de una forma muy distinta a su profesión actual le habían impulsado a aprender este tipo de trucos. Los barrios periféricos de la capital dominicana obligaban a adquirir estas habilidades. La puerta se abrió y dejó a la vista una escalera.

Observaron que no había ninguna ventana en el sótano del torreón. Esto animó al dominicano a encender su mechero para poder ver los escalones y bajar con cierta seguridad.

Una vez en la parte inferior, se encontraron con una pequeña estancia que apenas ofrecía espacio para los tres. Pudieron comprobar que había un diminuto interruptor para activar la luz eléctrica, y ninguna ventana que les pudiera delatar.

—Debemos de estar por debajo del nivel de tierra —precisó Oliver.

—Pues encendamos la luz —pidió Altagracia.

La iluminación les dañó los ojos, por el largo rato que habían permanecido en penumbra. Cuando pudieron recuperar la visión, comprobaron que la piedra con la que estaba construida la estancia era realmente antigua. Mucho más que el resto del palacio. No había más puertas ni ventanas. Unos estantes dispuestos en las paredes contenían materiales diversos que seguramente eran utilizados en las labores de mantenimiento del Castello d'Albertis. Enchufes, interruptores, varios tipos de herramientas y muchos herrajes componían un almacén de repuestos bastante completo. Aunque la capa de polvo era considerable, estaba claro que de vez en cuando el personal del castillo pasaba por allí para coger alguna pieza. No parecía haber más salida que la puerta por la que habían entrado.

Se miraron sin encontrar respuesta.

—¿Qué hacemos ahora? —preguntó Edwin.

—Si no podemos ir hacia los lados, y no parece que lo que buscamos esté arriba, probemos si existe la posibilidad de ir hacia abajo —insinuó la mujer, dejando a los hombres sin palabra.

El dominicano se afanó en buscar algún resquicio en las losas de piedra que componían el suelo. Comprobó las grietas y las fisuras entre cada una de ellas.

—Fijaos en esto —dijo—. Parece que aquí ha habido una argolla o algo parecido para tirar. Dadme algo metálico para poder meterlo aquí.

Le dieron una herramienta de hierro parecida a una llave inglesa que se encontraba en uno de los estantes. Edwin pudo tirar de la losa con mucho esfuerzo. Sin duda pesaba lo suyo, pensó mientras utilizaba toda la fuerza que tenía, sin que la piedra se moviese. Oliver observó que su compañero no tenía éxito. Cogió una pesada barra de hierro de otro de los estantes e ideó una pequeña herramienta para poder levantar la pesada losa de piedra maciza.

—Deja esa pieza ahí y tratemos de levantar la piedra entre los dos, atravesándola con esta barra —propuso el español.

La mujer se separó y los hombres trataron de utilizar su fuerza en el levantamiento de la pesada piedra. La acción logró mover la losa, que levantó mucho polvo mientras ascendía. Consiguieron dejarla junto a la puerta de entrada y se arrodillaron al borde del boquete abierto para analizar cómo podían descender. Con la ayuda del mechero, Oliver adivinó que la estancia de abajo era tan reducida como aquella en la que se encontraban, aunque el olor a humedad era mucho más intenso. Altagracia propuso construir una pequeña lámpara con la ayuda de los materiales que tenían frente a ellos. La idea les pareció buena.

El primero en bajar fue el dominicano, que una vez abajo pidió que le pasasen la lámpara. El cable que habían encontrado garantizaba unos veinte metros de alcance. La mujer fue la segunda en bajar, ayudada por el español, que descendió el último. La estancia, de piedra gris, se parecía mucho a la que acababan de dejar arriba. La única diferencia consistía en un estrecho pasadizo que se alejaba de la pequeña sala. Procedieron a entrar ordenadamente.

—Parece que hace mucho tiempo que nadie viene por aquí —dijo la mujer, tratando de no rozar las paredes.

Avanzaron con cuidado de no liar el cable de la lámpara, que les permitía ver con nitidez el interior del pasadizo. El polvo acumulado y las telarañas dejaban claro que, efectivamente, allí no había entrado nadie hacía mucho tiempo. Llegaron a una pequeña sala algo más grande que las anteriores, al final del estrecho túnel. La reducida habitación debía de estar bajo el salón principal del palacio.

Lo que vieron les sorprendió hasta dejarles sin aliento.

Un mobiliario muy antiguo, todo de madera, contenía cientos de libros y papeles ordenados por distintos tamaños. Multitud de textos con variados tipos de encuadernaciones, así como decenas de legajos perfectamente ordenados se acumulaban en las estanterías del mobiliario. Junto a los estantes, pudieron ver un enorme baúl de tablones de madera y remaches metálicos que presentaba un aspecto muy envejecido por el paso del tiempo y probablemente por las inclemencias de algún agente externo.

—Este baúl parece muy antiguo, y quizás haya estado en el mar durante mucho tiempo. ¿Qué pensáis? —preguntó Oliver.

—Sí, eso parece —respondió Altagracia—. Me recuerda a los muebles del Club Náutico al que voy en Santo Domingo.

Edwin sintió un nudo en el estómago. Algo en su interior le decía que esa mujer no era para él, porque sus vidas pertenecían a mundos distintos. Él no había entrado ni una vez en su vida en el prestigioso Club Náutico de la capital dominicana. Trató de centrarse en lo que tenía delante y dejó esos pensamientos para más tarde.

Unos cuadros, de aspecto antiguo, completaban la decoración de la estancia.

—Bien, amigos, tenemos faena —dijo Oliver.

Una vez más, la mujer decidió tomar las riendas de la situación, y repartió el trabajo que habría de realizar cada uno de ellos.

—Si os parece, vosotros os dedicáis al análisis de los libros y planos, y yo me centro en el baúl.

Los hombres obedecieron sin rechistar. Si habían llegado hasta allí, era gracias a la perseverancia de su compañera. La gran cantidad de libros y planos hacía difícil un examen rápido de todo el material.

—Vamos a necesitar mucho tiempo para ver todo este material —reflexionó el español.

—Si no te importa, empiezo yo por aquí y tú te encargas de todos esos otros papeles —contestó el dominicano.

Los libros databan de distintas épocas y versaban sobre múltiples materias. Los estantes que analizaron respondían a tratados sobre los océanos, cartas náuticas y elementos relativos al mundo marino en general. Algunos mapas les parecieron realmente muy antiguos. Entre otros, pudieron observar que había una gran colección de cartas de navegación del siglo XVI y XVII, casi todas ellas del mar Caribe, que componía una auténtica cartografía marina de una zona muy concreta.

—Venid a ver esto —pidió Oliver.

—¿Qué es tan interesante? —preguntó Altagracia.

—Creo que son cartas náuticas muy antiguas. Quizás ésta sea del siglo XVI o incluso de finales del XV. Fijaos en que no aparecen en ninguna de ellas las costas como realmente son. Me pregunto si alguno de estos dibujos es del mismísimo Almirante.

—Y ¿por qué sería tan interesante una carta marina de Colón? —preguntó Edwin.

—Porque a pesar de ser un excelente pintor de cartas de marear, de lo cual vivió durante su etapa en Portugal, no nos ha quedado ni una sola carta marina suya. Sabemos que elaboró muchas, y que los Reyes Católicos le exigieron en varios momentos que las hiciera. ¿Dónde se encuentran? Nadie lo sabe, porque se perdieron.

—Sigamos —impuso Altagracia.

Edwin anotó de forma sistemática los títulos de los libros que iba viendo para no dejar ninguno fuera de la lista. Cuando encontraba alguno interesante, le echaba un vistazo rápido. El polvo no le dejaba respirar y tosía a ratos. Como podía, trataba de alejar los pensamientos anteriores, lo que resultaba muy difícil teniendo a Altagracia tan cerca, percibiendo continuamente su sutil perfume.

Algún tomo le resultó conocido.

—¡Mirad esto! —exclamó.

Entre la gran cantidad de libros había hallado los mismos textos que entusiasmaron a Cristóbal Colón y que portó consigo durante sus viajes. Allí se encontraban, entre otros, algunos ejemplares del *Libro de los Viajes de Marco Polo*, el *Imago Mundi*, la *Historia Rerum*, y la *Historia Natural* de Plinio.

—Esto debe de valer una fortuna, Dios mío —exclamó.

—Mira si alguno de ellos tiene notas manuscritas del Almirante —le pidió Altagracia.

—No parece —contestó Edwin—. Son iguales a los que legó el Almirante a su hijo Hernando y cuyos originales tuviste la oportunidad de ver en Sevilla, pero sin notas.

—Sí, así es —afirmó la mujer, que se acercó más a su compatriota para ver si entre los libros se encontraba alguna copia del *Libro de las Profecías.*

Recordó por un instante el misterio de esa recopilación de textos bíblicos realizada por el propio Colón, con la ayuda de un monje de la Cartuja. La única copia conservada, que había podido analizar, constaba de una serie de ochenta y cuatro hojas a la que faltaban catorce porque alguien las había robado, según rezaba una inscripción en el propio texto.

—¡Ojalá encontrásemos aquí las catorce hojas que faltan en el *Libro de las Profecías* de Sevilla! —soñó Altagracia.

—¿Por qué? —preguntó el dominicano.

—Recuerda que una nota manuscrita en el propio libro dice que «mal hizo quien hurtó esas hojas porque eran lo mejor de las profecías de ese libro».

—Vaya, me dedicaré a fondo a la búsqueda de ese libro y esas hojas.

Altagracia volvió al baúl, de donde ya había sacado una gran cantidad de hojas, la mayoría manuscritas. El tipo de letra en que estaban escritas revelaba una antigüedad importante. Tomó asiento y comenzó a leer afanosamente. Las horas pasaban y los tres se esforzaban en el análisis de los documentos encontrados. Lo que habían localizado suponía una gran fortuna y un hallazgo histórico sin precedentes.

—Creo que debemos hacer un receso —pidió Oliver—. Vamos a poner en común lo encontrado.

Edwin explicó que la lista de libros anotados incluía los textos preferidos de Colón, salvo el *Libro de las Profecías,* así como otros volúmenes que podrían ser de utilidad para comprender el hecho del descubrimiento. De la misma forma, otros textos reflexionaban sobre la etapa colombina americana, la desaparición de los indios en distintos lugares centroamericanos y hechos relevantes en las costas descubiertas por el Gran Almirante.

—Quiero destacar que todo este material bibliográfico hace referencia a lugares que Colón descubrió y por donde anduvo durante algún tiempo —terminó de exponer Edwin.

—Muy interesante —dijo Oliver, que comenzó a contar lo que él había encontrado.

Cartas náuticas y mapas de algunas zonas centroamericanas y de islas caribeñas, así como planos de casas, palacios e incluso de templos cristianos componían el conjunto de documentos analizados por el español.

—Entre otros, aquí hay planos muy parecidos a los que tuvimos en Sevilla, y creo que de la misma zona del Caribe.

—Y ¿cuál es tu conclusión? —solicitó la mujer.

—Pienso que estamos ante algo parecido a los legajos que conseguimos allí. Los que pusieron estos mapas y estas cartas marinas aquí estaban analizando algo relacionado con el cuarto viaje de Colón, porque la mayoría de las zonas que aparecen en estos papeles están localizadas en el mar Caribe, en el espacio entre República Dominicana, Cuba, Costa Rica, Panamá y la costa de Venezuela.

—Curioso —acertó a decir Edwin.

—Pues esperad a que os cuente lo que he encontrado —dijo en tono intrigante Altagracia.

Había localizado textos similares a los que habían hallado en Sevilla. Podría jurar que algunos eran incluso los mismos, pensó.

Salir de allí lo antes posible, llevando consigo todo lo que pudieran y sin levantar grandes sospechas eran los objetivos que se habían marcado para rematar con éxito los logros de esa tarde. Era importante abandonar el lugar cuanto antes para aprovechar la oscuridad de la noche y poder acarrear la gran cantidad de información que habían decidido trasladar.

Afortunadamente, la ventana seguía abierta y la luna en el cielo sin nubes iluminaba con una tenue luz blanquecina un estrecho sendero, que les ofrecía el escenario perfecto para abandonar el Castello d'Albertis por el sitio más adecuado, hacia la parte superior de la colina en la que se encontraba edificado. El camino exterior a través del bosque que rodeaba la magnífica construcción conducía a un grupo de edificios señoriales situados detrás del castillo. Las ramas de los árboles, la pronunciada pendiente y, sobre todo, la gran cantidad de documentos y planos que habían cogido hacían difícil la escalada. Además, la poca luz proporcionada por la luna entrevelada por las ramas de los árboles no permitía ver con nitidez el camino. A duras penas llegaron arriba sin perder un solo papel.

*

Con enorme dificultad, el dominicano realizó una señal de victoria al llegar a la cima de la colina. El conjunto de libros y papeles que portaba le impedía levantar los brazos como le hubiese gustado.

Momentos antes, dos hombres habían observado con atención el instante en que los tres investigadores salieron del castillo, y habían adivinado el lugar por donde pretendían incorporarse a la ciudad cargados de papeles. Esto les había permitido alcanzar antes que ellos ese lugar. Apostados allí, pidieron instrucciones a su superior antes de que llegasen arriba los sujetos.

No sería un problema cortarles el paso y quitarles todo lo que llevaban. En realidad, sería fácil, porque ya tenían experiencia en robar papeles a esos ladrones, que estaban expoliando algo que no les pertenecía.

No habían fallado en Sevilla y no iban a fallar ahora.

Mientras esperaban pacientemente a que contestasen a su llamada, dado que la hora no era muy apropiada para localizar a nadie, los hombres razonaban sobre la mejor forma de cortar el paso a esa gente, quitarles los legajos y planos que llevaban, amordazarlos, y atarlos a un árbol cercano. De esa forma, se apoderarían de los papeles que transportaban a duras penas montaña arriba.

En ese momento el teléfono de uno de ellos vibró con fuerza. Tenía el aparato silenciado en previsión del asalto que iban a realizar en breves minutos.

La cara de sorpresa atrajo la atención de su colega. Le habían ordenado que no hicieran nada. La situación estaba siendo reconducida. En consecuencia, debían abortar la operación y salir de allí de inmediato. Recibirían instrucciones al día siguiente.

12

# Génova

*Allende de escribir cada noche lo que el día pasare, y el día lo que la noche navegare, tengo propósito de hacer carta nueva de navegar, en la cual situaré toda la mar y tierras del mar océano [...] y componer un libro.*

Carta de Cristóbal Colón a los Reyes Católicos. Jamaica, 7 de julio de 1503

Los primeros rayos de sol ya iluminaban la superficie acristalada del hotel cuando llegaron tras la intensa noche. Lo sucedido en Sevilla no iba a volver a ocurrir. Nadie les quitaría ahora esos documentos que tanto prometían para avanzar en el caso. Por ello, decidieron cambiar sus habitaciones de forma que pudiesen estar juntos en todo momento. La idea la aportó la mujer: pedirían dos habitaciones contiguas comunicadas por una puerta interior. Ellos dormirían en una de las habitaciones y ella, en la otra. Así estarían siempre en contacto. La posibilidad de pedir apoyo policial e incluso de contar a las autoridades lo ocurrido fue rechazada, porque los documentos serían inmediatamente confiscados por el Gobierno italiano. Lo mejor sería analizar los papeles en el hotel, para aportar pistas al caso, y ya habría ocasión más adelante de revelar al Estado italiano la enorme colección de documentos colombinos encontrada.

Una vez ubicados en las nuevas habitaciones, pidieron el desayuno y decidieron no salir pasara lo que pasase. Estarían juntos hasta que analizaran el contenido y tomaran nuevas decisiones.

—Me gustaría que reflexionáramos antes de comenzar a trabajar —pidió Oliver—. Creo que debemos fijar objetivos antes de nada.

—Ciertamente, todo esto es desconcertante —afirmó Altagracia.

—Alguien roba los restos del Almirante en Santo Domingo y en Sevilla —comenzó a exponer Edwin—. Nos quedamos sin tumbas, y a cambio encontramos una cantidad increíble de material que podría tener un valor histórico extraordinario. ¿Quién entiende esto?

—Debemos preguntarnos si las personas que robaron los restos y las que escondieron estos documentos están relacionadas —dijo el español—. Empiezo a tener mis dudas.

—¿Por qué? —interrogó la mujer.

—Tenemos que orientar una hipótesis de trabajo. A mi entender, los ladrones de huesos buscaban algo concreto. Por otro lado, las personas que dejaron todos estos legajos escondidos perseguían conservar información muy valiosa, pero no sabemos tampoco con qué motivo. ¿Es la misma cosa?

—Pero mediante la firma del Almirante en las fachadas del Faro y de la Catedral los ladrones han dejado claro que están de una forma u otra relacionados con la historia colombina —dijo la dominicana—. ¿Por qué no podría ser la misma gente? Yo apuesto por eso.

—Yo no elimino esa posibilidad, pero me inclino más por la de que los ladrones sean buscadores de reliquias que intentan encontrar algo específico. Un tesoro quizá. No lo sé.

—Bien, amigos, trabajemos a ver si adivinamos quién tiene razón —medió, como de costumbre, Edwin, que ya había metido sus manos en los legajos.

Repartieron el trabajo de la misma forma que lo habían hecho en el castillo. El dominicano examinaría los libros, el español trataría de interpretar los mapas marinos que habían seleccionado, y la mujer procedería a leer los documentos manuscritos encontrados en el baúl.

*

Las horas pasaban y los tres trabajaban sin descanso, tratando de vencer el sueño. De vez en cuando alguno de ellos llamaba la atención de los demás para exponer algún hallazgo importante. Dado que de esa forma no conseguían avanzar, decidieron callar hasta la noche, e incluso no parar para comer.

Un rayo de sol entró por la ventana y dio directamente en los documentos que la mujer estaba analizando. Esto le hizo reflexionar sobre los acontecimientos del día anterior y su gran ocurrencia sobre el sol que alumbra un nuevo mundo, la cita del joven Descubridor y el corazón grabado en el bastión del castillo. Esa experiencia en Génova y su papel activo en el hallazgo de los legajos en Sevilla le estaban transmitiendo una confianza en el desarrollo del caso que hacía que se sintiera bien. No obstante, la densidad de los documentos encontrados, la importancia de esta investigación para su país y el posible desenlace le creaban una incómoda inquietud a medida que avanzaba.

¿Qué motivos podrían tener esos sujetos para esconder unos documentos tan importantes durante tanto tiempo? ¿Qué descubrimientos hallarían en aquellos papeles? ¿Qué les depararía ese caso en el futuro?

Por momentos, la angustia se apoderaba de ella.

Mientras Oliver se daba una ducha, Edwin se percató del desconcierto de la mujer y, demostrando una gran entereza, se atrevió a abrazar a su compatriota. Los brazos del hombre la confortaron, y aceptó el gesto con agrado.

Por unos instantes, el dominicano pensó en expresarle su amor. Llevaba varios días intentando encontrar un momento apropiado para realizar una declaración en toda regla y hacerle partícipe de su profunda pasión. No tenía duda de qué era lo que tenía que hacer, como cualquier dominicano haría en su situación. Aunque trataba de centrarse en la investigación, cada minuto que pasaba junto a esa mujer se convertía en un suplicio, al no poder exteriorizar sus sentimientos. Quizás éste era el momento apropiado, porque podía rentabilizar los éxitos conseguidos en ese duro día de trabajo y aprovechar el buen momento en el que se encontraban.

Cuando se disponía por fin a pronunciar su discurso, el sonido de la puerta del baño hizo que volviesen a su trabajo de inmediato como si nada hubiese pasado.

Antes de que el español llegase a la habitación, Edwin dejó escapar un profundo suspiro.

*

El teléfono de Richard Ronald sonó mientras tomaba su desayuno en el ático de uno de los edificios más altos de

Miami, frente a un mar azul en calma. La llamada procedía de Europa, según pudo adivinar en la pantalla de su teléfono.

—¿Qué ha pasado? —preguntó, mientras desplazaba una bandeja repleta de panecillos y una amplia variedad de mermeladas.

—Han estado toda la noche dentro del Castello d'Albertis —respondió el hombre—. Casi de madrugada han salido por una ventana lateral, llevando consigo una gran cantidad de papeles amarillentos y también planos de cierto tamaño.

—Y ¿qué hacen en este momento?

—Están en el hotel. Han cambiado de habitaciones y ahora los tres ocupan sólo dos. Pienso que están trabajando con los documentos que han encontrado, porque no han salido para nada. La verdad es que llevaban un montón de papeles y planos consigo. Iban bien cargados.

—Bien. No les perdáis de vista ni un minuto —ordenó Ronald.

—Como usted ordene, jefe.

—¡Ah! Quiero saber también si alguien más les está observando. ¿Entendido?

—Sí.

Ronald colgó y procedió a dar un largo trago a la taza de café que había ignorado durante la conversación. Cuando terminó de tragar el líquido aún caliente, apartó la bandeja del desayuno algo nervioso.

Ese caso le interesaba mucho. Nunca antes había escrito una carta ni un correo electrónico como el que había enviado al policía español. La urgencia del tema hacía que no le importase revelar su juego. Pero había alguien más detrás de todo aquello. No le cabía la menor duda.

*

Los últimos rayos de sol se colaban a duras penas por la ventana de la habitación, cuyas cortinas habían sido corridas totalmente para aprovechar la luz del día. Edwin había terminado de revisar los libros y se afanaba en redactar un informe a modo de resumen de todo lo encontrado. Oliver había comprobado con minuciosidad las cartas marinas, así como el resto del material gráfico. Gracias al ordenador portátil, pudo encontrar en Internet mapas actuales y comparar las coordenadas. De esta forma, registró en el disco duro toda la información referente a los puntos relevantes que las cartas marinas ponían de relieve y localizó su posición, aunque observó que había una dispersión bastante notable. Altagracia, por su parte, estaba concluyendo la lectura de multitud de papeles. La tarea era realmente complicada por la dificultad añadida que suponía, en algunos casos, leer castellano antiguo con un tipo de letra manuscrita muy elaborada y minuciosa.

Los hombres terminaron su trabajo y reclamaron la atención de la dominicana.

—Bien, ¿quién es el primero? —preguntó sonriendo el español.

—Creo que debo ser yo —respondió el dominicano—. Siempre me utilizáis para romper el hielo.

Explicó que los libros eran tratados, resúmenes y actas correspondientes a exploraciones de toda América Central, especialmente del área de Panamá y Costa Rica, países que tienen una frontera en común. Los libros describían los asentamientos que desde principios del siglo XVI, tras la llegada de Colón a esas tierras, se habían producido. Toda clase de datos relativos a descubrimientos, expediciones y encuentros con indios aborígenes se relataban de forma minuciosa.

—Fijaos qué cosa más curiosa. Cada nave que llegaba

a esa tierra era anotada desde entonces en estos libros. Y en especial, los naufragios. ¿Para qué querían esto? —concluyó.

Cuando se agotó el silencio impuesto por la pregunta que el dominicano había lanzado al aire, Oliver comenzó a exponer sus investigaciones. Todas las cartas náuticas encontradas hacían referencia al mar Caribe. Principalmente, la zona comprendida en el triángulo formado por la República Dominicana, Costa Rica y Panamá era la más estudiada y cartografiada.

—Me recuerda mucho a los mapas que encontramos en Sevilla. Aquí, esta gente vuelve a analizar con mucho detalle la ruta del cuarto viaje de nuestro marino.

Había contrastado esas cartas de marear, probablemente de los siglos XVI y XVII en su mayoría, con cartas actuales que había conseguido descargar de Internet. Aquella gran cantidad de datos estaba siendo almacenada en el disco duro del ordenador portátil.

—Es curioso —reflexionó el español—. Esta gente ha conservado cartas de navegación desde el principio de las exploraciones de esta zona, a pesar de que hay otras cartas posteriores más perfeccionadas. ¿Por qué? Pienso que debe de ser por su valor histórico, aunque no encuentro otra razón.

Concluyó explicando que algunas rutas marcadas en las cartas hacían referencia a ciertas expediciones que habían sido realizadas en diversos momentos, con muchos años de diferencia entre unas y otras, incluso cuando esas zonas estaban ya descubiertas y con asentamientos estables.

—No veo el interés de eso —expresó el dominicano, que se pasaba una y otra vez la mano por su ensortijado pelo, para ver si ese efecto le activaba de alguna forma las neuronas y le ayudaban a encontrar alguna explicación posible a lo que estaban investigando.

—Pues yo sí —respondió el español, para sorpresa del dominicano—. ¿Por qué alguien querría explorar una parte de costa ya descubierta, cuando había todo un mundo de tierras por examinar más al norte y hacia el sur? Está claro. Recuerda que los españoles buscaban oro, plata, piedras preciosas y cosas similares por allí. Pienso que se trata de exploraciones menores en busca de cosas concretas.

La reflexión quedó en el aire.

—Y ¿qué has encontrado tú? —preguntaron al unísono a la mujer.

—La respuesta a lo que estáis discutiendo —afirmó con rotundidad, mostrando una enorme sonrisa.

*

Justo en el momento en que la dominicana se disponía a contar su parte de la investigación realizada durante esa jornada de trabajo, sonó su teléfono móvil. Observó que el número era el mismo que en la llamada anterior de doña Mercedes.

—¡Ah! Olvidé deciros que doña Mercedes está aquí, en Génova —expresó mientras miraba el aparato.

—Te ruego que no comentes nada de todo esto, por favor —pidió Oliver.

Altagracia respondió la llamada y prometió a su mentora llamarla más tarde, lo que tranquilizó al español, al menos por el momento.

*

La parte analizada por la mujer parecía la más interesante y descriptiva de la enorme colección de documentos que habían hallado en el interior del castillo.

—He escrito un resumen —comenzó diciendo—. Como ya sabíamos, el cuarto viaje del Almirante aparece como el centro de todo este misterio, quizá porque ese último viaje supuso para nuestro insigne marino la culminación de todas las historias relacionadas con el descubrimiento. Empecemos por el principio:

> El descubrimiento de nuevas tierras en América fue un hecho sin precedentes en la historia de los reinos de Castilla y Aragón. El Almirante del Mar Océano, junto con sus hermanos Bartolomé y Diego, logró ilusionar a un número importante de personas en la aventura de abrir nuevas rutas marítimas y llevar riquezas a los gloriosos reinos que Isabel y Fernando tan sabiamente gobernaron.
>
> Cristóbal Colón llegó a Portugal probablemente en 1476. Allí comenzó una intensa etapa en la que aprendió a dominar el mar mediante técnicas de navegación nunca antes utilizadas. Nadie le podía discutir que salvó la vida más de una vez gracias a sus profundos conocimientos náuticos. Además de aprender las artes de marear, nuestro Almirante debió de concebir allí su proyecto para descubrir una nueva ruta hacia las especias. El tiempo que pasó nuestro marino buscando recursos para su difícil empresa fue largo y comprometido, pero esta vicisitud no pudo acabar con su profunda convicción de que había un nuevo camino hacia las Indias. Tras fracasar en su intento de

vender su proyecto al Rey de Portugal, sus días en tierras de Castilla y Aragón tampoco fueron fáciles. Hubieron de pasar muchos años para que por fin los Reyes Católicos confiaran a nuestro Almirante dos carabelas y una nao e iniciar el primer viaje, que con dudas sobre su viabilidad, supuso un enorme esfuerzo para los vecinos de la pequeña villa de Palos cuando fueron convocados en la iglesia parroquial con objeto de abastecer, por orden real, de armas y carabelas para que el Almirante pudiese poner en marcha su proyecto. Hombres de esta villa y de otras muchas se embarcaron en una cruzada que acabó con muchas vidas. Los viajes siempre estuvieron rodeados de incertidumbre. Afortunadamente, el primero y el segundo culminaron con éxito para las personas que se embarcaron en aventuras inciertas.

El tercer viaje demostró que Colón tenía increíbles habilidades para encontrar nuevos mundos siguiendo rutas nunca antes realizadas, con unos conocimientos náuticos inauditos para la época. Gracias a todo ello, el Almirante triunfó como descubridor y como marino, pero fracasó en otros aspectos. Durante este tercer viaje, Colón se empeñó en la búsqueda de oro, plata, piedras preciosas y otras riquezas, como las perlas, que dieran lustre a su gran hazaña.

Para ese entonces, la isla La Española ya era el centro de todas las operaciones en el Caribe, y la ciudad de Santo Domingo, la mayor urbe y el mayor puerto del Nuevo Mundo, y sirvió a los intereses de la corona durante muchos años.

Altagracia hizo un pequeño receso para tomar agua, y dio un largo sorbo a su vaso. Aunque estaba hablando de forma pausada, quiso saber si los hombres entendían su resumen. Observó que sus compañeros permanecían inmóviles prestando atención a lo que estaba contando, en vista de lo cual prosiguió de inmediato, no sin antes dar un nuevo trago al vaso de agua, hasta agotar su contenido.

Desgraciadamente, mientras los barcos y los exploradores se movían sin cesar por toda el área, el Almirante se olvidó de las personas. Las revueltas, que ya habían comenzado en el segundo viaje, se extendieron por toda la isla en este tercer periplo. Mucha gente, descontenta y abandonada a su suerte, inició un movimiento que daría al traste con la gestión del Gobernador y Almirante de las Indias.

Aunque las revueltas de colonos siempre acabaron siendo controladas, crearon muchas situaciones complicadas de las que tuvieron conocimiento los Reyes. Junto al descontento de los españoles, había que sumar la situación de los indios taínos, que fueron sometidos al sistema de sociedad occidental impuesto por los conquistadores. Se les exigió un oneroso tributo en oro, que fueron incapaces de reunir. Al no poder contribuir a la Corona con esas grandes cantidades de oro, los taínos abandonaron el cultivo de sus tierras y entonces llegó el hambre.

El Almirante inició un largo viaje y alcanzó por primera vez el continente sudamericano. Perlas, oro y otras riquezas compusieron la amplia recaudación de tesoros en este tercer viaje. Debido a la enfermedad del Almirante, éste hubo de cambiar de rumbo y volver a Santo Domingo, donde la situación de ingobernabilidad ya era insostenible. Al llegar, le recibió su hermano Bartolomé, Adelantado de las Indias, que le transmitió noticias muy poco alentadoras. El alcalde mayor, Francisco Roldán, se había aliado con los indios del cacique Guarionex, y había iniciado una revuelta sin precedentes. Bartolomé pudo atrapar al cacique y acabar con el motín, pero las cosas no terminaron ahí. Al contrario, otras muchas pequeñas tropelías y ataques contra la autoridad se sucedían por toda la isla.

En el año de 1500, mientras Colón apaciguaba un levantamiento en la Vega y Bartolomé, y una revuelta en Jaragua, entraba en Santo Domingo una flota a cargo de un nuevo gobernador enviado por los Reyes para ejercer justicia. Se trataba de Francisco de Bobadilla, que nada más llegar al puerto observó unos cuerpos que colgaban de la horca. En ese momento, se encontraba gobernando la ciudad Diego Colón. A pesar de las explicaciones de Diego, Bobadilla le arrestó inmediatamente y mandó apresar al Almirante y al otro hermano Colón.

Presos los tres, el Almirante escribió amargas cartas desde su prisión en Santo Domingo, en las que expresaba su dolor por el hecho de que los Reyes le hubieran tratado como a un gobernador más y no como al Descubridor que estaba ganando nuevos territorios para el Imperio español.

En ese mismo año, sin hacer valer sus súplicas, los hermanos Colón fueron encadenados y embarcados en una nave de vuelta a España. Arribaron a Cádiz y, desde Granada, el Almirante envió una carta a los Reyes en la que les habló de su situación. Éstos lo recibieron en la Alhambra y le concedieron el perdón y la restitución de sus bienes. No obstante, no lo repusieron como gobernador de la isla La Española. A partir de este episodio tan difícil para él, el Almirante ocupó su tiempo en Castilla redactando memoriales sobre sus títulos y privilegios. En total, reunió cuarenta y cuatro documentos con el título de *Libro de los Privilegios.*

Altagracia hizo otra pausa para beber agua. Vertió el resto de la botella en el vaso y comprobó que la atención de sus compañeros era palpable.

—Este libro es uno de los considerados como preferidos del Almirante. ¿Os acordáis?

Al ver que los hombres asentían, se permitió crear aún mayor expectación ante lo que estaba leyendo.

—Pues ahora veréis lo que viene —dijo con énfasis.

En ese espacio de tiempo, tras el infructuoso tercer viaje, Colón decidió también escribir el *Libro de las Profecías.* El Almirante reunió un gran número de pasajes proféticos de la Biblia, y se presentó a sí mismo como el elegido de Dios para llevar el cristianismo a toda la tierra. De esta forma, justificó su afán de conseguir todo el oro posible en los nuevos territorios de cara a la reconquista de Jerusalén. Este libro le acompañó el resto de su vida y en él anotó muchos datos que necesitamos para nuestra misión.

Una vez repuesto de esta experiencia, el Almirante comenzó a ultimar los detalles del cuarto viaje. Preparó documentos durante meses, y elaboró un proyecto que permitiese identificar las nuevas tierras y buscar Catay y Cipango. Los Reyes le autorizaron a iniciar esta nueva aventura, pero le prohibieron tocar tierra en La Española, salvo para repostar víveres a la vuelta. Partieron el 11 de mayo de 1502, con cuatro naves y un Almirante maltrecho por los años y con la salud quebrantada.

Con las naves *La Capitana, Santiago de Palos, La Vizcaína* y *La Gallega*, pusieron rumbo al infierno. En esa travesía les acompañaban Bartolomé Colón y el hijo del Almirante, Hernando Colón.

La más difícil y complicada de las expediciones comenzó mal desde el principio. Una de las naves, la *Santiago de Palos,* hacía agua por todos lados y necesitaba cambiar las velas de forma urgente. Siguiendo las órdenes de los Reyes, el gobernador Nicolás de Ovando no permitió que atracaran en el único puerto disponible, Santo Domingo.

Nuestro Almirante siempre tuvo poderes especiales. Frente a la costa de Santo Domingo, observó que una gran tormenta se acercaba. Cuando se lo comunicó al gobernador, éste no le creyó y le volvió a negar la entrada a puerto. Al mismo tiempo, una flota de veinte barcos que se disponía a cruzar el océano hacia Castilla partió por orden expresa de Ovando, que ignoró la predicción de nuestro Almirante y sus ruegos para que no partiese. El huracán se abatió sobre la isla, causando severos destrozos en toda la costa. Las naves de Colón también sufrieron los terribles embates del viento huracanado. Sólo la nave del Almirante consiguió seguir anclada a la costa. Las demás rompieron amarras, aunque pudieron regresar varios días después. Las veinte naves que se dirigían a Castilla se hundieron en el océano, y con ellas, más de quinientos hombres.

Regresaron a la derrota como pudieron, siguiendo rumbo Oeste.

»Lo que sigue es igualmente interesante —manifestó la mujer—. He identificado puntos de la costa centroamericana que podrían corresponder a los actuales países de Nicaragua, Costa Rica y Panamá. Es decir, a partir de aquí se inicia la difícil ruta por estas costas, asoladas por tormentas y tempestades, con un Colón empecinado en encontrar lugares reconocibles de Asia, entre China y la India. Sigo leyendo:

El Almirante quería encontrar el cabo más meridional de la provincia de Ciamba, en el límite oriental de Asia.

Unos indios les dijeron que había mucho oro en las tierras doradas de Ciguare y Veragua. Colón entendió que Ciguare y Ciamba eran la misma cosa. Creyó, por tanto, que había llegado al sitio donde la península era más estrecha y, en consecuencia, supuso que a unos días de distancia encontraría el océano Índico.

Todos le creyeron y le obedecieron en la difícil tarea de navegar esas aguas, a pesar del tiempo infernal que hacía que cada legua que avanzaban fuese un auténtico martirio, porque atravesaban una mar que no daba respiros. Las tormentas eran cada vez más fuertes, los rayos, más intensos y los vientos, más cambiantes. Avanzar apenas unos metros se convertía en una labor imposible.

Durante la noche fondeaban donde podían o bien se mantenían al pairo. Como no encontraban Ciamba, el Almirante se interesó por Veragua, donde los indios habían prometido muchas minas de oro.

Fundaron una colonia en Santa María de Belén. Allí había oro. El Adelantado Bartolomé Colón quedó a cargo de la colonia, pero los indios se fueron tornando en un pueblo hostil conforme se establecían en esas tierras. Al final, a pesar de los intentos por controlar la situación, desistieron de ese asentamiento. Recogieron a su gente, que estaba en tierra, y salvaron todo lo que pudieron.

Partieron la noche de Pascua, con todos los navíos podridos, abromados, con gran cantidad de agujeros, lo que hacía casi imposible la misión de navegar sólo unas leguas.

Al poco tiempo de partir, tuvieron que abandonar *La Vizcaína,* porque estaba muy dañada por los temporales. Aunque es importante decir que todas las naves estaban afectadas, esta nao la tuvieron que dejar a toda prisa, porque la tormenta les comía. Mientras se hundía, pudieron pasar algunos víveres y enseres de esa nave a las otras.

Eligieron vivir, salvando toda la comida que pudieron, y para ello, tuvieron que prescindir de un cofre, que se hundió con la nao mientras todos miraban desolados. Eran conscientes de que sin esos alimentos nunca hubiesen podido volver a Santo Domingo. Por eso, escogieron de forma correcta.

Desde entonces, nosotros, los descendientes de

> los tripulantes que tantos sufrimientos pasaron en este viaje, hemos buscado *La Vizcaína* y su cofre, porque sabemos que está cerca de tierra y correctamente varada. Tenemos la certeza de que la nave sigue allí, aunque después de muchos años buscándola, no la hayamos encontrado.

»Aquí la historia continúa como ya sabemos —dijo la mujer.

—¿A qué te refieres? —preguntó Oliver.

—El Almirante puso rumbo a La Española, porque lo tenía autorizado a la vuelta. De alguna forma, cuando se hundió *La Vizcaína* dieron por acabada la misión, porque las otras naves estaban igualmente comidas por la broma. De hecho, *La Gallega* también se había hundido unos días antes.

—Y ¿hay algo más? —preguntó Edwin, que no daba crédito a todo lo que estaba oyendo.

—Sí, aquí hay una descripción del fenómeno del eclipse, narrado en primera persona, que me ha resultado muy interesante. Dejadme que os lo cuente:

> La expedición, con sólo dos maltrechas carabelas, trató de volver a La Española. De nuevo, los continuos temporales obligaron a las naves a quedarse en Jamaica. Ya sin víveres tuvieron que negociar con los indios el intercambio de alimentos por baratijas, es decir, cascabeles, espejitos, cuentas y bonetes.
>
> Mientras tanto, allí varados durante mucho tiempo, sin saber qué hacer, tomaron dos canoas indígenas a las que añadieron batemares, falsas quillas e incluso una modesta vela.

—¿Conoces la distancia entre Jamaica y Santo Domingo? —preguntó la mujer al español.

—Sí, debe de haber un buen trecho, es increíble. Sigue, por favor.

En la canoa, partieron Diego Méndez, criado personal del Almirante, y Bartolomé de Fiesco. Llevaban una carta de Colón para los Reyes Católicos.

En tierras jamaicanas se sucedieron los motines y los problemas. El Almirante intentó mantener una estricta disciplina, pero sin comida y en vista de la escasa probabilidad de éxito de la expedición en canoa, toda la tripulación intentó en repetidas ocasiones conseguir el mando. En este contexto, los indios, ya cansados de baratijas, negaron víveres a los españoles y anunciaron el final del trueque.

La situación no podía ser peor. La tripulación permanecía en cubierta, con los barcos varados en la costa. La mayor parte de los marineros trataba de paliar los efectos de un sol infernal cubriéndose con hojas de palmeras, mientras que la desnutrición, las fiebres y otros males les acechaban.

Cristóbal Colón resolvió el problema de una forma magistral. Gracias a su profundo conocimiento de las estrellas, y a los almanaques astrológicos que siempre llevaba consigo, encontró la manera de resolver la angustiosa situación.

El 29 de febrero de 1504 reunió a una multitud de indígenas en la playa. Mientras oscurecía, pidió al dios de los indios que les castigara eliminando la luz de la luna por su negativa a dar alimentos a los españoles. Cientos de indígenas, incrédulos, desconfiaban de las palabras del Descubridor. Tras unos minutos de espera, el eclipse lunar comenzó a oscurecer toda la playa, y el pánico cundió entre los aterrorizados nativos. Casi de inmediato, pidieron a Colón que hiciese volver la luz, y éste exigió víveres para todos los españoles. Al menos, el hambre no fue más un problema.

—Sí, yo conocía esa historia —dijo Oliver—, pero el valor de este documento no tiene precedentes.

—Sí —respondió Altagracia—. El papel y el tipo de letra hacen pensar que este documento tiene quinientos años.

—Y ¿cómo termina? —quiso saber el dominicano.

Muchos meses después de la partida de la canoa, cuando aún continuaban las revueltas a bordo y en tierra, llegó un navío procedente de Santo Domingo con la promesa de ayuda en breve. Colón pactó con la parte de la tripulación declarada en rebeldía, quienes a pesar de conocer la nueva situación, continuaron imponiendo sus criterios. El Almirante envió a su hermano Bartolomé al mando de cincuenta hombres, que lograron resolver la sedición, pero murieron muchos amotinados.

Poco después, llegó por fin el barco desde La Española, para regocijo de todos los marineros y del propio Almirante, que tras la larga estancia en la isla de Jamaica pudo poner rumbo por última vez en su vida hacia la ciudad de Santo Domingo.

—Fijaos qué viaje más terrible —expresó la mujer—. No me extraña que después de esta tremenda experiencia, haya gente que piense que contenga lo que contenga el cofre de *La Vizcaína*, es suyo.

—Bien, pero ¿qué puede contener el cofre? —preguntó Edwin, haciendo un gesto de desesperación.

—En ningún documento he encontrado ese dato. Es más, obvian hablar de ello en repetidas ocasiones.

—Pues tendremos que reorganizar la documentación para ver si damos con esa información —propuso el español.

—Resumiendo —continuó la mujer—. Hemos encontrado tres tipos de documentos. Los que ha visto Edwin son tratados, resúmenes y actas de exploraciones de toda América Central y especialmente del área de Panamá y Costa Rica, donde podría encontrarse *La Vizcaína.* Es decir, en la búsqueda de la nave, estos señores han estado recopilando datos durante cientos de años. Por otro lado, Andrés, tú has analizado las cartas náuticas y las derrotas anotadas en ellas, que indican en todos los casos, por lo que deduzco, que la nave puede estar frente a las costas de estos países pero sin precisar el punto exacto.

—Todo correcto —expresó el español—. Y ahora ¿qué? ¿Dónde puede estar la nave?

—Dejadme que lea varias frases que he anotado aquí —pidió Altagracia, extrayendo de entre un montón de hojas un folio que ella misma había escrito.

> El Almirante conoció la existencia del cofre y su hundimiento junto con *La Vizcaína* la noche en que la perdimos.
>
> Uno de nosotros pudo ver que en el libro que siempre llevaba consigo, donde escribía muchas de sus reflexiones personales, había anotado en el

margen de algunas páginas información que es relevante para encontrar la nao.

Este *Libro de las Profecías* contiene las claves que nos faltan para encontrar el cofre, y poder acabar así esta larga cruzada en la que llevamos inmersos tantos años.

De nuevo, el libro al que faltaban hojas aparecía en sus vidas.

El silencio se apoderó de la estancia durante un buen rato. La necesidad de asimilar la información y ordenar de forma coherente el impresionante conjunto de datos históricos les llevó buena parte del resto de la velada. La calidad de todos los documentos descubiertos, su contenido y su indudable valor histórico les hacía reflexionar sobre la mejor manera de mantener a buen recaudo el fabuloso compendio de legajos y mapas.

De mutuo acuerdo, decidieron que lo más seguro y fiable era conservar la mayor parte de los documentos en una caja fuerte en un banco genovés. No obstante, comprarían un escáner para guardar en el ordenador portátil lo más significativo del conjunto de legajos. Llevarían consigo sólo los documentos originales imprescindibles.

—Ahora resolvamos el tema de tus amigos, los profesores dominicanos —dijo Oliver, adoptando un tono serio—. Me gustaría que no comentaras nada de esto. Quiero que tengas en cuenta mi opinión. Te lo pido por favor.

—No creo que ellos interfieran en el caso. Además, te recuerdo que desde el principio ellos apuntaron una tesis que se está confirmando.

—Ayúdame, Edwin. Te ruego le pidas a tu compatriota que mantenga esta información en secreto.

—Bueno, yo creo que en esta ocasión Andrés tiene razón —dijo el dominicano mirando hacia abajo—. Lo que hemos encontrado es muy valioso y, en consecuencia, deberíamos ser prudentes y cumplir con nuestra misión antes de revelar información importante sin estar seguros.

La mujer se levantó y fue hacia su habitación, dando por terminado el intenso día de trabajo.

*

—Y ahora, ¿qué hacemos, Andrés? —preguntó Edwin, algo desorientado.

—He hablado con mis superiores de Madrid y me autorizan a ir a Miami. Ronald puede tener algo relevante y, por lo menos, podemos interrogarle para comprobar qué diablos tiene que ver con el robo de los restos. ¿A ti qué te parece?

—Me parece bien. Tengo ganas de conocer a ese sujeto. ¿Piensas que puede ser responsable de algo?

—En el fondo no lo sé —reflexionó Oliver—. Me parece que puede tener datos muy importantes para nosotros y por tanto debemos oírle. Ahora bien, tenemos que extremar todas las precauciones y no fiarnos de él en ningún momento.

—Desde luego. Él podría haber robado nuestros legajos en Sevilla, donde casi me matan —dijo Edwin, indignado.

—No tenemos pruebas de eso —indicó Oliver—. Si fuera culpable, imagino que no se habría atrevido a escribirme, y menos a llamarme.

—¿Ahora le crees inocente? —preguntó contrariado el policía dominicano.

—No. Nunca me fiaré de él, pero creo que hay que concederle la oportunidad de explicarse. Tiene algo importante, lo presiento.

13

# Miami

*La historia es un manojo de mentiras llena de fábulas y fantasía; nos enseña infortunios y errores de América; pero es elocuente para los que saben leerla.*

Simón Bolívar

La llegada a Miami le recordó al clima de su tierra, que añoraba después de tantos días fuera. La primera señal de la atmósfera tropical fue el calor húmedo que le impregnó de sudor la camisa, incluso antes de subir al taxi. El dominicano no había desconectado la mente durante el vuelo desde Italia, tratando de adivinar la relación del americano con el caso. Ahora, al tomar contacto con una ciudad tan abierta como ésta, volvía a sentirse como en casa, con ganas de interrogar al misterioso y enigmático cazatesoros.

Al menos había una noticia buena. Altagracia había confirmado a sus compañeros en el transcurso del viaje que no había hablado con doña Mercedes, y que, por tanto, había respetado su deseo de preservar los valiosos hallazgos, aunque seguía sin entender el motivo por el cual no podía intercambiar impresiones con ellos. La mediación del dominicano volvió a funcionar, y consiguió aplacar los ánimos. Al menos por el momento.

La ciudad también pareció inyectar nuevas energías en ella. La luz, la cálida brisa y, sobre todo, tanta gente hablando su idioma sirvieron para que se sintiera con fuerza, dispuesta a dar un nuevo salto en la investigación. Su país lo merecía, y ella no iba a cejar en el empeño.

El español parecía algo más inquieto. El solo hecho de encontrarse con el americano suponía un esfuerzo inexplicable para alguien como él, que había pasado en su vida profesional por situaciones complejas. Ese caso se había tornado en algo importante en su carrera, porque la expectación creada en torno a los incidentes había despertado el interés de muchos países. Sus superiores confiaban en él, y esperaban mucho. El caso tenía que ser resuelto para poder explicar los sucesos acontecidos. De acuerdo con su forma de ser y actuar, no podía fallar ante la gran cantidad de personas que esperaban la solución. Nada en el mundo le fastidiaba más que fracasar ante otros, no dar la respuesta que se esperaba de él. Y sin embargo, le había tocado lidiar ese asunto con su peor enemigo. El escurridizo y turbio Richard Ronald.

El americano les recibiría en sus oficinas, situadas en el mismo edificio donde residía. La última planta del lujoso inmueble localizado frente al mar había sido adquirida hacía tiempo para ambos usos. Un amplio ascensor les elevó, durante unos minutos que les parecieron interminables, hacia el esperado encuentro.

Un portero, elegantemente vestido con un pesado uniforme, les condujo hasta la entrada de las dependencias, que, en sí mismas, parecían un auténtico museo. Multitud de vitrinas, que contenían gran cantidad de objetos de arte, conferían al hall un aspecto imponente. Una secretaria les invitó a pasar a una sala de reuniones, decorada con el mismo estilo que habían visto en la entrada.

—Me pregunto cuántas de estas obras de arte habrán sido robadas —reflexionó Oliver, sin dar crédito a lo que estaba viendo.

La dominicana se acercó a una vitrina que exponía diversas tallas en madera y máscaras tribales que pudo reconocer perfectamente.

—¡Mirad esto! Es auténtico arte taíno. ¿De dónde habrá sacado estas joyas? Yo no tenía conocimiento de estas piezas. No sabía que existían.

—Pues no os perdáis esta otra exposición —exclamó Edwin desde el extremo opuesto de la sala—. Aquí hay multitud de textos templarios y algunas piedras talladas que según dice en este rótulo podrían ser la clave de algún misterio actualmente en estudio.

—Ya os lo dije —expresó indignado el español—, este hombre ha estado en todos los sitios del mundo, siempre en los momentos más oportunos. Cada vez que se descubre algún vestigio significativo en una excavación arqueológica, allí aparece Ronald. Y casi siempre saca partido utilizando diversas técnicas, todas de dudosa reputación.

El enorme valor y belleza de las obras de arte allí expuestas hizo que cada uno de ellos se dedicase por unos instantes a contemplar alguna de las piezas. El silencio se rompió al abrirse una pesada puerta de madera al fondo de la habitación.

En ese momento, entró un hombre de edad avanzada, tez bronceada, ojos verdes muy expresivos, que lucía un traje italiano de corte impecable. Su delgado y anguloso rostro denotaba confianza en sí mismo.

—Amigo Andrés, cuánto me alegro de verte.

—Hola, Richard —pronunció el español, que no hizo ningún ademán de estrechar su mano—. Permíteme que te presente a mis dos colegas. Altagracia Bellido es secretaria de Estado de Cultura, y Edwin Tavares pertenece a la policía científica, ambos de la República Dominicana.

—Encantado, señores. Disculpen mi español. Debería ser perfecto después de tantos años viviendo en Miami y viajando por España, América Central y Sudamérica, pero ya ven. Hablo como un yanqui.

—Habla usted bien, señor Ronald —señaló la mujer.

El americano tomó su mano y la besó de forma delicada, ofreciéndole el paso hacia la enorme terraza donde había previsto servirles una cena.

—Espero que no estén muy cansados después del viaje. Por favor, tomen asiento.

La mujer quedó encandilada con las inmejorables vistas de la costa y de buena parte de la ciudad, que comenzaba a iluminarse progresivamente al caer la noche.

—Veo que le gusta la ciudad, señorita.

—Sí, siempre me ha gustado Miami. Los hispanos somos bien recibidos aquí.

—Cierto.

—Bueno, Richard, cuéntanos qué quieres de nosotros —atajó Oliver.

—Iré al grano. Estoy al tanto de lo sucedido en Santo Domingo, Sevilla y Génova. Como sabes, tengo buenos informadores —dijo Ronald, exhibiendo una enorme sonrisa.

—No me cabe la menor duda —lanzó el español.

—Bien. En esta ocasión no quiero aprovecharme de lo que estáis buscando, sea lo que sea. Estoy al tanto de los legajos que encontrasteis en Sevilla y del terrible robo del que habéis sido objeto. Espero que ya se encuentre bien, señor Tavares.

—Sí, gracias. Yo espero que usted no haya estado relacionado con el robo. Si no... —dijo el dominicano, que apretó el puño con fuerza bajo la mesa.

—En absoluto. Esté usted tranquilo, porque no tengo nada que ver. Pero tengo cierta idea de quién o quiénes han podido ser.

—Veo que eres fiel a tu estilo —respondió de inmediato Oliver.

—La ironía nunca ha sido tu principal arma, Andrés. Te ruego que me dejes explicar todo lo que sé, y luego podrás juzgar. Estoy convencido de que os voy a aportar muchos datos interesantes. Pero antes de nada, vamos a cenar, por favor.

El anfitrión hizo gala de una acogedora amabilidad durante la cena. Ofreció a sus invitados un agradable menú, aderezado con interesantes historias vividas en sus múltiples viajes.

Altagracia recibió una impresión del americano muy diferente a la transmitida por el español. Junto con unos modales exquisitos, el millonario dio múltiples muestras de su pasión por el arte y la belleza de los objetos antiguos, al tiempo que mostró su respeto por las normas de cada país relativas a las excavaciones. Para reforzar su imagen, explicó que más de la cuarta parte de los ingresos de sus empresas eran destinados de forma sistemática a labores humanitarias y filantrópicas.

Una vez terminado el postre, Ronald solicitó a sus invitados que se trasladasen a su despacho, donde pudieron comprobar que el millonario había reservado las mejores piezas de arte para su propio espacio personal. Los retablos más antiguos, las pinturas más bellas y las reliquias más valiosas ocupaban distintas paredes y estanterías en la increíble oficina del americano.

Les solicitó que se sentasen en una mesa auxiliar y les pidió que esperasen unos minutos, al cabo de los cuales volvió con un pesado objeto, cubierto con un paño de terciopelo rojo, que puso sobre la mesa.

Al retirar el paño, pudieron observar una hermosa caja de caoba, minuciosamente tallada. Delicados motivos medievales habían sido esculpidos en la oscura madera.

—En el interior de esta caja hay algo que estáis buscando. Es mío desde hace mucho tiempo.

—Y ¿qué es? —preguntó Edwin, tragando saliva.

—Quisiera antes obtener vuestro compromiso de que vamos a participar juntos en los siguientes pasos. ¿Me comprendéis? —preguntó Ronald, mientras comprobaba que sus invitados entendían.

—Me parece increíble lo que pides. No entiendo cómo puedes tener tanta desfachatez para pedirnos eso —espetó Oliver elevando el tono.

—Creo que no sabes lo que contiene esta caja. Cuando lo sepas, a lo mejor cambias de opinión.

—Díganos de qué se trata, y seguro que mi colega le escucha de nuevo —le sugirió la dominicana.

—Esta caja contiene las catorce páginas que faltan en el *Libro de las Profecías* del Almirante. ¿Os convence ahora mi propuesta?

*

En el hall se acumulaba gran cantidad de maletas y equipajes de todos los clientes que llegaban o se marchaban del hotel a esa hora del día. El ruido le estaba poniendo nerviosa por momentos. El barullo incesante, molesto a ratos, comenzaba a crear en ella una visible irritación. Una mujer tan segura de sí misma no podía exteriorizar la gran preocupación que llevaba dentro. Las cosas se le habían ido de las manos, y no seguían la línea que había marcado.

—No me llamó ayer. Algo ha pasado —dijo doña Mercedes expresando sus pensamientos.

—¿Podemos saber dónde están? —quiso conocer don Gabriel.

—Claro. He hablado con Verdi, que tiene acceso a todos los ordenadores de la policía, y me dice que dejaron el hotel con rumbo al aeropuerto. Está tratando de adivinar el destino de su vuelo.

—Siento decirlo —volvió a insistir don Gabriel Redondo—, pero esto es muy importante para nosotros. No estoy seguro de que hayamos llevado esto con seguridad.

—¿Te crees que yo no estoy preocupada? —señaló la mujer, lanzándole una retadora mirada a su colega.

—Mira, Mercedes, llevas muchos días diciendo que tú controlas a Altagracia. Si no es así, tendremos que pasar a otro tipo de acciones. Lo siento, pero este asunto no se nos puede escapar.

—Yo estoy de acuerdo con él, Mercedes —afirmó don Rafael Guzmán—. No podemos poner en juego algo tan relevante. Tratemos de ver dónde están ahora los tres y pasemos a elaborar un nuevo plan.

—Me parece bien —expresó don Gabriel—. Creo que ha llegado la hora de utilizar métodos más efectivos.

*

Muchos años atrás, durante uno de sus viajes a París, Ronald había comprado unos legajos amarillentos que llamaron su atención por su aspecto. La caligrafía y el papel ahuesado denotaban antigüedad. A pesar de que el vendedor no ofrecía garantías sobre su autenticidad, le parecieron interesantes porque en su país se podía colocar cualquier cosa con aspecto antiguo.

De vuelta a su casa, pensó varias veces en largarlos por el doble del precio que había pagado. No obstante, por razones que no podía explicar, dejó los documentos archivados en su estudio. Posteriormente, cuando un cliente le pidió cosas de la época colonial española, recordó aquellos viejos papeles que había adquirido a un anticuario francés. Durante muchos años, un hombre apasionado por el arte y las reliquias históricas como era él se interesó de nuevo por ese conjunto de legajos con el convencimiento de que le podían reportar lo que más le gustaba en el mundo: dinero, mucho dinero.

Estudió la historia colombina y los misterios que rodeaban la vida del insigne Almirante. En poco tiempo, encontró la conexión de las catorce páginas que había comprado con el *Libro de las Profecías* existente en la Biblioteca Colombina de Sevilla. Aún recordaba el día en que fue a visitar la mayor fuente de textos colombinos. Cuando leyó la anotación en la hoja 77, creyó que moría.

El *Libro de las Profecías*, la obra más enigmática que elaboró el propio Almirante mediante la recopilación de textos bíblicos, y que nunca llegó a publicarse, le fascinó desde que la conoció completa. Ese manuscrito de ochenta y cuatro folios constituía todo un misterio en sí mismo, que se sumaba desde la muerte de Colón al conjunto de enigmas que ya de por sí rodeaba la vida del marino.

Una vez repuesto de la sorpresa, dado que por sus propios medios él nunca había encontrado algo de tal calibre, se metió de lleno en la vida del Descubridor.

El extraño criptograma de la firma del Almirante, sus avanzados conocimientos náuticos, el posible predescubrimiento del Nuevo Mundo y otros muchos enigmas le parecieron pequeños en comparación con el misterio procedente de la lectura completa del *Libro de las Profecías.*

El intento del Descubridor por demostrar que su hazaña había sido profetizada en las Escrituras, y de acuerdo con ello, su proyecto evangelizador estaba marcando una nueva era en la historia de la humanidad. Increíble.

¿Estaba el descubrimiento del Nuevo Mundo predicho en las Sagradas Escrituras?

Después de muchas lecturas, no pudo llegar a ninguna conclusión sobre si Colón había obtenido información relevante a través de las Escrituras. Algo decepcionado por ese hecho, pronto encontró nuevos alicientes en el texto: las notas escritas al margen de puño y letra del Almirante indicaban un misterio aún mayor que el propio libro y que, sin duda, podía tener más valor que las catorce hojas.

*

La caja dejó sin aliento a los tres investigadores, que tras muchos días siguiendo la pista al hombre que revolucionó el mundo medieval, creían imposible que eso les estuviese pasando a ellos. Ronald les observaba con una generosa sonrisa en la cara.

¿Cuántos papeles, documentos, mapas y otros elementos desconocidos relacionados con el Almirante había visto esa gente en los últimos días?

El americano extrajo del bolsillo de su chaqueta una diminuta llave dorada. La introdujo ceremoniosamente en la cerradura de la caja y la giró, no sin antes volver a mirar a los ilustres invitados que tenía sentados frente a él. Se produjo un leve chasquido y levantó la tapa.

Altagracia fue la primera en tocar los folios. Su expresión se tornó en gesto de preocupación cuando observó que las hojas parecían originales y que las palabras habían sido escritas por el propio Almirante. El dominicano la miraba con los ojos desorbitados, y el español permanecía inmóvil, esperando cualquier pista que le revelase la verdadera intención del americano.

—¿Nos puede contar qué ha descubierto en estas hojas? —preguntó Altagracia sin dar rodeos.

—*La Vizcaína.* Sé cómo llegar a ella y a su contenido.

—Vaya, eso sí que es ser directo —dijo la mujer—. ¿Dónde dice eso aquí?

*

Los años siguientes fueron muy intensos. Compró todo lo que cayó en sus manos relacionado con el descubrimiento. Poco a poco fue haciéndose con una gran cantidad de escritos antiguos de los siglos XVI, XVII y XVIII. En ellos se veía reflejado el nerviosismo de unas personas que, generación tras generación, se transmitían el conocimiento de lo sucedido.

*La Vizcaína* y su contenido no debían de estar muy lejos de la costa cuando los marinos vieron que la nave se hundía. Durante muchos años, el secreto estuvo bien guardado.

Ronald había conseguido documentos que nunca debían haber dejado escapar quienes por siglos habían estado detrás de esa aventura. Era normal que, tras muchas generaciones, hubiese algún descendiente díscolo que no comulgara con la difícil misión de rescatar una nave perdida en el Caribe.

No obstante, en los quinientos años transcurridos desde el hundimiento de la nave, hubo muchos periodos diferentes en la intensa búsqueda del pecio. Parecía que al cabo de varios siglos, el movimiento de documentos y de iniciativas se había quedado estancado, cuando, de repente, a finales del siglo XIX, se descubrió el robo en la Piazza Acquaverde.

El americano pudo conseguir algún folio adicional proveniente de ese robo, sobornando a un funcionario del Gobierno italiano en la década de los setenta. El dinero pagado fue una buena inversión, porque ese documento le permitió delimitar algo más el área donde el pecio podría encontrarse.

Esto le animó a crear una empresa de búsqueda y recuperación de barcos hundidos con base en Panamá, porque siempre le había parecido el sitio más probable donde Colón habría visto zozobrar la nave. Allí contrató a golpe de talonario a los mejores buceadores de todo el mar Caribe e instaló los más sofisticados equipos de rastreo de pecios.

A pesar de todos los esfuerzos, del dinero invertido en esa tremenda cruzada, no encontró lo que habría sido uno de los mayores descubrimientos de los últimos quinientos años: una de las naves utilizadas por el mismísimo Cristóbal Colón, con un cofre por el que habían suspirado muchas generaciones.

*

El americano narró sus impresiones abiertamente, haciendo gala de los datos que poseía.

—Vaya, parece que usted no nos necesita —acertó a decir Edwin.

—En principio, nuestra empresa en Panamá está convencida de que es cuestión de tiempo hallar el pecio. No obstante, sí que os necesitamos. Con los datos que tenéis vosotros podemos ir mucho más rápido. No tengo ninguna duda de que podríamos hallar la nave en unas semanas.

—Y ¿por qué tiene tanta prisa en encontrarla? —preguntó la mujer.

—Porque el cáncer insiste en acabar conmigo antes de que consiga el mayor hallazgo de mi vida.

*

La mañana siguiente, durmieron hasta tarde. El día anterior habían volado desde Italia y mantenido la larga reunión con el americano, lo que les había agotado en exceso.

Decidieron no darle una respuesta inmediata y analizar un poco más en detalle su propuesta.

Cuando despertó, Altagracia tenía al menos cinco llamadas en su teléfono móvil, todas ellas procedentes de su mentora. Realmente no debía responder a esas llamadas, ya que la postura que habían adoptado los dos hombres en torno a ese tema era muy clara. Puesto que estaban avanzando de forma notable en los últimos días, creyó conveniente no atender a doña Mercedes y darle explicaciones cuando volviese a Santo Domingo. Su mentora siempre había sido una persona comprensiva, de amplia cultura y saber hacer en las relaciones interpersonales. Seguro que entendería su situación.

La comida fue el punto de encuentro para el difícil debate que se avecinaba relativo a la propuesta de Ronald.

La primera en llegar fue Altagracia, que no paraba de mirar su teléfono en espera de nuevas llamadas. A continuación llegó su compatriota, con una idea bien definida. Había decidido aprovechar la ocasión para manifestar sus sentimientos; no podía dejar pasar un día más sin expresar su amor a la secretaria de Estado.

El restaurante de la última planta del hotel ofrecía unas vistas casi tan espectaculares como las del apartamento del americano. Mientras llegaba Oliver, aprovecharon para compartir un trago de ron. Un brindis con un intenso mar azul de fondo podía ser el escenario perfecto para que dos dominicanos acordasen por fin entablar una relación más profunda.

Una vez más, trató de aprovechar la situación para declararse a la mujer que le venía quitando el sueño desde hacía días. Tenía que ser en ese momento, porque si aceptaban la propuesta de Ronald, tendrían que viajar todos juntos, lo que dificultaría los momentos de intimidad.

Tras el choque de los vasos, el sonido de los trozos de hielo al colisionar unos cubitos contra otros cesó, permitiendo iniciar el diálogo entre ellos.

Pero justo en ese momento, llegó el español.

La cara de Edwin no dejó lugar a dudas. Oliver notó que su aparición había chafado alguna acción en curso, en relación con las intenciones de su amigo. Evitando que la mujer le oyese, pidió perdón con un leve susurro mientras ella tomaba asiento en la mesa que habían reservado para almorzar.

Ya entrados en materia, la mujer preguntó quién quería ser el primero en exponer sus ideas sobre la propuesta del millonario.

—He estado toda la noche dándole vueltas al tema

—comenzó Oliver—. No he dormido nada y creo que no tengo ni idea de cómo resolver esto.

—Yo tampoco he dormido, pero por otras razones —expresó Edwin, ruborizándose ligeramente.

La mujer le miró sin entender lo que había querido decir.

—Yo sí he dormido, y tengo una idea muy clara. Bajo mi punto de vista, deberíamos aceptar la oferta de Richard. Dejadme que os cuente mi idea.

Por un lado, si no aceptaban su oferta, el único recurso que les quedaba era volver cada uno a su país y esperar nuevas pistas para poder resolver el caso. Dada la complejidad de lo que estaban investigando y la dificultad añadida de la coordinación entre varios países, ella proponía no esperar nuevas pistas. Con los documentos que tenía el americano darían un gran paso.

Por eso, aceptar la propuesta del americano supondría poner en marcha un nuevo proceso en la búsqueda de la verdad, y con cierta posibilidad, podrían recuperar un bien histórico de incalculable valor.

A nadie se le escapaba la idea de que iniciar esta acción de búsqueda de una nave colombina, que había sido deseada durante siglos por muchas generaciones, atraería la atención de las personas que habían conservado los documentos durante años, y sería una buena excusa para vigilar a todo el que se interesase por la operación de rescate.

Por tanto, la opinión de la mujer era totalmente favorable al ofrecimiento de Richard Ronald.

—Vaya, veo que lo tienes muy claro —expresó el dominicano.

—Y ¿cómo garantizamos que Ronald no nos juega una vez más una mala pasada? —preguntó Oliver.

—Él se ha comprometido, incluso se ha ofrecido a

hacerlo por escrito, a que todos los objetos encontrados, sin ningún tipo de restricciones, pasarán al Estado de Panamá, así como a España y República Dominicana, en los acuerdos bilaterales que nuestros Estados suscriban.

—Y ¿qué hay de las dos condiciones que ha impuesto? —preguntó su compatriota.

—A mí me parecen perfectas —reflexionó la mujer—. La primera, que se le paguen los gastos de la expedición submarina, y la segunda, que se le reconozca como el investigador que orientó por primera vez la búsqueda y el rescate de una nave colombina. Yo veo correctas sus exigencias. ¿Qué pensáis?

—Tal y como lo has expuesto, yo también lo veo bien —afirmó el dominicano.

—Adelante, entonces —sentenció Andrés Oliver.

*

El restaurante elegido para cenar, cercano a South Beach, era perfecto para comunicarle al americano el consenso en el comienzo de la operación de rescate.

Salvo la reputación que le precedía, todos estaban de acuerdo en que la propuesta del millonario cazatesoros era la única salida posible a la situación actual. Sin él, el caso estaría condenado a un estado de inactividad que podría durar años.

—Bien, como dicen ustedes en su idioma, soy todo oídos —dijo con una amplia sonrisa.

La mujer tomó el mando, como había hecho en las últimas semanas.

—Hemos acordado entre nosotros, con el beneplácito de nuestros superiores, aceptar su propuesta. En este sentido, nuestros países se pondrán de acuerdo con nuestros embajadores en Estados Unidos para redactar un documento con las condiciones que hemos convenido. Además, nuestros Estados hablarán con las autoridades panameñas para ponerles al corriente de la situación.

—Enhorabuena, señores, siguen ustedes teniendo cosas importantes que hacer en este caso. Creo que es una buena opción.

El americano levantó su copa y ofreció un brindis para celebrar la decisión. Todos le respondieron con el mismo gesto.

—Permíteme una pregunta —pidió Oliver—: ¿Tienes idea de lo que hay en el cofre a bordo de la nave? Nosotros no hemos encontrado en ningún documento ni una sola descripción del contenido.

—Buena pregunta. Yo esperaba que vosotros me dierais ese dato. Quizá cuando pongamos en común los documentos logremos entre todos deducir el contenido del cofre. Aunque yo no me obcecaría con eso. El barco tiene un valor histórico incalculable.

Los dos hombres se sostuvieron la mirada.

—¿Cuándo empezamos? —preguntó Edwin.

—Cuanto antes. Hay malas noticias por allí —dijo el americano.

—¿A qué se refiere? —sondeó la mujer.

—Se acerca a la zona un huracán fuerza tres. Si es así, podría destrozar nuestra base y retrasar considerablemente la misión.

14

# *Panamá*

*Partí en nombre de la Santísima Trinidad la noche de Pascua, con los navíos podridos, abromados, todos hechos agujeros. Allí en Belén dejé uno y hartas cosas.*

Carta de Cristóbal Colón a los Reyes Católicos. Jamaica, 7 de julio de 1503

El avión privado de Richard Ronald seguiría una ruta inusualmente larga debido a las fuertes tormentas tropicales que estaban azotando el mar Caribe desde principios de verano.

El piloto anunció por los altavoces que tras el despegue del aeropuerto de Miami sobrevolarían Santo Domingo y luego pondrían rumbo directo a la Ciudad de Panamá, donde tenían previsto tomar tierra en unas dos horas y media.

Altagracia suspiró sonoramente al oír el nombre de su ciudad, y pensó que era una pena no poder parar un momento para besar a su madre y saludar a sus amigos. Estos días fuera de su tierra estaban pasando a una velocidad de vértigo, aunque ya tenía ganas de volver para ver a los suyos. Si pudiese, explicaría a doña Mercedes el dolor de su corazón al no poder darle la información que le pedía, y le ofrecería excusas por no atender sus llamadas. Seguro que una mujer tan inteligente como su mentora lo entendería.

El aterrizaje en el aeropuerto Panama City se produjo en medio de una fuerte tormenta. La lluvia caía copiosamente y anegaba los aledaños de la pista de forma preocupante, hasta tal punto que el avión de Ronald fue el último en tomar tierra antes de que el aeropuerto fuese cerrado al tráfico aéreo durante unas horas.

Una limusina les esperaba al pie del avión y les evitó el control de pasaportes. Este hecho no pasó desapercibido para los investigadores, que comprobaron el inmenso poder del americano en esas tierras. El destino elegido por el propio Ronald era desconocido por el resto de la expedición. Tras media hora de viaje, el vehículo llegó a un elegante edificio acristalado.

La lluvia seguía cayendo de forma implacable, e impedía ver más allá de unos metros. En el interior, un joven americano, alto y rubio, de complexión atlética, se presentó a sí mismo como John Porter, director de la XPO Shipwreck Agency. El inmueble había sido adquirido diez años antes para el proyecto de rescate de barcos naufragados en el Caribe. En ese tiempo había conseguido rescatar multitud de pecios, con un valor de los elementos encontrados superior a los cien millones de dólares.

—No obstante, no hemos creado esta empresa para eso —se vanaglorió Ronald.

—El objetivo es la búsqueda de las naves colombinas, especialmente de *La Vizcaína* —expresó John Porter—. Mister Ronald ya me ha explicado que ustedes conocen nuestra misión y que traen documentos que nos pueden ayudar a determinar el lugar exacto de localización del navío.

—Es evidente que ustedes buscan naves colombinas —ironizó Oliver—. El nombre de la agencia es acertado, dado que XPO son las tres primeras letras de la última línea de la firma de Colón.

—Así es, amigo Andrés —dijo riendo Ronald—. Fue una buena propuesta para el nombre de esta empresa y nos gustó a todos. No sabemos lo que significa la firma, pero esta parte es bonita y suena bien.

—Quizás algún día consiga descubrir su significado —apuntó Edwin.

—No le quepa la menor duda de que he dedicado mucho esfuerzo y dinero en mi vida para desvelar el significado de la misteriosa firma del Almirante, pero sin éxito. Ojalá me quedase más tiempo. No obstante, no pierdo la esperanza de que quizás en lo que encontremos en el cofre, sea lo que sea, haya alguna información adicional que nos ayude a descifrar también el enigma del criptograma de la rúbrica. Ya veremos.

La sala de reuniones de la planta baja había sido acondicionada como centro de trabajo permanente durante las investigaciones. Multitud de ordenadores y potentes servidores de Internet podían buscar cualquier información en cuestión de segundos. Otra parte de la sala había sido dedicada a la clasificación de documentos, escáneres e impresoras de gran tamaño.

—Vaya, aquí sí que podemos investigar —señaló el dominicano—. Esto parece la NASA.

—Bien, mi propuesta inicial es que empecemos a trabajar ahora mismo —expuso Ronald—. Si os parece, podemos comenzar escaneando los documentos que traéis, así como el *Libro de las Profecías* completo. De todo el material, hacemos un compendio y procedemos a su análisis. Además, nosotros tenemos algún material más, comprado durante años, como os dije.

Aprobada la idea, comenzaron a trabajar de inmediato. Les acompañaban varios colaboradores de la agencia XPO, expertos en investigación de naufragios. Al cabo de un rato, todo el mundo se encontraba en sus mesas, afanados en el análisis y clasificación de la enorme cantidad de papeles.

Un proyector iluminaba una gran pantalla en el fondo de la sala. Este dispositivo había sido conectado al ordenador central, que recogía la última información disponible sobre la posible posición de la nave hundida quinientos años atrás, y la transmitía al equipo reflector para que todo el mundo viese el avance de la búsqueda.

Las horas pasaban y cada una de las personas allí presentes se había decidido por una parcela distinta de los documentos.

Altagracia pensaba que habría sido mejor pasar por un hotel y cambiarse de ropa, eligiendo un atuendo más cómodo para esta actividad. No obstante, como el americano había insistido en ocuparse de todo, ella no tenía ni idea de dónde iban a dormir esa noche.

Al cabo de un rato, Edwin atrajo la atención de todo el mundo. Había leído un documento sobre la posibilidad de que Cristóbal Colón hubiese sido corsario antes de su llegada a Portugal y de la elaboración de su proyecto descubridor de una nueva ruta hacia las Indias.

—No sabía yo esto —explicó—. Nunca imaginé a Colón como un pirata. ¡Vaya teoría más absurda!

—Señor Tavares, se equivoca —le corrigió Ronald—. Los corsarios nacieron y se extendieron por el Mediterráneo, bajo la denominada patente de corso, es decir, la autorización de un Estado para actuar contra otro, bajo unas determinadas reglas de juego, tales como compromisos con el Estado propio, capacidad de negociación con el enemigo, etcétera. Por ello, los corsarios se movieron entre un escenario mixto político y comercial. Por el contrario, los piratas surgieron luego, muchos años más tarde, como una degeneración de los corsarios, y a diferencia de ellos, robaban y mataban por delincuencia. Otra diferencia importante entre ambos era que los piratas no tenían patria, mientras que los corsarios sí, y era la patria la que le concedía la propia patente de corso.

—Por tanto, el pirata es una especie de bandolero criminal —concluyó el dominicano.

—Sin ninguna duda, el pirata es mucho más sanguinario y mortífero, es un desheredado de su tierra, si alguna vez la tuvo —continuó el americano—. Colón estuvo a las órdenes del corsario francés Guillaume Casanove-Coullón, y por eso, podemos afirmar que nuestro Almirante antes que descubridor fue corsario.

Tras la exposición de Ronald, todos siguieron trabajando afanosamente en sus respectivas áreas. Altagracia y Oliver dedicaron su tiempo al análisis minucioso de las páginas perdidas del *Libro de las Profecías,* donde pudieron comprobar de una forma efectiva que Colón había escrito de su puño y letra multitud de notas en los márgenes del libro. Muchas de ellas coincidían con reflexiones que encontraron en otros escritos. Parecía que Ronald tenía razón: la combinación de todos los documentos podría concluir en una información más precisa sobre lo ocurrido en el último viaje colombino.

Por su lado, Ronald y Porter parecían muy atareados en el examen de los mapas aportados por el portátil de

Oliver. Una vez traspasados a las coordenadas correctas y con la escala adecuada, cada carta marina que introducían lograba precisar, mediante cálculo de probabilidad, la posible posición del pecio.

Al cabo de unas horas, el americano comprobó el cansancio de todo el equipo, y decidió dar por terminada la jornada para descansar en un hotel y comenzar al día siguiente lo más temprano posible.

Oliver pidió una copia en CD de todo el trabajo realizado hasta el momento, incluyendo el material que Ronald había aportado.

—Veo que sigues sin fiarte de mí —le espetó el americano—. No hay problema ninguno. Puedes llevarte una copia completa.

—No lo hago sólo por ti —contestó Oliver—. También lo hago porque ya nos han robado una vez y no queremos quedarnos de nuevo con las manos vacías. Te ruego que vigiles bien esta sala y que nadie entre.

—No te preocupes, este edificio es un búnker. Tengo un ejército apostado dentro y fuera.

Al caer la tarde, la oscuridad en el exterior era total debido a la presencia de densas nubes que amenazaban con más lluvia durante la noche.

El hotel Four Points Sheraton ofrecía unas cómodas habitaciones que les permitirían descansar del largo día. El americano había reservado para el equipo las mejores suites. Él también se hospedaría en ese hotel.

Antes de la cena, Oliver sugirió a los dominicanos una reunión para analizar el estado de las investigaciones y la situación del convenio con el americano. La habitación del español sirvió como punto de encuentro.

—¿Qué os parece este tío? —preguntó directamente Edwin, refiriéndose al americano.

—A mí me causa buena impresión —dijo la mujer—. Le veo buenas intenciones, al menos en este asunto.

—Bien, pero no te fíes de él ni un minuto, porque te puede robar el bolso —dijo Oliver entre risas.

—Y tú, ¿qué piensas de todo esto? —le sondeó la mujer.

—Bueno, parece que por esta vez va de legal. En cualquier caso, si no ha sido él quien ha organizado el robo de los restos en ambos países, nos queda pensar por dónde orientamos la investigación. Por ello, os pido que tengáis los ojos muy abiertos. Ahora más que nunca.

—¿Piensas que alguien puede estar observando nuestras acciones, incluso aquí en Panamá? —preguntó Edwin.

—No me cabe la menor duda. Por eso tenemos que prestar mucha atención y ver si alguien nos sigue.

*

La cena transcurrió sin sobresaltos. Como venía siendo habitual, Richard Ronald lo tenía todo previsto. Había elegido un reservado en el mismo hotel, donde podrían hablar y cambiar impresiones. El español pidió un Martini y se acercó al americano para hacerle una propuesta.

—Ronald, necesito hablar contigo en privado.

—Pues adelante.

—Como tú sabes, para nosotros es importante encontrar esta nave y resolver los enigmas que encierran todos los documentos que hemos rescatado. No obstante, el caso que estamos investigando es otro.

—Lo sé perfectamente. Una cosa es encontrar una nave del Almirante, y otra muy distinta, tener sus huesos. Soy consciente de que vuestra prioridad es localizar a los culpables de los robos en Santo Domingo y Sevilla. Os debéis a ese caso, porque es lo que vuestros países os piden.

—Bien. Por esta vez, yo descarto que tú estés implicado en el tema —le dijo Oliver al americano, mirándole a los ojos por si percibía algún signo—. Has dado muchas muestras de querer colaborar y especialmente, ese contrato que has firmado con nuestro embajador.

—Muchas gracias, Andrés, parece que por primera vez no soy tu sospechoso número uno.

—Así es. Por eso, te ruego que colabores con nosotros en la búsqueda de los culpables.

—Y ¿qué puedo aportar yo? —dijo el americano, encogiéndose de hombros.

—Vamos, Richard. Tú tienes mucha información. Sabes que nos han estado siguiendo y tienes lacayos desplegados por todas las ciudades del mundo. ¿Sabes quién ha podido estar siguiéndonos aparte de ti? ¿Puedes identificar a quien robó a Edwin los legajos en Sevilla?

—Tengo alguna idea. Mañana nos reuniremos tú y yo, y te mostraré algunas fotos. Te vas a llevar una gran sorpresa.

*

El día comenzó con más lluvia. En las primeras horas, la oscuridad era total debido a que la luz del sol no conseguía atravesar la espesa capa de nubes cargadas de agua. El centro meteorológico nacional había anunciado que seguiría lloviendo en los próximos días, dado que el huracán Vince estaba enviando vientos fuertes en dirección a Centroamérica con gran cantidad de aguaceros como preludio a su llegada, prevista para los próximos días.

—Señores, antes de comenzar esta jornada de trabajo —anunció Ronald— quiero deciros que un huracán se dirige hacia algún punto de Centroamérica, aunque por el momento la trayectoria no es cierta.

—Vaya, yo creía estar fuera de peligro de estas vainas lejos de mi país —expresó Edwin, mientras recordaba los terribles huracanes que habían azotado la República Dominicana en años anteriores.

—Por el momento no podemos precisar si el ojo del huracán impactará en Panamá, Costa Rica o más al norte. Los meteorólogos no se ponen de acuerdo.

—¿Supone esto que no podremos iniciar la búsqueda del pecio? —inquirió Altagracia, mostrando su preocupación.

—Yo soy capaz de bucear bajo lo que sea, con tal de encontrar ese navío —dijo John Porter—. Llevo muchos años tratando de rescatar esta pieza y no voy a renunciar a ella ahora.

—Todo esto, lo que significa es que debemos darnos prisa —sentenció Ronald.

En el transcurso del día, Ronald pidió a Oliver que le acompañase para darle cierta información. Abandonaron la sala general donde se encontraban todos los investigadores y se reunieron a solas en el despacho del americano, en la última planta del edificio.

Cogió su maletín y extrajo un grueso dossier que contenía multitud de papeles y fotografías. Alineó en la mesa distintos grupos de documentos con la intención de exponer secuencialmente las ideas que iba a transmitirle.

Comenzó diciendo que no tenía ni idea de quién habría podido robar los restos ni en el Faro de Santo Domingo ni en la catedral de Sevilla. Pero sí que tenía información e incluso fotos de personas que habían estado siguiendo a los tres investigadores.

En las ciudades de Santo Domingo, Sevilla, Madrid y Génova habían sido objeto de vigilancia constante. Tenía conocimiento, de hecho, de que prácticamente todos sus movimientos habían sido vigilados de una u otra forma.

Cuando Oliver le preguntó a qué se refería, le mostró la parte gráfica del dossier. Una a una, Ronald fue sacando fotografías de las personas que les habían vigilado en cada ciudad.

Observó alguna de las fotos. Lo primero que se le ocurrió fue llamar a su compañero, el dominicano, para que identificase a las personas que aparecían allí, por si reconocía entre ellos al sujeto que le había asestado el tremendo golpe en el hotel de Sevilla.

El americano le pidió calma, porque aún tenía que conocer más cosas.

Si no hubiera sido porque en su vida había vivido muchas situaciones difíciles por su profesión, Oliver habría desfallecido al ver la siguiente fotografía.

*

En la sala central se continuaba trabajando sin cesar. Las distintas cartas náuticas encontradas en Génova, conforme eran introducidas en el ordenador, iban dando localizaciones posibles para la ubicación del pecio. No obstante, algo difícil de explicar estaba ocurriendo cuando se enfrentaban las diversas fuentes que estaban cotejando. Por una parte, utilizando las referencias escritas por el propio Almirante, la posición del pecio aparecía en medio del mismísimo mar Caribe, muy lejos de la costa, y lejos de la derrota seguida en el cuarto viaje. Por otro lado, las cartas marinas encontradas en Génova, así como los dibujos que recordaban de los legajos de Sevilla, indicaban que estaba frente a las costas de Panamá, pero sin la suficiente precisión para poder ubicarlo.

Agotada la información digitalizada, el resultado no podía ser más desesperante.

El ordenador central reflejaba, a través de la pantalla, al menos un millar de puntos posibles para la localización del pecio, muchos de ellos mar adentro, lejos de la costa panameña.

Nadie era capaz de pronunciar palabra.

*

Oliver observaba con detenimiento la fotografía que le estaba mostrando el americano. Ahora podía comprender muchas cosas y, sobre todo, que Ronald no estaba involucrado en el caso, como había creído al principio.

El corazón le dio un vuelco cuando pensó en la forma que habría de utilizar para describirle a Altagracia Bellido, la secretaria de Estado de Cultura de la República Dominicana, y amiga suya después de tantos días juntos, la imagen que estaba viendo.

En ella aparecía su mentora, doña Mercedes, conversando airadamente con el policía italiano Bruno Verdi.

*

Al retornar a la sala central, se encontraron con una situación que no parecía favorable. Unos a otros se miraban tratando de obtener una respuesta que, previsiblemente, no iba a ser bien recibida por nadie.

—¡Vaya! ¿Qué pasa aquí? —exclamó Ronald, sin entender lo que estaba ocurriendo.

—Hemos terminado de digitalizar todos los mapas y cartas. También hemos introducido todas las referencias del *Libro de las Profecías.* Con todo ello, ha aparecido lo que ve usted ahí, mister Ronald —dijo John Porter, que señalaba con resignación la pantalla del ordenador central.

El americano observó la proyección con desconcierto. Evidentemente, aquello no era lo esperado. Lejos de mejorar la posible localización del pecio, la nueva información introducida en el ordenador generaba ahora más puntos, lo que complicaba aún más la búsqueda.

—Bien, tendremos que revisar los datos —gritó Ronald—. No podemos darnos por vencidos tan fácilmente.

*

Oliver aprovechó el desconcierto general para reunir a sus amigos en una sala adjunta y hablar con ellos sobre las fotos que le había mostrado el americano. La situación no podía ser más desagradable para él.

Tras ese tiempo compartido con la dominicana, le había tomado cariño. Su modo de hablar, su forma de ser y su amabilidad habían calado hondo en él, por lo que el aprecio que le tenía le dificultaba el paso que tenía que dar.

La buena relación de la mujer con doña Mercedes, su antigua profesora, y la fuerte presión que ésta había ejercido sobre su ex alumna provocaron que dar la noticia se convirtiera en todo un suplicio para el español.

—Quiero haceros partícipes de algunos datos relacionados con el caso que me ha facilitado Ronald. Si te parece, Edwin, comenzamos contigo.

Le mostró las fotos y esperó que el dominicano reconociese a las personas allí representadas.

—¿Conoces a estos tíos? ¿Pudo ser alguno el que te golpeó en Sevilla?

Edwin sintió de pronto un intenso pinchazo en la cabeza, justo en el lugar donde le habían golpeado. Trató de concentrarse en las fotos que Oliver le estaba mostrando.

—No parece que el tipejo que me golpeó esté aquí —dijo tocándose la herida—. De todas formas, la verdad es que casi no tuve tiempo de verle cuando abrí la puerta.

—Bien. Piensa en estas personas y trata de recordar si alguno de ellos hubiese sido quien te robó —propuso el español.

—¿Decías que tenías algo para mí también? —requirió Altagracia.

—Sí, pero no es nada agradable.

La vuelta a la sala central le mostró a Oliver el mismo ambiente helado que había dejado allí unos minutos antes.

Altagracia, entre sollozos, había decidido pedir un taxi y volver al hotel.

Todos los presentes, incluido Ronald, se encontraban examinando los datos introducidos por si había habido algún fallo en la transcripción o en la lectura y adaptación al sistema por parte del ordenador central. Conforme avanzaban, todos se daban cuenta de que el resultado final no parecía fruto de ningún error fortuito. Al cabo de unas horas, había acabado la revisión completa de todos los datos disponibles. El resultado continuaba siendo el mismo: ni un solo punto había cambiado en la pantalla.

Antes de que el desánimo cundiese entre todos, Oliver propuso repasar el proceso por si alguna hipótesis de partida hubiese sido errónea. Revisaron minuciosamente todos los procesos seguidos, así como las escalas de los planos.

Nada cambió.

La cara de Richard Ronald, después de tantos años, tanta dedicación a ese asunto y tanto dinero invertido, mostraba una profunda frustración.

John Porter, hombre de acción sin límites, proponía una inmersión en cada uno de los puntos hallados. Ronald le recordó que eran miles, entre las costas de Panamá y Costa Rica. Les llevaría más de diez años comprobar cada una de esas localizaciones, y además sin ningún tipo de garantía. En cualquier caso, el pecio debía de estar en Panamá, cerca de la costa, como indicó el propio Colón y posteriormente su hijo Hernando, que participó en el viaje, y así lo expuso en la *Historia del Almirante.*

Cuando todo parecía acabado, Oliver tuvo una ocurrencia que atrajo la atención de todo el mundo.

—¡La escala de Colón está equivocada!

Los presentes miraron al español como si estuviese poseído por el diablo. Se puso en pie y comenzó a cambiar datos en el ordenador central de forma incontrolada, como si supiese exactamente lo que hacía.

Ronald le pidió que parase un momento y que explicase su teoría. Oliver hablaba con rapidez sobre la diferencia de escalas entre las distancias reales y las que el Descubridor estimó para llegar a las Indias.

A priori, todos pensaron que la hipótesis del español era inverosímil. ¿Había descubierto Cristóbal Colón un Nuevo Mundo sin saber manejar las cartas náuticas?

—No me habéis entendido. El Almirante manejaba como nadie las técnicas de navegar. De hecho, le atribuyen conocimientos náuticos muy por encima de su época.

—Entonces, ¿a qué te refieres? —preguntó John.

—En el siglo XV, nadie conocía la auténtica dimensión del globo terráqueo. Colón se basaba en los conocimientos de su amigo Toscanelli, físico y matemático florentino que había dibujado un mapa donde situaba las Indias. Dejadme que os explique.

»Toscanelli fue un gran ideólogo de su tiempo. El joven Colón le conoce en Lisboa e intercambia correspondencia con él de forma frecuente. Las ideas del italiano calaron hondo en la mente del futuro Descubridor. Pero el florentino incurre en un error importante, al desconocer la dimensión del globo terráqueo. Según sus cálculos, la esfericidad del mundo sería menor que la real, y por lo tanto, sería más corto llegar a las Indias y a China por el Oeste.

—¿Quieres decir que confundió al mismísimo Cristóbal Colón? —preguntó John.

—No exactamente. Por un lado, le dio confianza para abordar un proyecto tan complejo como descubrir una nueva ruta con una derrota hasta ese momento desconocida. Pero por otro lado, le dio ideas completamente erróneas sobre las distancias. Colón nunca supo que había descubierto un Nuevo Mundo, sino que creyó que había llegado a las Indias por un camino más corto. De ahí la enorme injusticia histórica que supone llamar América al nuevo continente. Con todo ello, es evidente que nuestro marino no podía conocer las coordenadas tal y como hoy se conocen.

—¡Claro! —gritó desde el fondo de la sala un descontrolado Ronald—. ¡Ése ha sido nuestro error!

—Y ahora, ¿qué hacemos? —preguntó con su natural desenvoltura Edwin.

—Calcular la escala que utilizó nuestro admirado Almirante —pronunció Oliver pensando pedir ayuda a una persona que se encontraba lejos.

*

Altagracia lloraba desconsoladamente en su habitación.

La lluvia caía de forma abundante en el exterior, donde, de nuevo, la tarde se había tornado en noche precipitadamente debido a las negras nubes.

No comprendía el motivo por el cual tres prestigiosos intelectuales de su país estaban inmersos en un tema que no les incumbía, y que escapaba del entendimiento de cualquier persona que les conociese en su entorno más cercano. Tampoco entendía la tremenda farsa que había jugado con ella su mentora. Había confiado en ella y le había traicionado.

De pronto, el trabajo actual relacionado con la búsqueda del pecio pareció no ofrecerle atractivo suficiente como para seguir en él y, en consecuencia, decidió regresar a la mañana siguiente a su país.

La vuelta a Santo Domingo le permitiría descubrir la verdad. En este momento, algo en su interior le indicaba que aquí no iba a avanzar en la investigación, sobre todo cuando había cosas que aclarar en el sitio donde todo había comenzado.

Allí habría que resolver el caso.

No le cabía la menor duda.

# 15

# *Panamá*

*Esta gente que vino conmigo han pasado increíbles peligros y trabajos. Suplico a V. A. porque son pobres, que les manden pagar luego y les hagan mercedes a cada uno según la calidad de la persona que les certifico que, a mi creer, les traen las mejores nuevas que nunca fueron a España.*

Carta de Cristóbal Colón a los Reyes Católicos. Jamaica, 7 de julio de 1503

El cálculo de la derrota seguida por el insigne Almirante, las anotaciones en su diario de a bordo y las correcciones de las distancias realmente navegadas se convirtieron en los próximos elementos de análisis.

Como base del cálculo, advirtieron que la distancia que el sabio florentino, Toscanelli, estimaba entre la costa de Europa y la de Asia era en dirección este de 230 grados y en dirección oeste de 130 grados.

Era evidente que el globo terráqueo considerado por el ideólogo que impulsó a Colón a descubrir una nueva ruta hacia las especias era mucho menor que el real.

—Habría que pasar las anotaciones originales que tenemos de Colón a una escala real, basada en las dimensiones exactas de la Tierra —expuso Oliver.

—Tengo que decirte que tenemos disponibles las medidas exactas del globo terráqueo, con precisión milimétrica, tomadas por los últimos satélites —afirmó Ronald.

—De acuerdo. El único problema es reproducir la escala utilizada por Colón, situar en ella las anotaciones de su puño y letra, y traspasarlas a las coordenadas actuales. Cuanto más precisas sean, mejor localizaremos el pecio.

Utilizó sus conocimientos de esta parte de la historia colombina para extraer de su mente datos de utilidad. Nunca antes se había alegrado tanto de la preparación de sus clases en la universidad. Aun así, su comprensión de la materia no llegaba tan lejos como para poder resolver un tema de esa complejidad.

De nuevo recordó que tenía conexión directa al otro lado del océano con uno de los mayores expertos en temas colombinos. Teniendo en cuenta la diferencia horaria, calculó que su tío Tomás estaría saliendo de la cama en ese momento, dado que en Madrid estaba amaneciendo.

—Hola, Tomás, soy Andrés, desde Panamá. Tengo preguntas que hacerte sobre Toscanelli y Colón. Uno de tus temas preferidos. ¿Te atreves a solventar mis dudas?

Le narró todo lo ocurrido, y le recordó la especial referencia que Toscanelli dio al Almirante sobre la dimensión del globo terráqueo.

Su tío comenzó explicándole que a pesar de que la gente creía que Colón descubrió que el mundo era redondo, había conocimientos anteriores que exponían esta teoría.

—Por favor, Tomás, al grano —solicitó el sobrino.

—Ya, perdona, es que me apasiona tanto el tema...

Tomás Oliver explicó que está demostrado que Colón no creyó a su amigo Toscanelli en el aspecto de las distancias, sino que, al contrario, adoptó hipótesis muy personales.

—Toma de él la idea plasmada en su mapa, según la cual el Mar Océano separa la península Ibérica de Catay y Ciamba, con la gran isla de Cipango, Japón, en medio. Pero en ningún caso acepta el cálculo de la longitud, que considera menor que la estimada por el florentino.

—¿Sabes en qué medida?

—En un cuarto, es decir, un veinticinco por ciento menos. Toscanelli piensa que una legua son tres millas, y para Colón una legua equivale a cuatro millas.

—¡Eres un santo bendito! —exclamó el menor de los Oliver—. Con esto podemos resolver el entuerto.

—Lamento decirte que esto no te soluciona el problema. Déjame explicarte cómo orientarlo.

»El Almirante obtuvo muchos datos en sus años de navegación que le sirvieron para elaborar su proyecto de búsqueda de una nueva ruta a las Indias. Con toda esta información desarrolló su propia teoría sobre la dimensión de la Tierra. Le interesaron especialmente las ideas de los sabios árabes, según las cuales una milla equivalía a algo menos de dos mil metros, mientras que en esa época, la milla italiana equivalía a mil quinientos.

»En cualquier caso, si tomásemos en cuenta la milla árabe, el ecuador del globo terráqueo mediría unos cuarenta mil kilómetros, que es aproximadamente la medida real, mientras que para Colón, con su especial milla colombina, el ecuador alcanzaría los treinta mil kilómetros. Es decir, un veinticinco por ciento menos.

—¿Quieres decir que debería aumentar un veinticinco por ciento las anotaciones de su libro?

—Exacto. Pero de todas formas, creo que para tu objetivo sería mucho más preciso, incluso matemáticamente perfecto, que cogieras las distancias del primer viaje colombino anotadas en el diario de a bordo del Almirante, reprodujeras digitalmente la derrota, y comparases los resultados con los reales. Con eso, obtendrías un dato más preciso.

—Eres increíble. A veces pienso que lo sabes todo sobre el Gran Almirante.

—No. Todo no. No tengo ni idea de lo que quiso decir Colón con su misteriosa firma. Si te enteras, me lo cuentas.

—Serás el primero en saberlo. Te lo prometo.

Como pudo, trató de despedirse de su tío, que intentó en repetidas ocasiones obtener una idea completa de la investigación que estaban llevando a cabo.

La prisa de Oliver por concluir la conversación tenía motivos evidentes. Los cálculos llevarían, en el mejor de los casos, varias horas, y luego tendrían que aplicarlos a cada una de las anotaciones originales. La opción de ir a dormir sin saber si la propuesta de Tomás iba a dar resultado no les convencía. Por unanimidad, decidieron seguir trabajando hasta completar el proceso.

El tratamiento de la información del diario de a bordo y su comparación con las distancias reales llevó más tiempo del esperado. Había que computar cada uno de los datos y convertirlos a la nueva medida, por lo que la introducción en el sistema que habían desarrollado fue más laboriosa de lo previsto. Al amanecer, el equipo de investigación ofrecía una imagen lamentable, y daba visibles muestras de extenuación. El escenario que les acompañaba era fiel reflejo de la intensa noche de trabajo. Multitud de papeles y planos aparecían esparcidos por todas partes, y los vasos de la máquina de café ocupaban los espacios libres entre ellos.

Por fin, Oliver anunció al equipo que el ordenador central estaba listo para el cálculo definitivo.

El procesamiento terminó y la pantalla ofreció una imagen inesperada.

Las localizaciones anteriores, centenares, se fundieron en un único punto.

Se miraron unos a otros sin decir palabra. Después de un primer intento fallido, nadie imaginaba que la nube de puntos se iba a convertir en un lugar concreto.

El primero que recuperó el habla fue el aventurero John Porter.

—Creo que sé dónde está exactamente ese punto —afirmó sin mover los ojos de la pantalla.

—Pues escúpelo —exigió Ronald desde el otro lado de la sala.

—Está en el extremo norte de Playa Blanca, en pleno Parque Nacional de Portobelo, dentro del Estado de Panamá. Es decir, no muy lejos de aquí.

En la recepción del hotel le indicaron que la mujer seguía en su habitación. Oliver se decidió a llamarla para ver cómo se encontraba y preguntarle por los planes que tenía a partir de ahora. Entendía el estado de Altagracia, habida cuenta de su especial relación con los profesores dominicanos. Por eso, esperaba cualquier reacción de ella, porque de una forma u otra, tenía importantes razones para investigar el interés tan extraordinario que tenían doña Mercedes y sus amigos en este caso.

¿Hasta qué punto estaban implicados? ¿Tendrían ellos algo que ver con el robo de los restos?

Utilizó el teléfono interior del hotel para comunicarse con ella. El tono de su voz no le sorprendió.

—Mal. No he dormido en toda la noche. No he podido dejar de pensar en todo esto. ¿Cómo os ha ido a vosotros?

—Sensacional. Ya tenemos las coordenadas exactas. Ha sido una velada apasionante, y ahora vamos a dormir un poco para reunirnos después de comer y diseñar el plan de acción. ¿Qué vas a hacer tú?

—No lo sé. Tengo muchas dudas —contestó la mujer.

—¿Quieres que hablemos? —propuso el hombre.

—Sí, sube por favor.

*

En las primeras horas del día, la lluvia no cesaba de caer. El cielo presentaba el mismo color gris oscuro del día anterior, presagiando otra jornada de aguaceros intensos. La llegada del equipo había sido vigilada desde un coche estacionado en las inmediaciones del hotel, y no les habían perdido de vista en ningún momento. La posibilidad de entrar en el edificio de la XPO Shipwreck Agency se presentaba complicada, porque guardas de seguridad americanos con sofisticados instrumentos de vigilancia estaban apostados día y noche dentro y fuera del edificio.

Además, las armas que portaban esos vigilantes hacían pensar que entrar en el edificio no era la mejor opción.

En consecuencia, les habían ordenado seguir observando.

*

Oliver entró en la habitación de la dominicana. Los ojos de la mujer delataban que no había sido una noche fácil para ella. La decepción producida por personas de la calidad moral de su mentora y sus compañeros tenía diferentes vertientes. Para empezar, ella siempre había querido alcanzar una posición similar a la de su profesora en su trayectoria profesional. Si bien la política dominicana le ofrecía atractivos interesantes donde desarrollar sus ideas en el campo social y cultural, su ambición más profunda era llegar a ser una reputada profesora e investigadora que pudiese algún día ganar la fama y distinción que concede la reducida elite intelectual de su país. Ciertamente, ella no tenía ambiciones similares a las del resto de los compañeros de su partido político en Santo Domingo, que trabajaban por y para sí mismos, buscando un lucro personal ilimitado.

Su plácida infancia, la estabilidad económica que le habían proporcionado los negocios de su padre y la educación que afortunadamente había podido recibir suponían para ella suficientes motivos de felicidad. Por eso, le repugnaba que detrás de todo esto pudiese aparecer, como telón de fondo, una desmedida ambición económica y la búsqueda de recompensas fáciles.

Así, las fotos que había visto, el engaño de su mentora, le rompía muchos referentes que ella tenía de cara a su felicidad futura.

¿Podía haber explicación para la trampa de la que había sido objeto? Ciertamente no.

Volver a Santo Domingo o continuar en la misión que le habían encomendado suponían las dos opciones que se le presentaban ahora y de las cuales tenía que elegir una de forma inmediata.

El español le había caído bien desde el principio, aunque habían tenido algunos momentos de tensión. Un hombre agradable como Andrés, inteligente y con un profundo sentido del deber, tenía suficientes atributos para confiar en él. Sin embargo, a pesar de sus continuas advertencias sobre mantener la discreción en el caso, ella había confiado una y otra vez en su mentora, haciéndole partícipe de todos los logros alcanzados, y ésta le había fallado.

Por eso, le debía una explicación al español.

—No creo que tengas que explicarme nada —le susurró Oliver a una mujer que casi no podía sacar palabras de su interior.

—Imagino que te he decepcionado. Nunca hubiera imaginado una situación como ésta. Hice caso omiso de tus advertencias y casi arruino todos los avances que hemos logrado.

—A veces pasa. En este mundo, saber de quién te puedes fiar y de quién no es muy complicado.

—Pero yo a ella la conozco desde hace muchos años. Me ha guiado en numerosas ocasiones para llegar a donde he llegado, y ser hoy quien soy —dijo la mujer.

—Sí, pero por alguna razón tú has confluido en su vida en algún tema que ella tiene por objetivo. La verdad es que es un asunto extraño. ¿Qué interés puede tener doña Mercedes en toda esta historia?

—Ojalá lo supiera.

—Pero no lo sabes, y ella te ha engañado. Sigue tu vida y encuentra nuevos horizontes. Siempre hallarás personas que puedan ser referentes para ti.

—Gracias, Andrés. Quiero reconocer tu confianza y tu apoyo. Desde el principio me avisaste y yo no te escuché. Estuve ciega.

—Lo comprendo. No te preocupes. Si no fuera por ti,

ten por seguro que no estaríamos aquí. Tu aportación al caso es excelente. Tu país te debe mucho.

El mar de confusiones que llenaba su cabeza le hizo buscar refugio en los brazos del hombre.

*

John Porter había decidido no dormir. Continuó trabajando en la localización exacta del punto que el potente ordenador había determinado. No tenía ninguna duda de que él había buceado allí en varias ocasiones, si bien de eso hacía muchos años. Ahora, con los modernos sistemas de rastreo basados en las más avanzadas tecnologías que había podido comprar al amparo de la gran inyección de capital que había realizado Richard Ronald, albergaba grandes esperanzas. Si el pecio se encontraba allí, lo iba a rescatar.

Revisó sus notas una y otra vez para encontrar detalles de las últimas veces que buceó en Portobelo. Con la información que tenía, recordó que aquella zona siempre le había parecido un área potencial relevante, que había despertado en él fuertes sensaciones, a veces inexplicables.

Estos pensamientos trajeron a su mente la imagen del lugar, y la idea de que Playa Blanca, en la costa caribeña de Panamá, en la provincia de Portobelo, tiene un pequeño pueblo. No había ninguna duda. El Almirante había navegado a lo largo de esa costa en 1502. Él mismo lo decía en sus escritos, y así lo corroboraban otros exploradores, como su propio hijo, Hernando, que le había acompañado en aquel arriesgado viaje. Otros descubridores españoles, como Diego de Nicuesa, habían visitado aquella zona unos años después y construido un asentamiento permanente no muy lejos de allí.

Era probable, pensaba John Porter, que, cerca de Portobelo o en su entorno, estuviese el primer asentamiento en tierra firme continental, fruto de los viajes colombinos. ¿Cómo no lo había tenido en cuenta?

*

Oliver la estrechó entre sus brazos y trató de tranquilizarla. La mujer continuaba llorando cuando logró sentarla para hablar sobre las posibilidades que se abrían ahora.

La serenidad y, sobre todo, tomar decisiones adecuadas eran elementos fundamentales en ese momento. El español trató de buscar dentro de sí para ordenar ideas y orientar la complicada relación de la dominicana con su mentora para que algo tan negativo como lo que había sucedido pudiese ser utilizado en el caso. De alguna forma, las fotos que les había mostrado el americano suponían una pista que debían analizar en cuanto pudiesen. Por eso, Altagracia tenía que jugar en el futuro un papel fundamental en la resolución del intrincado misterio de la desaparición de los restos del Descubridor.

—Creo que debemos analizar qué es lo mejor ahora para ti y para la investigación —le dijo Oliver.

—Tienes razón. Bueno, cuéntame antes cómo ha ido la localización y el resultado de la búsqueda —solicitó la mujer, tratando de reponerse.

—Hemos tenido una intensa noche de trabajo y hemos logrado identificar con bastante precisión dónde se hundió *La Vizcaína.* Durante la comida de hoy haremos un plan de trabajo para el rescate del pecio. Va a ser muy interesante.

—Sí, pero yo tengo que volver a Santo Domingo e

investigar qué tienen que ver los profesores con el robo de los restos. Esta parte me concierne a mí personalmente. Te prometo que lo voy a resolver yo sola.

—Bien, tú decides. La otra posibilidad es que permanezcas aquí y cuando veamos lo que sacamos del mar volvamos juntos a tu país.

—Te agradezco el ofrecimiento, Andrés. No obstante, no sé qué puedo aportar yo aquí. Ya estáis vosotros. Yo debo volver a la República Dominicana y ordenar mis ideas, mientras busco algunas cosas que nos pueden ser útiles. Allí os esperaré.

Pensó por unos instantes la propuesta de la mujer. En el fondo, tenía razón.

*

John continuó trabajando toda la mañana para preparar la inmersión con las mejores condiciones posibles. Mientras pedía información de las condiciones meteorológicas que podrían encontrar en la zona en los próximos días y solicitaba el correspondiente permiso de las autoridades panameñas, buscó información histórica sobre el entorno de Playa Blanca y del Parque Nacional de Portobelo.

Leyó que el primer asentamiento fue levantado unos años después de la llegada de Colón. Fue Balboa quien decidió, por distintas razones, ubicar el nuevo pueblo en la desembocadura del río Darién, lejos de allí. Pero, tiempo después, aquella zona no había conseguido prosperar debido a la dureza del clima, y especialmente a las tempestades que azotaban toda el área constantemente.

En ese momento, John Porter recibió el parte del instituto meteorológico para los siguientes cinco días.

Aportaba buenas y malas noticias.

Por un lado, las dos siguientes jornadas verían una mejoría del tiempo, porque el huracán Vince lanzaba ahora sus fuertes vientos contra la costa venezolana. Pero por otro lado, la trayectoria prevista del ojo de la perturbación atmosférica apuntaba hacia algún lugar entre Panamá y Costa Rica.

Con los datos obtenidos sobre la localización del pecio, y a la vista del informe de meteorología, John Porter no tenía ninguna duda de que había que iniciar la expedición de forma inmediata. Así se lo propondría a Richard Ronald y al resto del equipo.

*

El almuerzo en el hotel Sheraton se celebró como estaba previsto.

Dos noticias circulaban entre los asistentes a la comida. La primera, que el equipo de submarinismo estaba preparado para iniciar la búsqueda a la mañana siguiente, con lo cual tendrían que viajar a Portobelo esa misma tarde. La segunda, que sólo algunos comprendieron, la anunció Altagracia. Esa misma tarde volaba a Santo Domingo, tras saber que los vuelos de Copa Airlines habían previsto reabrir la ruta hacia República Dominicana, ya que la trayectoria del huracán Vince estaba retrocediendo hacia Venezuela.

Entre los sorprendidos se encontraba su compatriota, que no daba crédito a lo que había oído. Cuando asimiló el anuncio, su primera reacción fue volver con ella. No obstante, unos segundos más tarde, comprendió que su papel era otro, porque alguien tenía que representar y velar por los intereses de su país en la importante expedición que se iba a organizar esa misma tarde. Con el corazón roto, después de tantos días juntos, Edwin deseó suerte a su compañera de aventura.

*

La atmósfera entre los asistentes había mejorado por los buenos resultados del trabajo de la noche anterior. Incluso Ronald parecía feliz después de la intensa velada, a pesar de su estado de salud. Una enorme sonrisa mostraba su satisfacción al sentirse cerca del hallazgo más importante de su vida, algo por lo que llevaba luchando decenas de años. De hecho, la excitación no le había dejado dormir durante el día, en las horas que habían decidido descansar tras el gran descubrimiento de la posible localización de la nao hundida.

John Porter mostró también su profundo gozo por el inminente rescate de la nave, pero ofreció a continuación una visión muy derrotista de sus resultados anteriores, desarrollados en los últimos diez años, como si él tuviese la culpa de no haber encontrado el pecio antes. Fruto del estado de exaltación y del vino de la comida, prometió recuperar el barco colombino y rescatar su contenido, sin ningún lugar a dudas.

Quizá por ello, obvió comentar la delicada previsión del tiempo en toda la zona de actuación.

*

El hall del hotel presentaba a las cinco de la tarde un aspecto caótico. Fuera, el tiempo había mejorado y el sol lucía tímidamente por primera en muchos días. Esta circunstancia fue aprovechada por muchos turistas, que decidieron dejar el hotel y buscar plaza en algún vuelo hacia otro destino para completar sus vacaciones, o bien de vuelta a sus casas.

Ronald y sus hombres lucían grandes sonrisas, en previsión de unos resultados que llevaban esperando muchos años.

Edwin mostraba el semblante más negativo de todo el grupo. No entendía la partida de su compañera, y lamentaba no poder acompañarla. Incluso había intentado, mediante una llamada a su jefe, el director nacional de policía, la posibilidad de acompañar a la mujer a Santo Domingo para volver al día siguiente a Panamá. La negativa había sido inmediata, ya que de ninguna forma podía abandonar la expedición debido a la recompensa pactada por los posibles logros.

Altagracia logró acercarse al dominicano para expresarle su agradecimiento y apoyo en todo lo acontecido en las últimas semanas.

De nuevo, lo precipitado de la situación hizo que Edwin no pudiese encontrar un momento apropiado para expresar a su compatriota sus sentimientos. Esto le partió en dos mitades el alma.

El viaje por varios países en las últimas semanas con una persona como ella había hecho que se enamorase sin límites. No poder exteriorizar ese sentimiento le dejaba en un estado cercano a la frustración. Como pudo, sacó de su interior la alegría que todos los dominicanos llevan dentro y pensó que ya tendría tiempo de reconducir la relación entre ambos en los próximos días, una vez volviese a su país.

Un simple beso cerró por el momento el asalto al corazón de la dominicana.

# 16

# *Panamá*

*Luego que supo el Almirante la derrota, el alboroto y la desesperación de aquella gente, resolvió esperarlos, a fin de recogerlos, aunque no sin gran peligro, porque tenía sus navíos en la playa, sin reparo alguno, ni esperanza de salvarse, si el tiempo empeoraba.*

HERNANDO COLÓN,
*Historia del Almirante*

La pequeña bahía de Playa Blanca, en el Parque Nacional de Portobelo, mostraba una belleza inusual para todos los presentes, salvo para los buceadores y expedicionarios de la XPO Shipwreck Agency, acostumbrados a sumergirse en este tipo de playas caribeñas, donde el azul del cielo se confundía con el verde turquesa de las cálidas aguas, que, gracias a su límpida transparencia, dejaba ver los arrecifes de coral desde la orilla misma.

Los manglares cercanos, rodeados de arena blanca, terminaban de perfeccionar un escenario sublime.

Habían alquilado unas cabañas de madera no muy

lejos del mar para albergar a la expedición, incluido al propio Richard Ronald, durante los siguientes días.

El tiempo había respondido a los pronósticos y ofrecía una mejoría transitoria que permitía abordar el inicio de las inmersiones sin grandes dificultades. La posibilidad de retrasar la inmersión hasta que se supiese la trayectoria exacta del huracán, o incluso posponer toda la búsqueda hasta que hubiese pasado había sido desechada de inmediato prácticamente por todo el equipo. Tanto Ronald como Oliver pensaron que si las actividades no presentaban peligro, lo mejor era comenzar la búsqueda cuanto antes.

John Porter parecía el más interesado en iniciar los trabajos. Dado que su profesionalidad tranquilizaba al resto del equipo, todos confiaron en él para tomar la decisión final.

Una vez aprobado el inicio de los trabajos, se convirtió en el líder de la expedición y responsable absoluto del desarrollo de las actividades. Su primera decisión había consistido en trasladar todos los sofisticados equipos de rastreo desde otras instalaciones cercanas hasta este nuevo emplazamiento, lo que ayudaría a localizar con más precisión el pecio. En realidad, esos costosos aparatos ya no eran necesarios en la decena de puntos de la costa panameña que llevaban años investigando. Ahora, por fin, tenían la certeza de que estaban en el lugar correcto. Había pasado por ese sitio cientos de veces, e incluso había buceado en alguna ocasión en la bella Playa Blanca, pero nunca había encontrado el más mínimo rastro. Ahora, allí concentraría todos sus recursos y sus esfuerzos.

Aunque no era un hombre que se dejara guiar por sus intuiciones, un fuerte instinto le empujaba a creer que en aquella playa el Almirante había abandonado *La Vizcaína*, debido a los temporales y al mal estado de la nao. Imaginó que la pequeña bahía había proporcionado las condiciones adecuadas para guarecerse de las inclemencias del fuerte viento que debió de sufrir antes de ser evacuada. El mismísimo Colón había dejado escrito en su diario que no podía seguir navegando. Había sobrevivido a las tempestades del mar Caribe, pero esta vez, la nave estaba herida de muerte por un enemigo de diminutas dimensiones: la broma.

Si un marino tan experimentado como el Descubridor, que había atravesado medio mundo navegando, se viera forzado a dejar una nave en plena tormenta, seguro que habría elegido para hacerlo una pequeña bahía como aquélla.

*

Por la tarde, el espacio de trabajo comenzaba a parecer más ordenado de cara al inicio de las inmersiones.

Ronald había conseguido un pequeño submarino con objeto de seguir de cerca las operaciones de los buceadores. Para ello, tuvo que pagar el equivalente a un año completo a una empresa turística que lo utilizaba con la finalidad de mostrar a los visitantes el fondo marino. Ese sumergible les permitiría estar junto a sus hombres, sin necesidad de utilizar complicados trajes y equipos de submarinismo. Además, el americano no estaba en condiciones físicas de acompañar a los miembros más jóvenes de la expedición.

La inmersión iba a empezar.

—Bien, señores, vamos a comenzar —anunció Ronald, que aprovechó la megafonía del sumergible para lanzar una arenga a todos sus hombres—. Quiero decirles que vamos a rescatar una nave no sólo de valor histórico incalculable, sino que también es el barco más antiguo jamás encontrado en estas aguas y en todo el continente americano. Que Dios nos ayude.

Los primeros botes partieron mar adentro rastreando en primer lugar las posibles ubicaciones que, en función de la experiencia de la decena de hombres que participaban en la expedición, podían contener barcos sumergidos. Al cabo de un rato, la bahía entera lucía un gran rosario de embarcaciones, sumidas en una actividad frenética.

Oliver y Edwin decidieron acompañar a Ronald en el paseo en submarino, al carecer ambos de experiencia en inmersión.

El interior de las aguas ofrecía un espectáculo increíble. Aguas limpias y transparentes, con suaves tonos verdosos acogían una gran multitud de especies marinas. Los peces tropicales de variados colores invadían la amplia superficie acristalada del submarino, y en determinados momentos, impedían ver más allá de unos metros. El coral tropical localizado en algunas zonas concretas del fondo marino, con una diversidad interminable de colores y variedades, daba el toque final a un paisaje espectacular.

El americano fue ordenando al piloto distintas rutas en función de la actividad que iba viendo en sus hombres. Dado que el barco colombino llevaría hundido más de quinientos años, debido al paso del tiempo, de las corrientes marinas y a multitud de huracanes y tormentas tropicales, el pecio podría estar cubierto completamente por la fina arena que llenaba todo el fondo.

Para despejarlo, los buzos utilizaban máquinas manuales que expulsaban una fina corriente de agua, que limpiaban el fondo marino en aquellas zonas que los sofisticados aparatos de búsqueda situados en los barcos detectaban. Esto provocaba que por momentos las aguas se tornasen menos transparentes.

Cuando el sónar indicaba un punto concreto, varios hombres acudían hacía allí, uniendo los chorros lanzados por sus máquinas para limpiar más rápidamente el lugar señalado.

Oliver disfrutó intensamente del paseo en submarino. Al bello espectáculo que le ofrecían las aguas del mar Caribe se unía la satisfacción de participar en una misión que se podría calificar de histórica. Pocas veces un investigador como él iba a colaborar en algo como aquello. En cuanto pudiese, llamaría a su tío Tomás para narrarle esta experiencia. Sobre todo si llegaban a encontrar *La Vizcaína*.

Edwin, por su parte, no conseguía quitarse de la cabeza la última imagen de la mujer que amaba, cargada de maletas de regreso a Santo Domingo. Los planes que había ido elaborando en los últimos días incluían en todos los casos la vuelta a casa juntos. La escasez de momentos a solas con Altagracia, debido a la intensidad del caso que estaban viviendo, le había dificultado conseguir su objetivo. En ese momento, sólo le quedaba terminar aquí y retomar la relación en su país. Cuanto antes mejor.

Ronald no perdía de vista ni un solo minuto el desarrollo de las actividades. La potente radio del submarino había sido conectada al centro de control del rescate y todo lo que iba aconteciendo era inmediatamente recibido por él.

Las tranquilas aguas se volvieron muy turbias. Los barcos habían detectado, al menos, tres posibles localizaciones en esa zona. La limpieza del fondo se hacía necesaria para realizar una inspección visual.

Con la caída de la tarde, la luz existente no permitía avanzar en la búsqueda. Además, la gran cantidad de arena levantada hacía prácticamente imposible la misión.

El americano consultó con John Porter y ambos decidieron posponer los trabajos para el día siguiente, no sin cierta resignación.

*

Las cabañas resultaron más confortables de lo previsto. El pueblo más cercano estaba a unos diez minutos. Buena parte de la expedición decidió cenar allí, y en consecuencia, los escasos restaurantes disponibles tuvieron serias dificultades para dar de comer a tanta gente.

Oliver notó que en el pueblo tenía cobertura en su teléfono móvil. No obstante, aún no iba a llamar a nadie para contarle la gran aventura que estaba viviendo.

Ronald había conseguido una reserva en el restaurante que les habían recomendado como el mejor de la zona. En la mesa, el americano pidió que se sentasen con él tanto Porter como el español y el dominicano. El tema de conversación no podía ser otro que la búsqueda del pecio.

John hizo una síntesis de los informes que le habían transmitido los jefes de los equipos de buceadores. Al menos, dos puntos concretos parecían contener algo de interés.

—No me cabe duda —dijo—. Mañana, cuando se deposite la arena que hemos removido hoy, podremos ver con nitidez de qué se trata. En unas cinco horas el fondo marino se habrá asentado de nuevo.

—Bueno, eso esperamos todos —le indicó su jefe.

En ese momento, el teléfono móvil de Oliver sonó

con fuerza. La llamada era de Altagracia, para interesarse por la misión.

Edwin sintió un vuelco en el estómago. ¿Por qué no le había llamado a él?

Oliver le preguntó por el viaje y le transmitió una completa información de lo acontecido ese día. Le pidió prudencia en sus investigaciones allí y le deseó suerte. Al colgar, la primera pregunta del dominicano fue si había preguntado por él. El español resolvió la situación diciendo que parecía muy cansada después de tantos días de viaje y que ya le llamaría.

*

Acabada la cena, los comensales utilizaron los coches de vuelta a las cabañas para descansar hasta el día siguiente.

En el restaurante, varios camareros cruzaron sus miradas. Uno de ellos se acercó a otro y le susurró algo al oído.

El propietario del establecimiento les indicó que se dedicasen a recoger los restos de las mesas y procedieran a limpiar el suelo.

Cuando todos hubieron salido, les recriminó la falta de discreción.

La misión que les habían encomendado ya era de por sí complicada para incurrir en fallos estúpidos. No podían errar en un momento tan importante.

La siguiente jornada de trabajo comenzó iluminada por los primeros rayos del sol, velados por nubes que avanzaban desde el este. A pesar de ello, una suave brisa soplaba desde el interior del mar, proporcionando una agradable temperatura, óptima para la inmersión.

La excitación entre los buceadores era evidente. Un grupo de gente experta en buscar sin descanso reliquias del pasado, como eran ellos, en caso de que alcanzasen el objetivo que perseguían, tenían asegurado el trabajo durante muchos años en las mejores expediciones.

Los primeros botes iniciaron su incursión en las aguas de la bahía parsimoniosamente.

Porter había ordenado inspeccionar antes de nada el fondo marino, sin remover tierra alguna. Una vez realizada la prospección, el resultado sería comunicado y se darían nuevas órdenes.

El primer grupo de buceadores se abalanzó sobre el objetivo inicial del día. El potente y sofisticado sónar había detectado la presencia de algún elemento de cierto tamaño oculto entre las arenas. Una vez limpia toda el área, podrían ver de qué se trataba.

El primer buzo explicó el resultado de la visualización del objeto.

Se trataba de un conjunto de piedras de tamaño medio con algunas maderas y otros objetos atrapados por el entramado rocoso. En ningún caso parecía posible que allí hubiese algo de valor. Porter anunció por la radio a todos los presentes que era normal. No debía cundir la decepción entre los miembros del equipo.

El segundo grupo de buzos inició la zambullida a partir de la señal del americano. A los dos minutos de la inmersión nadie comunicaba nada. Tuvo que pedir a los hombres que diesen algún tipo de información. El silencio continuó durante algún minuto más, que pareció un siglo a todos los presentes.

De pronto, uno de los buzos gritó algo ininteligible.

El jefe de la expedición pidió calma y solicitó que los buzos de ese equipo transmitiesen información relevante sobre lo encontrado.

—John, soy Michael. He visto un trozo de madera muy largo. Podría ser la quilla de una nave, no me cabe duda. Parece antiguo. Déjame que me acerque más.

El grupo de personas que participaba en la misión quedó completamente en silencio. Los buzos continuaban su trabajo mientras Ronald, a bordo del submarino, apretaba los dientes.

—Sí. Te puedo confirmar que hemos encontrado un pecio. Y parece muy antiguo —anunció el submarinista.

17

# Panamá

*Esa noche que allí entré fue con tormenta grande que me persiguió después siempre.*

Carta de Cristóbal Colón a los Reyes Católicos. Jamaica, 7 de julio de 1503

El entusiasmo cundió entre los integrantes del equipo. Ronald ordenó al piloto del submarino partir hacia ese punto de forma inmediata. Al llegar, los miembros de la expedición pudieron observar que, efectivamente, la pieza encontrada se asemejaba a una nave antigua de unas dimensiones que bien podrían corresponder a las de un barco construido en el siglo XV. La madera, oscurecida por el paso del tiempo y por la prolongada inmersión, tenía un aspecto frágil. Junto a los distintos trozos de madera, aparecían otros elementos alargados recubiertos de una espesa capa de algas.

Edwin preguntó qué podrían ser.

—Cañones. Son cañones de hierro de la época. También las naos y carabelas del Almirante llevaban armas de este tipo —le respondió Ronald—. Tenían que defenderse de múltiples peligros.

El proceso seguido el día anterior para levantar la arena depositada en el fondo marino había dejado a la vista otros objetos. Vasijas y otros recipientes de barro eran ahora visibles en distintos puntos alrededor del barco.

Porter ordenó recuperarlos de forma inmediata y llevarlos a la superficie para su estudio y análisis. Pidió igualmente que rescatasen al menos uno de los cañones para ver si se correspondían con las armas utilizadas en el siglo XV. Tres buceadores se dirigieron a uno de los alargados cilindros situados en la parte más externa del pecio y procedieron a retirarlo del cuerpo del barco. La madera cedió de forma instantánea al mover el cañón.

Ronald solicitó que se tomase también un trozo de esa madera para analizarla en el laboratorio.

El movimiento de los buzos alrededor de los restos volvió a remover considerablemente el fondo marino y fue imposible seguir realizando el análisis visual del pecio, por lo que se ordenó a todos los hombres la retirada inmediata.

Una vez en la playa, Oliver observó nubes que circulaban desde el este a gran velocidad. El aspecto que presentaban resultaba cuando menos amenazador.

*

La misión fue aplazada hasta el día siguiente.

Trabajarían con los elementos encontrados en el laboratorio que habían instalado en una de las cabañas. Aunque los equipos de análisis espectral que habían conseguido traer eran básicos, y sólo servirían para la exploración de la madera, la simple inspección del cañón y de la vasija indicaría si estaban en la dirección correcta.

El aislamiento de la aldea donde se situaban las cabañas no permitía el acceso a Internet ni a otros medios telemáticos, aunque sí disponían de conexión por satélite, desde donde recibían diversas fuentes de información.

Oliver aprovechó el momento para ordenar sus ideas en el interior de su confortable cabaña.

Edwin decidió dar un largo paseo por la playa mientras la luz del día se lo permitiera.

El equipo de investigación trabajaría sin descanso hasta determinar si las piezas encontradas correspondían a las propias de un barco colombino o a las de cualquier otra nave del siglo XV que pudiese pertenecer al tipo de pecio que estaban buscando.

Ronald, cansado del ajetreo de los últimos días, también decidió descansar un rato. A pesar de ello, pidió que le llamasen en cuanto tuviesen los primeros resultados del laboratorio.

*

Cenaron en el mismo restaurante; el propietario del pequeño establecimiento se había dispuesto ofrecer un auténtico festín a todos los expedicionarios de acuerdo con el encargo que le había realizado la noche anterior el americano, previo pago de una suculenta cantidad de dólares.

Oliver aprovechó la situación para preguntar a John sobre el estado del huracán.

El centro meteorológico nacional había pronosticado que Vince seguiría su trayectoria hacia algún punto de la costa de Panamá en los próximos días, y recomendaba evacuar todas las zonas habitadas entre Belén y la ciudad de Almirante, en la provincia de Bocas del Toro, en la frontera con Costa Rica, por donde se esperaba que pasase el ojo del huracán.

—¿Qué categoría tiene? —preguntó Oliver.

—En estos momentos es de categoría cuatro, es decir, bastante fuerte —contestó John Porter—. Pero las previsiones apuntan que se puede fortalecer sobre las cálidas aguas del Caribe, con vientos de más de doscientos kilómetros por hora, e incluso podría pasar a categoría cinco.

—¿No sería más adecuado que nos marchásemos? —dijo el español, sorprendido por la noticia.

—En ningún caso, Andrés —respondió Ronald—. Ahora que el pecio está al descubierto y que puede haber miles de ojos siguiendo nuestras operaciones sería una locura abandonar esta posición. No me fío.

—Bocas del Toro y la frontera con Costa Rica están a más de cien kilómetros de aquí —apuntó John Porter.

—Y ¿qué radio tiene Vince?

—No lo sé con exactitud, pero en la imagen del satélite se ve bastante grande. Es un huracán potente. Sin duda.

—Que Dios nos ampare.

*

La conversación había sido seguida de cerca por todos y cada uno de los trabajadores del restaurante. Cuando se marcharon los miembros de la expedición, el supuesto propietario del establecimiento cerró la puerta de entrada y bajó las persianas de madera que cubrían los sucios cristales.

El huracán podía trastocar los planes previstos.

—¿Qué pensáis? —preguntó.

—Quizá tengamos que hacer las cosas de otra forma —respondió un camarero con aspecto cansado.

—Pienso que si captamos la señal de radio de las transmisiones, podremos seguir en cada momento el estado del rescate del pecio.

—Pues a trabajar. Tenemos poco tiempo —sentenció el falso propietario del restaurante.

*

El día amaneció completamente cubierto por nubes oscuras y fuerte viento. Oliver buscó a Edwin en su cabaña y ambos se dirigieron al laboratorio. El responsable de la investigación les recibió con una sonrisa en los labios. Los técnicos habían determinado en los análisis practicados durante toda la noche que el pecio correspondía a una nave construida en el siglo XV.

—Además, el cañón y las vasijas también indican que fueron fabricados en la misma época —dijo Ronald, que se encontraba allí desde primera hora del día.

Los técnicos indicaron a los dos hombres que mirasen hacia el cañón ya limpio, que se encontraba expuesto sobre la mesa.

—Pero lo mejor de todo —volvió a tomar la palabra el americano— es esto. Venid conmigo.

Mostró el trozo de madera extraído el día anterior, de tono oscuro. La traviesa que habían cortado se encontraba muy deteriorada por el paso del tiempo y los agentes marinos.

—¿A qué te refieres? —preguntó el español.

—Mirad estos agujeritos. Fueron provocados por gusanos que atacaron el barco, y que llegaron a producir lo que no consiguió el temporal, es decir, hundirlo. Esto es lo que se llama broma. ¿Veis estos boquetitos aquí? Están hechos por un molusco lamelibranquio muy destructivo, que cava galerías en las maderas sumergidas de los cascos de los barcos.

El dominicano observaba totalmente perplejo los diminutos puntos diseminados por toda la madera.

—El nombre se aplica a las especies de los géneros Teredo y Bankia —continuó exponiendo Ronald—, moluscos bivalvos que tienen una pequeña concha que se incrusta de forma incisiva en la madera.

—Y ¿cómo puede penetrar? No me lo explico —preguntó Edwin, extrañado.

—La perforación se efectúa por la rotación de su caparazón, que es muy duro y que destroza la madera. Si el molusco se expande, puede llegar a ocasionar el hundimiento del barco, como le pasó a Colón en varias naves, y también a esta que hemos encontrado.

—Y ¿no tiene solución?

—Sí, los barcos posteriores a Colón se protegieron contra el ataque de la broma mediante calafateos con plomo. Pero los barcos del Almirante no, porque fueron calafateados con brea. Precisamente por esto, a principios del siglo XVI se cambió el sistema de la brea por el plomo, para hacer los barcos más resistentes al molusco. Por tanto, la nave que hemos encontrado es anterior a principios de ese siglo.

—Todo esto quiere decir que hay posibilidades de que este pecio sea la nave que buscamos —señaló Oliver.

—Así es, Andrés, así es —respondió exaltado Ronald.

*

El mar no ofrecía el mejor día posible para bucear. El viento seguía soplando con fuerza y una gruesa lluvia comenzó a caer cuando los buceadores seleccionados iniciaron la inmersión. A pesar del mal tiempo, las profundidades marinas presentaban una imagen limpia por el asentamiento de los fondos agitados el día anterior.

El submarino no lograba estabilizar su posición debido al fuerte oleaje. Edwin creyó en varias ocasiones que iba a vomitar. Oliver pidió al piloto situar el sumergible prácticamente depositado en el fondo, dado que su amigo estaba pasándolo mal.

John Porter daba órdenes a los buceadores relativas a la búsqueda de las entradas que pudiese haber al interior de la nave hundida. Uno de ellos encontró un probable acceso a las bodegas. Haciendo señas al resto de los buzos, consiguió que le acercasen una herramienta adecuada para abrir la trampilla.

El nerviosismo de Ronald no tenía límites.

Con la ayuda de otro hombre, el buzo consiguió levantar la puerta superior de la bodega, que salió desprendida. Pidió una potente linterna y solicitó permiso para acceder al interior.

Porter, que ya había iniciado la inmersión, negó la entrada al buzo y se situó frente a la bodega, con la intención de realizar él mismo la primera incursión en una nave del mismísimo Almirante del Mar Océano, más de quinientos años después de su hundimiento.

Ronald ordenó que el segundo buceador en acceder fuese el cámara, que iba transmitiendo imágenes al resto del equipo.

El interior de la bodega presentaba un aspecto sombrío. La oscuridad no permitía ver con nitidez el habitáculo, y el paso del tiempo había depositado una espesa capa de residuos que desvirtuaba el contenido de la estancia.

—Revisad bien la bodega —gritó Ronald, que sentía los latidos del corazón en las sienes.

Al menos cuatro hombres habían entrado. Porter pidió al resto del equipo que permaneciese fuera para no entorpecerse unos a otros en el reducido interior del navío. La bodega no parecía contener cofre alguno. Vasijas y diversos objetos de madera ocupaban la estancia. Uno de los buzos solicitó instrucciones a Porter, que respondió con rapidez.

—Imagino que si alguien dejó aquí un cofre, precipitadamente o no, no lo dejaría en la bodega si tuviese la intención de rescatarlo algún día. Debemos revisar mejor el pecio.

Tras muchas vueltas alrededor de la nave, observó que las dimensiones no daban mucho más de sí. Si había algo allí dentro, tenía que estar en la zona de la bodega del barco o en la parte trasera, donde parecía existir un camarote, posiblemente el dormitorio del capitán. El joven americano volvió al pecio y buscó el acceso hacia atrás, donde el lodo situado en esa parte de la nave hacía difícil localizar cualquier entrada.

Solicitó la ayuda de todos los buceadores disponibles y decidió que moverían el lodo manualmente. Al cabo de unos minutos, la puerta del camarote se perfiló entre una gran cantidad de fangos. Todos acudieron al lugar donde se situaba la puerta y procedieron a limpiarla aceleradamente.

John Porter intentó abrirla con gran dificultad, debido a su mal estado de conservación. De repente, la puerta cedió y se abatió hacia el interior. El camarote del capitán de la nao ofrecía un aspecto aún más tétrico que la bodega, porque los fangos se habían adueñado de la habitación.

En el interior del sumergible, observaban la acción a través de la señal emitida por la cámara de televisión que portaba uno de los buceadores.

Oliver recordó algunas escenas de una conocida película sobre el famoso naufragio de un gran buque, cuando varios buzos provistos de cámaras visitaban el interior del barco hundido.

Lo que parecía un camastro, así como otra serie de muebles totalmente destrozados componían el interior del recinto, que en otro tiempo albergó el dormitorio del capitán.

Allí no había ningún cofre.

Antes de que el desencanto cundiese en el equipo, John Porter observó un detalle sorprendente. Un rayo de luz procedente de la linterna de uno de los buceadores que permanecían en el exterior de la nave atravesó la pared del camarote, dejando entrever un falso receptáculo. De repente, se encontró gritando:

—¡Aquí hay un trasfondo!

—Rompedlo —vociferó Ronald, visiblemente exaltado.

—Debemos ser respetuosos con el pecio —dijo Oliver—. Contenga el cofre o no lo contenga, esta nao tiene un incalculable valor.

Porter destrozó sin ningún tipo de cuidado una parte significativa de la pared del fondo del camarote, abriendo un enorme boquete. Todas las linternas apuntaron al mismo sitio.

Allí, en el doble fondo del cuarto del capitán de la nave, se encontraba un arca de grandes dimensiones.

Los gritos de júbilo y alegría se mezclaron con ruidos provenientes del exterior.

Intensas ráfagas de viento de más de ciento cincuenta kilómetros por hora azotaban la playa donde habían encontrado el arca.

El huracán Vince había cambiado su rumbo violentamente y ahora sobrevolaba la bahía donde Cristóbal Colón viera hundirse *La Vizcaína* mucho tiempo atrás.

## 18

# *Panamá*

*Poco me han aprovechado veinte años de servicio que yo he servido con tantos trabajos y peligros, que hoy día no tengo en Castilla una teja; si quiero comer o dormir no tengo, salvo el mesón o taberna, y las más de las veces falta para pagar el escote.*

Carta de Cristóbal Colón a los Reyes Católicos. Jamaica, 7 de julio de 1503

Casi todo el equipo se había dedicado a la operación de búsqueda del cofre. El escaso personal que había quedado en tierra, ante la emoción producida por el rescate del pecio que tanto tiempo llevaban buscando, se había desplazado hasta la orilla de la playa para seguir de cerca los acontecimientos.

Ninguno de los miembros de la expedición se encontraba presente en el centro de control cuando distintos equipos receptores de información por satélite comenzaron a recibir alarmantes noticias sobre el inesperado cambio de rumbo de Vince.

El viento arreciaba minuto a minuto. El fuerte aparato eléctrico contribuía a que la escena del rescate pareciese un cuadro diabólico. Las lanchas, de pronto, sufrieron un gran empuje hacia dentro de la playa, atraídas por las fuertes corrientes. Bajo el agua, la situación no era mejor. El submarino también era succionado por el mar y los buceadores sufrían serias dificultades para alcanzar los botes.

Richard Ronald ordenó retirar el arca del interior del pecio y abandonar la zona con urgencia.

*

El ruido era ensordecedor. La enorme velocidad alcanzada por el viento provocaba que las hojas de las palmeras de la playa originasen un gran estruendo. Los truenos contribuían a que el temporal hiciera temblar al más curtido de los participantes en la expedición.

De pronto, varios hombres abandonaron un improvisado refugio en unos arbustos cercanos a la playa y procedieron a adormecer a los empleados de la XPO Shipwreck Agency que esperaban el regreso de sus compañeros. En unos minutos, toda la orilla se llenó de vehículos cargados de hombres armados.

Las primeras lanchas que habían alcanzado tierra firme fueron reducidas y los hombres, amordazados. Los dos botes que Ronald había dispuesto con hombres armados abrieron fuego en cuanto vieron la situación, como respuesta al ataque producido. Los asaltantes reaccionaron inmediatamente, disparando intensas ráfagas de balas, procedentes de armamento automático. Varios hombres cayeron de uno de los botes de forma inmediata, tiñendo el agua de rojo intenso. Otra lancha, con hombres armados, procedió a intensificar la descarga de los fusiles de que disponían.

El estridente ruido que causaban los disparos, unido al mal tiempo reinante, el fuerte viento y el gran oleaje que se había levantado, consiguió dibujar un espectáculo dantesco en la playa.

Cuando el submarino alcanzó la superficie, los cuatro ocupantes intentaron salir aceleradamente. Ronald observó que los asaltantes habían conseguido reducir a los hombres de la lancha que portaba el arca y que al menos dos de sus colaboradores habían muerto.

Oliver se alarmó por la repentina situación y tuvo claro que no iba a terminar bien. La imagen de la playa, con varios hombres boca abajo, le sorprendió. Una misión que estaba transcurriendo sin incidentes se había tornado en una batalla campal bajo un cielo que se desplomaba sobre la tierra.

El piloto del submarino entregó una pistola a Edwin, mientras disparaba desesperadamente con su fusil automático. Ronald también se sumó a los disparos, tratando de repeler el brutal asalto.

El español intentó decirles que era ridículo contener el ataque de tanta gente, que apostados sobre la playa, tenían todas las de ganar. Además, el oleaje impedía que el submarino se estabilizase para poder disparar con precisión. Pero el fuerte ruido le impedía comunicarse bien con sus compañeros.

Una ola de gran altura alcanzó el sumergible e hizo caer a Oliver, que intentaba desesperadamente convencer al americano y disuadirle del ataque lanzado. Edwin notó que su colega había caído al agua y que había conseguido sujetarse, no sin cierta dificultad, al pequeño submarino. Como pudo, le gritó que continuase allí hasta que la situación permitiese sacarlo del convulsionado mar.

Ronald ordenó por señas a Porter que impidiese el

asalto al bote que contenía el arca, que iba a la deriva ya sin ningún hombre a bordo.

El joven americano trató de acercarse al bote con su lancha rápida. Edwin, Ronald y el piloto intentaban cubrir la iniciativa de Porter, que trató de sortear los disparos desde tierra con hábiles maniobras de su lancha.

Un disparo alcanzó en el brazo a Ronald, que gritó dolorido. El piloto trató de asistir a su jefe, que le indicó que siguiera disparando mientras él se introdujo en el submarino. Oliver contemplaba la escena pensando en lo peor, ante la inesperada y desagradable situación producida por un ataque mortal lanzado en unas condiciones meteorológicas tan desfavorables.

—Edwin, métete tú también en el submarino. ¡Rápido! —gritó el español desde el agua.

En ese momento, una ráfaga continuada procedente de un fusil automático generó una larga descarga que alcanzó a Porter.

Andrés Oliver observó cómo el joven americano caía al agua fulminado. Cuando volvió la vista hacia la parte superior del submarino, vio que el dominicano no estaba en la cubierta. Imaginó que había seguido sus instrucciones y que se había metido en el sumergible, para evitar ser alcanzado por los disparos.

A simple vista, ya no quedaba nadie del equipo en pie. Como pudo, trató de permanecer agarrado al submarino mientras comprobaba que los asaltantes se habían introducido en el agua para amarrar el bote con el arca y arrastrarlo al exterior.

La operación fue rápida y en pocos minutos el cofre estaba cargado en un vehículo que poco después partía a gran velocidad.

*

Andrés Oliver permanecía en el interior del mar Caribe con un huracán que pasaba sobre su cabeza mientras los cuerpos de varios hombres que habían participado en la expedición de los últimos días flotaban en el agua. Oculto tras el submarino, continuó atento a los asaltantes que aún quedaban en la playa.

Con el arca en sus manos, los hombres de la playa procedieron a abandonar el lugar.

Ya sin peligro, intentó subir al sumergible. La tormenta continuaba levantando gran oleaje, que movía el aparato de forma violenta. Sin poder ascender, gritó para que su colega saliese y le diera la mano. El fuerte viento llevaba sus gritos muy lejos. Le extrañó que nadie saliese a ayudarle, cuando ya los atracadores habían partido.

Un brazo apareció de pronto, tratando de salir del submarino. Alguno de los ocupantes quería alcanzar la superficie del aparato desde el interior de éste. Observó que era Ronald, que sangraba abundantemente por el brazo herido, lo que le impedía moverse con soltura.

—¡Qué barbaridad! Nunca había visto un asalto como éste. Son auténticos asesinos.

—Dame la mano, Richard —gritó Oliver.

El americano ofreció su brazo herido al español, utilizando el bueno para sujetarse a la estructura del sumergible. Oliver agradeció el esfuerzo realizado por el hombre, subió, y se acercó para preguntarle dónde estaba Edwin.

—No tengo ni idea —dijo gritando para hacerse oír—. Estaba sobre la cubierta cuando yo me metí.

Comenzó a buscar a su colega en el entorno del sumergible. La tremenda dificultad para mantener el equilibrio impedía escrutar el entorno con facilidad. Ronald señaló hacia el interior del mar. Un cuerpo con ropas similares a las que llevaba el dominicano flotaba a muchos metros mar adentro.

Oliver se introdujo en el submarino y orientó la nave hacia el cuerpo. Puso en marcha el motor con rumbo a la desgraciada realidad.

Su colega flotaba sin vida en el mar de las Tormentas.

## 19

# Santo Domingo

*El que ame la verdad, el que goce con el triunfo de la justicia tributará un homenaje a esas divinidades de los hombres rectos, empleando sus conocimientos y talento en desvanecer las tinieblas que circundan aún la postrer morada del infortunado Descubridor de la América.*

EMILIANO TEJERA, *Los restos de Colón en Santo Domingo,* 1878

Parecía increíble que tras el paso del huracán, en tan poco tiempo, el cielo sobre el mar Caribe presentara un aspecto tan estable y plácido. Ni una sola nube era visible desde la ventanilla del avión, a través de la cual sólo se divisaba una inmensa masa de agua verdosa separada del cielo por una sutil línea divisoria en el horizonte.

En realidad, nada de esto tenía importancia en estos momentos para Andrés Oliver, porque la pérdida de su colega Edwin le había dejado sumido en un profundo vacío.

La muerte es un hecho que acontece a todo ser vivo y

que en una profesión como la suya había que asumir constantemente. Pero en su caso, durante toda su vida, la posibilidad de perder a un ser querido se había convertido en un obstáculo que le impedía entregarse plenamente en sus relaciones personales. Había dedicado muchas horas de sueño al acertijo de adivinar la razón por la cual siempre le ocurría lo mismo.

¿Por qué la pérdida de un amigo, de una pareja o de un familiar cercano se convertía en una terrible rémora para alcanzar la felicidad?

La respuesta siempre era la misma. Aunque muchos amigos le animaban a que viviese la vida más intensamente, olvidando que algún día podría perder al ser querido, su interior, su mente, no le permitían aceptar ese hecho.

La pérdida de su padre primero, y de su madre al cabo de pocos meses, cuando sólo tenía nueve años, cuando un ser humano más necesita a sus padres, podía ser el motivo de su obsesión. A esa edad ya no era un niño pequeño, pero tampoco un hombre. Su adolescencia fue realmente dura. Los hermanos de su padre, sobre todo su tío Tomás, y la hermana de su madre, ejercieron de improvisados padres hasta que se independizó tras acabar sus estudios.

A partir de ahí ninguna relación cuajó, aunque fueron muchas las mujeres que pasaron por su vida antes y después de obtener su título universitario. Algunas realmente consiguieron llegarle dentro, pero cuando había que dar el paso, le entraba siempre el mismo miedo. O más bien era pánico.

El aterrizaje del pequeño avión bimotor en el aeropuerto internacional de Las Américas en Santo Domingo hizo que volviera a la realidad.

En esta ocasión, la pérdida había sido la de un amigo, un colega, al que había conocido poco tiempo atrás, pero que había conseguido ganar su afecto. Y ahora tocaba darle la noticia a Altagracia, a la otra amiga, que había quedado hacía unos días en una situación personalmente comprometida.

Muchos problemas de esta índole, en tan poco tiempo, no era una situación fácil de asumir para un hombre que no tiene resuelta una válvula de escape ante situaciones emocionalmente complicadas.

Y luego estaba el robo del arca.

Ahora no tenía un caso, sino dos. La sustracción de los restos en la catedral de Sevilla y la desaparición del arca, robada delante de sus narices.

Unos días antes, no hubiese pensado que la situación iba a llegar hasta estos límites.

El aeropuerto dominicano ofrecía la misma imagen de siempre. La confusión en el control de pasaportes, la recogida de las maletas y la búsqueda de un taxi convertían la llegada al país en una difícil misión. El calor húmedo volvió a sofocarle y el sudor le empapó la camisa, pegándola al cuerpo.

No había llamado a Altagracia para no darle la noticia por teléfono. Sólo la idea de tener que pasar por una situación como ésa le producía desasosiego.

Pero tenía que hacerlo.

Marcó el número de la mujer y esperó a que contestara.

*

El sol de Santo Domingo era radiante. Después de tantos días encapotados en Panamá, esta luz le parecía una bendición. Un huracán había pasado por encima de su cabeza, y desde luego, no había sido una experiencia agradable. Las escenas vividas en la playa en aquellas condiciones tan extremas le venían una y otra vez a la mente.

¿Podía haber hecho algo más para salvar la vida de su colega? Probablemente no. Pero su mente seguía buscando respuestas.

La imagen de Altagracia, que venía caminando por la calle El Conde hacia él, le sacó de sus pensamientos. Había elegido la plaza de Colón, frente a la Catedral Primada, porque le traía muchos y buenos recuerdos de los primeros días que pasó junto a sus compañeros en esa ciudad.

Recordó de pronto el tremendo parecido entre la bella Anacaona, la india taína, y la mujer que se acercaba.

Pensó en utilizar esta anécdota para tratar de hacer sonreír a su amiga, que adivinaba iba a pasar por un mal trago cuando le diera la noticia de la muerte de su compatriota.

La mujer besó a Oliver en una mejilla y se sentó frente a él. Los ojos de la dominicana parecían dejar claro su estado de ánimo. Sin hablar, Oliver la miró y obtuvo la respuesta de inmediato. Ya lo sabía.

*

La secretaria de Estado había sido informada por la cúpula de su Gobierno nada más llegar la información al embajador dominicano en Panamá.

—Conocí la terrible pérdida la misma tarde que ocurrió —dijo entre sollozos—. Ha sido una auténtica conmoción aquí, porque era una persona muy querida y estaba investigando un tema muy importante para nosotros.

—Sí, lo sé.

—Y ¿ahora? ¿Qué pasará con el caso? —pronunció la mujer.

—Pues tendremos que seguir trabajando tú y yo. A no ser que tu Gobierno quiera asignar otra persona para continuar investigando este asunto.

—Por el momento no tengo instrucciones.

—No quiero ser descortés contigo, dada tu situación, pero me gustaría que me contases tus investigaciones sobre tus amigos los profesores.

A la vuelta a su país, puso en conocimiento del director de policía el contenido de las fotos. La propia Altagracia asistió al interrogatorio de los tres intelectuales, sin ser vista. Un cristal había evitado que sus amigos supieran de su presencia.

Los profesores eran muy conocidos en la República Dominicana por su alta posición social y la buena reputación de la que gozaban en los medios de comunicación, donde eran colaboradores habituales.

La policía les llamó con el pretexto de preguntarles por su interés en el caso. El director de policía llegó a preguntar de qué conocían al inspector Verdi, con el que se habían reunido en su último viaje por Italia.

Doña Mercedes contestó que le habían robado una maleta en esa ciudad y que habían tenido la necesidad de comunicarlo a la policía italiana. Podían comprobar que había puesto una denuncia. Con respecto al caso, su interés radicaba en la enorme expectación que había alcanzado en su país y en el resto del mundo.

Después de todo, Descubridor de América sólo había uno, y ella era experta en temas colombinos, a lo que había dedicado una buena parte de su vida profesional.

—La policía les creyó, porque no encontraron pistas que pudiesen avalar otra teoría —señaló Altagracia.

—Pues yo no les creo en absoluto. Esta gente tiene información, saben a lo que van y conocen nuestros pasos. Probablemente, saben lo mismo que nosotros.

—Bueno, hasta que yo dejé de darles información.

—No, incluso sin tus aportaciones, ellos están al tanto de todo. No te fíes. No puedo afirmar nada, porque no tengo más información que la que me dio Ronald, pero mi intuición me dice que debemos cuidarnos de ellos.

—Por cierto, ¿cómo sigue Richard? —preguntó interesada.

—Ha vuelto a Miami. Está reponiéndose de la herida, y al mismo tiempo está recibiendo tratamiento para el cáncer. El pronóstico no es bueno.

—Vaya —suspiró la dominicana—, ese hombre me caía bien. Es todo un caballero y se portó muy bien con nosotros. Fue fiel a sus compromisos.

—Sí, esta vez sí.

*

El imponente edificio de la policía nacional volvió a impresionar al español y a la dominicana, que habían sido citados allí por el director con objeto de revisar lo ocurrido y establecer nuevas acciones en su caso. Una secretaria les hizo pasar a una sala adjunta al despacho, donde les recibió.

—Le rogaría, señor Oliver, que me contara usted todo lo ocurrido. Me interesa su versión en primera persona.

Durante un buen rato narró las vivencias ocurridas en Sevilla, Madrid, Génova, Miami y Panamá. Cuando llegó a la última parte, no pudo evitar hacer referencia a los intentos por encontrar a su colega y lo mal que lo pasó cuando lo vio flotando en el mar.

—Y ¿cómo pudo usted salvarse? —inquirió el director.

—Me caí al agua y no pude volver al sumergible. Era realmente difícil. Imagino que los asaltantes no me vieron y por eso salvé la vida.

—Ya.

—Bueno, ¿qué propone usted que hagamos ahora? —solicitó la secretaria de Estado—. Tengo una reunión con el presidente esta tarde y tengo que darle alguna idea sobre los próximos pasos que vamos a dar.

—Por supuesto, tenemos un plan, pero no se lo vamos a revelar a nadie por el momento —explicó el director.

—¿Quiere eso decir que hemos acabado la investigación conjunta? —dijo extrañado el español—. Hemos llegado muy lejos.

—Sí, hemos llegado lejos, pero sin resultados.

*

A la salida de la reunión, la mujer no podía creer la actitud del mando supremo de la policía de su país. O tenía un plan realmente bueno o ese hombre estaba loco.

—O es un prepotente —señaló Oliver.

—No lo sé. En cualquier caso, quiero que sigamos con nuestra investigación en la misma línea. Yo estoy de acuerdo contigo. Si hemos llegado hasta aquí, pienso que tenemos que tratar de resolver juntos este misterioso caso.

—Pues adelante. El siguiente paso puede ser entrevistar a tus amigos. ¿Qué te parece?

—Ya me lo temía —suspiró la mujer.

*

El coche oficial de la secretaria de Estado se dirigió hacia el Instituto Tecnológico de Santo Domingo, más conocido como el INTEC, donde doña Mercedes impartía clases de historia económica dominicana en las Licenciaturas de Humanidades y Economía. Habían pospuesto la reunión con los demás intelectuales para otro momento, en un intento de casar información que pudiese ser de utilidad. Oliver siempre había pensado que doña Mercedes ejercía una gran influencia sobre sus amigos, y que era la líder del grupo.

El campus rebosaba de alumnos que se movían de un lado para otro. La exuberante vegetación caribeña proporcionaba un aspecto acogedor a todas las instalaciones, repartidas en varios edificios.

El departamento de investigación académica dirigido por la profesora se encontraba en el centro del recinto, rodeado de altos árboles de enormes hojas. El sol apenas podía traspasar las frondosas copas de las distintas especies arbóreas, que componían un pequeño bosque, que de vez en cuando, gracias al viento, dejaba escapar algún rayo de luz.

La secretaria les recibió de inmediato y les solicitó que pasaran al despacho donde se encontraba la profesora. Doña Mercedes se levantó y dio un efusivo abrazo a su antigua alumna, que le respondió con desigual intensidad. Le explicó lo mal que lo había pasado cuando la policía la llamó para interrogarla por el robo de los huesos. Al poco tiempo, recibió la noticia de la muerte del policía que había acompañado a Altagracia por Europa.

—¡Vaya susto! —expresó llevándose las manos a la cabeza—. No quiero ni pensar que tú habrías podido estar allí.

—Yo no estaba, pero Andrés Oliver sí.

—Debió de ser terrible. ¿No es así, señor Oliver?

—Sí, fue duro. Al final murieron muchas personas en esa playa.

—Y ¿qué puedo hacer por vosotros?

Su ex alumna le explicó que estaban indagando de nuevo por si se les había escapado algún detalle, y que estaban realizando nuevas investigaciones a raíz de nuevos documentos que habían hallado.

—¿Te refieres a los legajos que encontrasteis en Génova?

—Sí.

—Bueno, yo no tengo más información que la que ya os conté en su día.

—Pero ¿puede usted aventurar alguna hipótesis? —preguntó Oliver—. ¿Ha pensado usted quién podría estar detrás de todo esto?

—No, ni idea. Ya conocéis mi teoría, la que os di al principio, y en la que sigo creyendo. Pero desconozco el asunto en profundidad.

Se despidieron de ella y salieron en busca del coche oficial, que les esperaba. El conductor leía un enorme periódico.

Nada más meterse en el auto, Oliver dijo sorprendido:

—¿Te das cuenta de que lo sabe todo? Ha dicho que nosotros encontramos documentos en Génova. ¿Cómo lo sabe? Tú no llegaste a llamarla tras el descubrimiento de los legajos del Castello d'Albertis.

—Así es. Yo también lo he notado. Nunca se lo conté, porque no cogí una sola llamada suya tras salir de Italia.

El chófer prestaba atención a la conversación mientras conducía. Miró por el retrovisor y pensó en hacer una llamada en cuanto dejase a esos dos.

*

Las dependencias donde habían comenzado la investigación semanas atrás le parecieron al español muy distintas sin la presencia del jovial policía dominicano.

Para comenzar, propuso a Altagracia volcar los datos de su portátil al ordenador de la oficina, donde había quedado almacenada toda la información encontrada en Génova. De esa forma, podrían revisar por separado la enorme cantidad de reseñas que habían conseguido.

—Volver a empezar —dijo Oliver.

—¿Qué has querido decir? —preguntó Altagracia.

—Tenemos mucha más información que al principio, pero ahora me temo que deberemos estudiar minuciosamente todo lo que hemos descubierto y tratar de atar cabos sueltos. Tengo la impresión de que nos estamos dejando algo atrás.

—Pues manos a la obra.

Alguno de los documentos archivados en el portátil presentaba serias dificultades para su análisis, por el reducido tamaño de la pantalla. Tampoco el otro ordenador solucionaba el problema. Por ello, decidieron pedir impresiones en papel.

Mientras les traían copias grandes de estos documentos, analizaron los datos referentes a la localización del barco, y, dado que esa parte de los legajos ya no ofrecía interés, fue transferida a otro ordenador. Los textos ampliados permitieron vislumbrar con mayor detalle muchas palabras antiguas que originalmente no habían entendido.

El hombre se sorprendió por la cantidad de referencias que aparecían sobre la catedral de Santo Domingo, que tenían precisamente frente a ellos.

—Es curioso —dijo pensativo Oliver—. Nunca he entrado.

—Quizá porque los restos de Colón estaban en el Faro, de donde fueron robados, y no aquí, en el templo, donde originalmente fue enterrado. En cualquier caso, deberías conocer la catedral, porque es muy hermosa. Es la primera del Nuevo Mundo y, por eso, hay que visitarla aunque sólo sea por curiosidad.

—Fíjate en estos textos —pidió el español.

Varias hojas escritas en castellano antiguo, en un tipo de letra que costaba trabajo leer, indicaban el método constructivo del templo. El documento estaba fechado en Sevilla en 1510, y hacía referencia a la orden de construcción de la primera catedral del nuevo continente.

Una vez iniciadas las obras, el texto narraba las dificultades que fueron encontrando los constructores. Había escasez de artesanos bien formados y además, por diversos motivos relacionados con las revueltas, los trabajadores que habían llegado de España habían sido inducidos a romper sus contratos de trabajo, lo que causó considerables retrasos. Con posterioridad, cuando el edificio comenzó a tomar forma, los nuevos descubrimientos en tierra firme hicieron que la gente estuviese más motivada por encontrar riqueza en las nuevas zonas que ofrecían oro y dinero fácil.

La copia del legajo narraba de forma minuciosa la lenta progresión de los trabajos, y reproducía planos constructivos que la dominicana no había visto nunca. Los diseños que mostraban los dibujos diferían en algunos casos de los alzados y la planta de la actual catedral. Este hecho se explicaba en textos adjuntos argumentado por la necesidad de responder a ciertos criterios militares.

El plan original de construcción había sido modificado.

Un dibujo adicional, con toques artísticos, mostraba el exterior de la catedral con una silueta que a ambos se les antojaba exacta a la actual. No cabía duda de que representaba la versión final del templo, que terminó de construirse alrededor de 1540.

—La fachada original no ha cambiado en estos cientos de años —explicó la mujer—. Ni terremotos ni huracanes ni piratas han podido con ella.

—Me harté de planos. Vamos a echar un vistazo en directo, y luego te invito a un trago de ron.

## 20

# Santo Domingo

*Colón no tuvo lápida sobre su tumba.*

EMILIANO TEJERA, *Los restos de Colón en Santo Domingo,* 1878

La solemnidad que confiere ser la Primada de América contribuía a que el interior del templo transmitiese sensaciones inexplicables.

La Capilla Mayor, de forma octogonal, acogía un presbiterio amplio. Los elementos relativos a la celebración de la misa permanecían en espera de que alguien los guardase. La mujer explicó que no conocía exactamente la situación de la tumba originaria de Colón.

Un sacerdote avanzó hacia ellos pidiendo explicaciones por su presencia en el presbiterio y advirtiéndoles de que allí no podían estar. La identificación que presentó la secretaria de Estado de Cultura fue suficiente para que el hombre accediera a darles la información que querían.

—Perdone, señorita, no la había reconocido —dijo el sacerdote—. Mi nombre es Arnaldo Núñez y si lo desean puedo ayudarles. Conozco bastante bien la historia de los enterramientos en este santo templo y los hechos ocurridos desde que se construyó.

—Vaya, ¿es usted un estudioso de la materia? —preguntó Oliver, sorprendido.

—Todos los dominicanos conocemos la historia, si bien los que nos dedicamos a la palabra de Dios la conocemos aún mejor, porque forma parte de nuestro pasado. Esta catedral, madre de todos los templos de nuestro glorioso país, fue honrada con el hallazgo de los restos del Almirante en 1877, cuando ya se creían en otro lugar.

—Y ¿dónde se encontraron exactamente los restos? —indagó la mujer, mirando al altar.

Ante la presencia de la persona que más poder ejercía en la cultura dominicana, el sacerdote se ofreció a narrar los hechos de la manera más exacta posible.

—Vengan conmigo y les indicaré el lugar preciso.

Les señaló el punto preciso donde se encontró la tumba de Colón, hacía más de un siglo.

—¿De dónde se extrajo el primer cofre con los restos del Almirante? —indagó Oliver—. Me refiero a los restos que el Gobierno español llevó a Cuba cuando cedió esta isla a Francia, y que para mi país, son las auténticas reliquias del Descubridor.

—Esto merece que nos sentemos a hablar —sugirió el sacerdote.

Se sentó en un banco de madera y propuso a sus ilustres visitantes hacer lo mismo.

—Ustedes saben que aquí han reposado los restos de los tres Almirantes del Nuevo Mundo. Los restos de don Cristóbal Colón y los de su hijo don Diego llegaron juntos en 1544. Obviamente, el tercer Almirante, don Luis Colón, fue enterrado después.

Ambos asintieron. El sacerdote comprobó que tenían

conocimientos suficientes de esta parte de la historia y procedió a explicar los entresijos más específicos del caso más complejo jamás acontecido en la República Dominicana, y que aún atraía las miradas de historiadores de todo el mundo.

La muerte del genial visionario que había descubierto un nuevo mundo, un hombre que persiguió durante lustros un sueño que cambiaría la fisonomía del globo terráqueo, se produjo el 20 de mayo del año 1506 en Valladolid. Sus reliquias fueron trasladadas a Sevilla a los pocos años y depositadas en el monasterio de los cartujos.

Altagracia suspiró al recordar la sutil ocurrencia de girar la esfera armilar en el monumento sevillano. Aún se veía subida a la estatua del Descubridor intentando girar el globo terráqueo. También recordó la presencia de Edwin, lo que le produjo un ligero desasosiego.

El religioso continuó exponiendo su historia, absorto en una explicación que había dado mil veces, y que siempre le emocionaba.

Muerto también su hijo Diego, la viuda de éste, doña María de Toledo, mujer enérgica y decidida, y que había conocido el desarrollo y construcción de la catedral de Santo Domingo siendo su marido el gobernador de la isla, decidió iniciar un largo proceso para llevar los cuerpos de su marido y su suegro a la gloriosa tierra por ellos descubierta y tutelada.

La primera catedral en el Nuevo Mundo, en construcción en aquellos años, habría de servir de morada definitiva para el insigne nauta y sus descendientes.

—¿En qué año cree usted que llegaron los restos aquí? —preguntó Oliver—. En España no nos ponemos de acuerdo en el año exacto.

—Conozco ese lío de fechas. Mire, aquí.

El sacerdote hizo que se levantasen y observasen una gran cruz de caoba, situada en una de las capillas laterales. En el brazo horizontal, pudieron leer:

ESTA ES LA INCIGNIA PRIMERA QUE SE PLANTÓ EN
EL CENTRO DESTE CAMPO PARA DAR PRINCIPIO
A ESTE MAGNIFICO TEMPLO, EL AÑO DE MDXIV

—Es decir, la construcción de este templo se inició en 1514 y concluyó en 1540, según rezaba otra inscripción situada en el coro, destruido hace más de un siglo.

—O sea, que en cualquier caso los cuerpos de los Colón debieron llegar recién construida la catedral, o incluso antes —indagó Altagracia.

—Sí, así es. Yo me inclino por la llegada anterior a la terminación del templo —dijo el sacerdote.

Volvió a sentarse y continuó relatando la increíble historia que había marcado a su país para siempre. Los restos de ambos gobernadores fueron sepultados en la Capilla Mayor, a la derecha del presbiterio.

—Pero créanme, nunca hemos tenido constancia de que eso fuera así. Todo el mundo pensaba, y la tradición así lo anunciaba, que el cuerpo del primer Almirante era el único sepultado a la derecha del altar mayor.

»Fueron pasando los años y la isla sufrió muchos avatares. Primero, la despoblación que se produjo cuando un gran número de colonos buscó en las nuevas tierras de Centroamérica el oro fácil que aquí se había agotado. La población de la isla iba disminuyendo conforme las expediciones, una tras otra, se formaban desde Santo Domingo reclutando a todos los hombres y mujeres que quisieran embarcar hacia una nueva aventura. Después, vinieron los continuos asaltos de piratas desconsiderados que convirtieron la isla en el blanco de los ataques contra el que fuera el primer asentamiento en el Nuevo Mundo y símbolo del Imperio español.

»No sabemos a ciencia cierta si la tumba del primer Almirante tenía lápida —expuso el religioso—. Probablemente nunca la tuvo, y si la hubo, con toda seguridad se quitaría en previsión de los frecuentes ataques de Francis Drake.

»A finales del siglo XVI se sucedían los ofensivas del insigne pirata, que ocupó y saqueó la ciudad de Santo Domingo. En una de las ocasiones —narraba el sacerdote—, mientras los piratas robaban las campanas del templo, una de ellas se cayó sobre el techo de la sacristía y rompió una parte. En otra ocasión, robaron todos los adornos de bronce de la catedral y eliminaron una parte significativa de la belleza externa de la Primada de América.

»Es normal que borrasen todos los signos externos que indicasen la presencia de cualquier cosa de valor, porque si no, se la hubiesen llevado. Hay que entender que este templo ha sido expoliado decenas de veces. Las reliquias del Descubridor de América habrían sido robadas de inmediato si se hubiese conocido su existencia. Imagínense.

—Y es aquí donde comienza el olvido del Gran Almirante del Mar Océano, el hombre que cambió el mundo —expuso la mujer.

Así era. Arnaldo Núñez se recreó en la sufrida historia de la isla La Española de finales del siglo XVI y todo el XVII.

—Y llegó el Tratado de Basilea, por el que España cedió a Francia esta parte de la isla, cuna de la grandeza americana —atajó la mujer.

—Exacto. Y en España se acordaron de repente de que el forjador del Imperio español estaba aquí, olvidado y perdido en algún lado del presbiterio. —El sacerdote se puso en pie y caminó hacia el altar, moviendo los brazos. Mientras caminaba, siguió exponiendo de forma teatral la conocida escena de la primera apertura de la tumba de Colón.

»No era digno de la gran patria española dejar bajo bandera francesa las reliquias del hombre que había engrandecido los dominios de las coronas de Castilla y Aragón. Antes de la cesión de la isla, España procedió a la exhumación del primer Almirante, que debía ser trasladado al suelo patrio más cercano. Es decir, a Cuba.

Altagracia y Oliver permanecían atentos a la historia, que seguía al pie de la letra los hechos más relevantes de un suceso directamente relacionado con el caso, y que por tanto, podía aportarles pistas significativas.

—Vengan por aquí —solicitó el sacerdote—. Tenemos en el archivo copia del acta de apertura de la tumba, suscrita por el escribano español de la Cámara de la Real Audiencia de Santo Domingo.

Le siguieron intrigados.

Cuando llegó a un estrecho despacho, sacó un pesado libro de una estantería y leyó en voz alta:

> En 20 de diciembre de 1795. Acta suscrita por D. José Hidalgo. Se abrió una bóveda que estaba sobre el Presbiterio, al lado del Evangelio, pared principal y peana del altar mayor, que tiene como una vara cúbica, y en ella se encontraron unas planchas como de tercia de largo, de plomo, indicante de haber habido caja de dicho metal, y pedazos de huesos de canillas y otras varias partes de

algún difunto, que se recogieron en una salvilla y toda la tierra que con ellos había, que por los fragmentos con que estaba mezclada se conocía ser despojos de aquel cadáver.

—Vean que no dice que exista lápida ni inscripción alguna. Ni siquiera en las planchas de plomo del cofre deshecho —sentenció—. Con el transcurso del tiempo, la tumba se había alterado y se había desmontado la caja de plomo que contenía los restos, que se mezclaron con el polvo y los materiales de la construcción de la bóveda. Pero no se encontró ni una sola referencia al primer Almirante, ni dentro ni fuera de la tumba.

—Y ¿qué piensa usted? —preguntó Oliver.

La mujer tomó la palabra, adelantándose.

—Que ustedes se llevaron a otro Colón.

—Diego Colón, el segundo Almirante —dijo pensativo Oliver—. Es decir, vosotros pensáis que el Gobierno español se llevó las reliquias del segundo Almirante en lugar de los restos de Cristóbal Colón.

—Déjale que siga —pidió la mujer—. Ahora sabrás por qué los dominicanos creemos eso.

—Pasaron los años y también la dominación francesa, que dio comienzo al vaivén de distintos e inestables Gobiernos. Esta etapa marcó el devenir de la historia de esta parte del Caribe. En 1809, y hasta 1821, Santo Domingo volvió a estar en manos españolas. Desde 1822 hasta 1844 perteneció a Haití, y en 1844 llegó la adorada independencia, y el nacimiento de la República Dominicana.

»En 1861 se produjo una nueva anexión a España, que culminó con la liberación en 1865, y acabó con este convulso periodo.

La mujer asentía corroborando las fechas.

—Y en plena tranquilidad republicana, llega otro terremoto —expresó el religioso, cada vez más emocionado.

»En 1877 se iniciaron unas obras de restauración de la catedral, en las cuales se iba a levantar todo el pavimento del templo. Primero, se encontró en el lado izquierdo del presbiterio una extraña bóveda de la que nadie tenía constancia. Este nicho se situaba precisamente en el lado contrario al que los españoles habían cavado para rescatar las reliquias del primer Almirante un siglo antes.

»La convulsión llegó a la capital dominicana, con la extraña aparición de una tumba no prevista. Una vez ordenada la exhumación de los restos, saltó la noticia.

—Se trataba de la tumba del tercer Almirante, don Luis Colón, nieto del Descubridor —expresó Altagracia.

—Sí, efectivamente. Y se halló un cofre con una inscripción muy clara:

*El Almirante D. Luis Colón, Duque de Veragua,*
*Marqués de...*

—De Jamaica —añadió la mujer—. Esta parte de la inscripción no se podía leer.

—Nadie en nuestra ciudad recordaba que el tercer Almirante se encontraba enterrado aquí.

El religioso interrumpía su discurso de vez en cuando para tomar aire. La sola exposición ante esos distinguidos personajes de una historia que conocía tan bien le ahogaba.

No había inscripciones, ni lápidas, en ningún lado del altar mayor ni sobre las tumbas.

—Costaba creerlo —continuó—, pero a fuerza de ver la bóveda descubierta, se acabó demostrando que ninguno de los miembros de la gloriosa estirpe Colón había gozado de lápida o inscripción que revelase los insignes personajes que yacían en el templo.

»Las autoridades eclesiásticas, movidas por este hallazgo, decidieron cerciorarse de que los españoles habían exhumado las reliquias del primer Almirante, y que en todo caso se buscasen las de Diego Colón, que según el acta del escribano español no había sido exhumado y sus restos debían de estar por tanto allí.

»Las nuevas investigaciones comenzaron el 8 de septiembre de 1877, y se cavó primero a un metro de la puerta de la sala capitular —expresó el sacerdote, casi en un susurro.

Hizo un receso, para indicar el lugar exacto al que hacía referencia.

—Se encontró el comienzo de una sepultura, con restos humanos y unos galones que daban a entender que eran de algún militar. Posteriormente se comprobó que correspondían al brigadier don Juan Sánchez, Capitán General de Santo Domingo. Aquí fue cuando se supo que este militar había sido enterrado en una modificación del presbiterio hecha muchos años antes.

El primer presbiterio, el original, estaba más atrás.

—El equipo de trabajo comenzó a rastrear el lado derecho del altar mayor, en la zona delimitada e identificada como el antiguo presbiterio. Estando presentes el canónigo Billini, el señor Jesús Troncoso, y el sacristán de la catedral, se descubrió el 10 de septiembre el inicio de una bóveda.

»Rompieron una piedra grande que se situaba sobre la bóveda y apareció de pronto. Allí estaba el cofre de plomo. Llamaron inmediatamente al obispo y al ministro del Interior. Sobre el ataúd, se podía leer "Primer Almirante".

»El delirio cundió entre los asistentes y se llamó inmediatamente a numerosas personalidades dominicanas y extranjeras para que diesen fe del enorme descubrimiento. Entre otros, se encontraban presentes el cónsul general de España, don José Manuel Echeverri; el cónsul de Italia, don Luigi Cambiaso; el cónsul de Alemania, don Miguel Pou; el cónsul de Estados Unidos, mister Coen; el cónsul de Gran Bretaña, mister Leyba; el cónsul francés, Aubin Defougerais, así como los cónsules de otros muchos países.

De nuevo, tras el pequeño discurso, el sacerdote volvió a mirar a sus ilustres invitados para comprobar que entendían lo que estaba narrando.

—Permítanme que lea esta parte del acta original del 10 de septiembre de 1877, escrita en presencia de todas estas autoridades, y la cúpula eclesiástica dominicana en pleno.

Comenzó a leer de forma ceremoniosa:[8]

> Su Señoría Ilustrísima, colocado en el Presbiterio, junto a la excavación principiada, y rodeado de las autoridades arriba mencionadas, y de un concurso numerosísimo, compuesto de personas de todas condiciones, abiertas todas las puertas del templo, hizo continuar la excavación, quitándose una lápida que permitió extraer la caja, que tomada y presentada por su Señoría Ilustrísima, resultó ser de plomo. Dicha caja se exhibió a las autoridades convocadas, y luego, se llevó procesionalmente en el interior del templo mostrándola al pueblo.
>
> Ocupada la cátedra de la nave izquierda del

8. Texto original del acta de apertura.

templo por su Señoría Ilustrísima, el Reverendo Canónigo Billini portador de la caja, el Ministro del Interior, el presidente del Ayuntamiento y dos de los notarios públicos, signatarios de este acto, su Señoría Ilustrísima abrió la caja y exhibió al pueblo parte de los restos que encierra. Así mismo, dio lectura a las diversas inscripciones que existen en ella, y que comprueban de un modo irrecusable que son real y efectivamente los restos del Ilustre Genovés, el Gran Almirante Don Cristóbal Colón, Descubridor de la América.

Adquirida de una manera incontestable la veracidad del hecho, una salva de veinte y un cañonazos disparados por la Artillería de la Plaza, un repique general de campanas, los acordes de la banda de música militar, anunciaron a la ciudad tan fausto y memorable acontecimiento.

Seguidamente las autoridades convocadas se reunieron en la Sacristía del templo, y procedieron en presencia de los infrascritos Notarios públicos, que dan fe, al examen y reconocimiento pericial de la caja y de su contenido. Resultando de este examen, que dicha caja es de plomo, está con goznes, y mide cuarenta y dos centímetros de largo, veinte y un centímetros de profundidad y veinte y medio de ancho; conteniendo las inscripciones siguientes:

- En la parte exterior de la tapa: D. de la A. P.$^{er}$ A.$^{te}$
- En la cabeza izquierda: C.
- En el costado delantero: C.
- En la cabeza derecha: A.

Levantando la tapa se encontró en la parte interior de la misma en caracteres góticos alemanes, cincelada, la inscripción siguiente:

Ill$^{tre}$ y Es$^{do}$ Varón D$^{n}$ Cristoval Colón

Y dentro de la referida caja los restos humanos, que examinados por el Ldo. en Medicina y Cirugía D. Marcos Antonio Gómez, asistido por el de igual clase, señor D. José de Jesús Brenes, resultan ser: Un fémur deteriorado en la parte superior del cuello osea entre el gran trocánter y su cabeza. Un peroné en su estado natural. Un radio también completo. Una clavícula completa. Un cúbito. Cinco costillas completas y tres incompletas. El hueso sacro en mal estado. El coxis. Dos vértebras lumbares. Otro del metatarso. Un fragmento del coronal...

—Bueno, imagino que no les interesa la anatomía del Almirante —expuso el sacerdote.

—Todo es importante para nosotros —le animó Oliver—. ¿Podríamos ver el dibujo de las inscripciones originales?

—Claro que sí. Aquí lo tengo.

Mostró primero la frase grabada en el interior de la tapa:

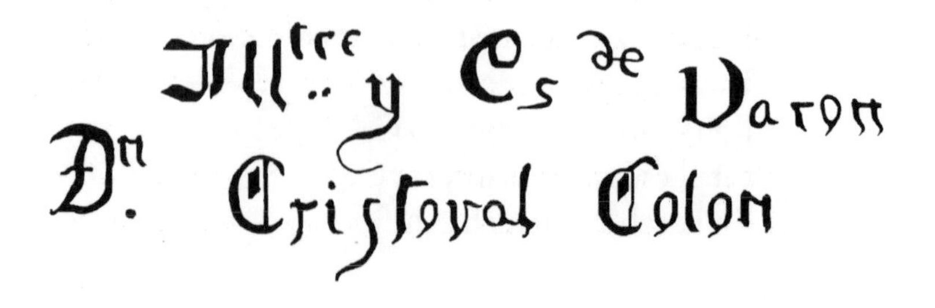

—¿Sabes lo que significa? —preguntó Altagracia a Oliver.

—Creo que significa «Ilustre y esclarecido varón don Cristóbal Colón».

—Exacto.

—¿Y el resto de las inscripciones? —solicitó el español.

El sacerdote procedió a mostrárselas:

D. de la A.

P.er A.te

—Aquí siempre hemos aceptado que la primera inscripción significa «Descubridor de la América» y la segunda, «Primer Almirante» —expuso el religioso—. Parece sensato, ¿no?

—Parece que sí —respondió Oliver—. ¿Tenía el cofre alguna inscripción más?

—Aparte de las mencionadas, no. Pero unos días más tarde, entre el polvo rojo del interior de la caja, se encontró una plaquita de plata, que había estado sujeta al cofre y que se había desprendido con el paso del tiempo. Mírela.

—Es decir, «Una parte de los restos del primer Almirante Don Cristoval Colon Descubridor» —leyó el sacerdote.

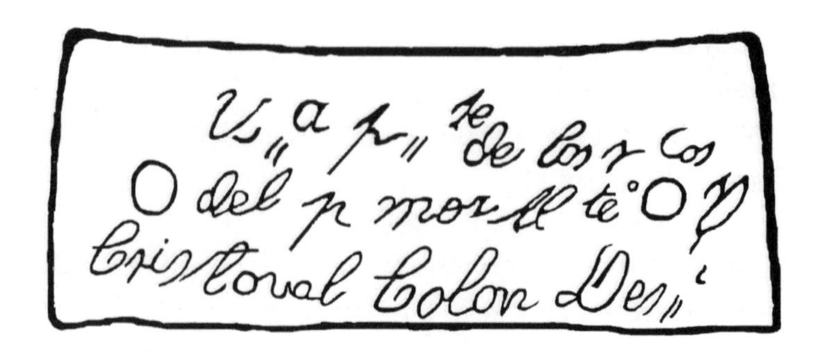

—Una de las teorías más difundidas dice que los restos de Colón podrían estar repartidos en dos urnas. Una de ellas sería la que fue a parar a Sevilla, y la otra, esta de ustedes —expresó Oliver—. Esta plaquita podría dar la razón a esta hipótesis.

—Ya conoces la historia completa del hallazgo —dijo la mujer.

—Sí. Ha sido muy interesante. Tenía conocimiento de parte de todo esto. Haberlo visto aquí mismo, tan cerca de donde pasó y contado por Arnaldo, me ha impresionado.

—Por eso los dominicanos y muchos académicos en todo el mundo —tomó la palabra el sacerdote— apuestan por que los auténticos restos del Almirante estuvieron siempre aquí, o bien que éstos estuvieron repartidos en dos ciudades. ¿Saben ustedes dónde se encuentran ahora?

—Ya nos gustaría saberlo —indicó Oliver—. Mi país ha rebatido todos estos argumentos con mayor o menor fortuna. A pesar de ello, la posición del Gobierno español permanece inalterada desde hace más de un siglo. El Almirante salió de aquí para ir a Cuba y luego a Sevilla. Además, nuestros científicos llegaron a demostrar con técnicas de ADN que los huesos de la catedral hispalense eran originales del Almirante. Eso sí, los de ustedes también podrían haber pertenecido a Colón, si los restos se hubiesen repartido en más de una urna, como dice la plaquita encontrada.

—A nosotros nos parece que nuestra teoría es un fraude improbable —añadió el sacerdote—. Muchas personas dieron fe del hallazgo. Fíjese en el acta del señor cónsul de España, que estuvo presente en el acto de apertura de la tumba, y que dirigió este escrito al ministro de Estado en Madrid:[9]

> Tengo la honra de dirigirme a V. E. comunicando lo siguiente [...] respecto a como se ha efectuado el descubrimiento de los verdaderos restos del héroe, debo decir que [...] debido a la circunstancia de hallarse la catedral en sus suelos completamente desenladrillados, luego de efectuarse varios reconocimientos respecto a la procedencia y pertenencia de algunos restos mortales depositados bajo de aquellos suelos, proporcionó como primer resultado el hallazgo del cadáver de D. Luis Colón, tercer Almirante de las Indias y Duque de Veraguas, Marques de Jamaica y nieto del célebre y arrojado Marino Don Cristóbal Colón, Exhumación a la que asistí. Constante en su propósito el digno e infatigable Sacerdote Sr. Billini, previa la venida del prelado, se propuso no dejar piedra sobre piedra sin reconocer los espacios bajo ellas y entre la tierra oculta. Y así obrando, obtuvo como final y satisfactorio resultado de sus asiduas investigaciones el descubrimiento y aclaración [...] le-

9. Texto original del acta del cónsul de España.

vantada en la tarde del día diez del mes que rige y en el que se efectuó la exhumación de los verdaderos restos mortales del invicto Marino Genovés encerrados en una caja de plomo cuyo croquis incluyo, a la presencia de los señores Ministros de la República, a la de las autoridades civiles y militares, a la del cuerpo Consular y a la de numerosa concurrencia compuesta de todas clases de la sociedad Dominicana.

Caja que al ser presentada por su Ilustrísima el Señor Obispo y leer en voz alta las inscripciones que sobre dentro y en sus lados existen, toda la concurrencia prorrumpió en sentido vitore tributados a la memoria del inmortal héroe.

Tras tres largas horas ocupado su intervalo en extender una acta por notarios públicos y formar un escrupuloso y detallado inventario en el que no sólo se especifican el número de fragmentos existentes, sino también los nombres propios suministrados por los doctores que se citaron para presenciar el acta de exhumación, se procedió a encerrar la caja en un baúl de caoba, el que colocado sobre unas andas y cubierto con un paño de Altar de rico Damasco, salió de la catedral en procesión conducido en hombro de cónsules cuya honra se compartió entre los Sres. Ministros, las Autoridades civiles y militares y particulares españoles y dominicanos, marchando al frente del féretro el Obispo [...].

Llegados por fin a la Iglesia titulada Regina Angelorum y ya colocado sobre el Altar Mayor el baúl que contiene las preciosas reliquias del Descubridor de un Mundo, en cuyo lugar hemos resuelto permanezcan depositados, mientras se repone la catedral [...].

Santo Domingo, septiembre de 1877.

Firmado: el Cónsul José Manuel de Echeverri.

—El cónsul fue destituido al poco tiempo —explicó el devoto religioso—. El Gobierno español nunca quiso entrar de verdad en el fondo de la cuestión.

—Prefiero no hablar de este tema —respondió obligado Oliver—. Hace muchos años de ese asunto. Ahora no tenemos reliquias del Descubridor ni nosotros en Sevilla ni ustedes en Santo Domingo. Dejémoslo así.

—Sí, es una pena lo que ha ocurrido. Colón no merece que le esté pasando esto.

Altagracia, consciente de lo delicado de la situación para su amigo español, decidió salir en su ayuda.

—A mí lo que siempre me ha impresionado es que los españoles, dueños de esta isla hasta hace unos siglos, nunca pusieran una lápida sobre la tumba del Descubridor, de esa persona que les hizo ser un país grande. ¿Qué hubiese sido de España sin el Nuevo Mundo?

—Los dominicanos no podían creerlo —añadió el sacerdote—. La familia Colón, los forjadores del Imperio español, que tantas riquezas lograron para la patria, sólo recibió para su sepultura un estrecho nicho bajo el suelo de la catedral.

—Y el olvido durante siglos... —añadió la mujer.

# 21

## Santo Domingo

*Descubiertos restos verdaderos de Cristóbal Colón con innegables pruebas de su autenticidad. Créese que los que existen en La Habana pertenecen a su hijo.*

Telegrama enviado al ministro de Estado en Madrid por el cónsul de España en Santo Domingo, señor J. M. Echeverri, septiembre de 1877

Ensimismado en el largo relato del religioso, no estaba siendo un buen acompañante para Altagracia mientras tomaban un ron en la plaza de la catedral.

La noche había caído sobre la capital dominicana, haciendo visible un hermoso manto de estrellas sobre la ciudad. Ella miraba el cielo sin descanso, en busca de algún astro perdido.

—¿Piensas que los mismos sujetos que guardaron planos y documentos durante años, con el objetivo de encontrar un cofre en un barco hundido, podían tener además otros propósitos? —preguntó la mujer.

—Empiezo a creer que sí. Probablemente nos hemos dejado llevar en la dirección fácil —contestó Oliver.

—Montar un dispositivo de almacenaje de documentos durante tantos años, en varias ciudades, sólo para buscar un cofre me ha parecido excesivo. Podían haber ahorrado recursos y haberlo hecho más sencillo.

—Vuelvo a recordar la teoría que nos dieron tus amigos los intelectuales. Ellos intentaron llevar el hilo de la investigación hacia un fin lucrativo. Según ellos, los ladrones de los restos podrían robar por dinero. Nunca les creí, y ahora me pregunto por qué querían desviar tan pronto nuestra atención.

—Pero en verdad había intenciones en ese sentido, como demostró el robo del cofre encontrado en Panamá —apostilló la mujer.

—Cierto. Pero hay algo más que no tiene que ver con el dinero, y tenemos que descubrir lo que es —concluyó Oliver.

*

La casa de doña Mercedes Cienfuegos, situada en el prestigioso barrio de Gazcue, había sido construida muchos años atrás.

Procedente de una de las primeras familias asentadas en la isla, ella podía dar fe de la gran contribución que sus antepasados habían realizado para desarrollar un país en el que valiese la pena vivir y luchar.

Nunca había militado en un partido político. Jamás apoyó a nadie en la obtención de un cargo público. Siempre pensó que la clase política dominicana no había conseguido elevar el pueblo más antiguo de América al nivel que se merecía. Cada vez que viajaba por Europa, sufría al comparar naciones que disponían de una clase media poderosa, capaz de cambiar Gobiernos y dirigir los designios del Estado, con su país, que no estaba a la altura internacional que merecía.

Su estirpe, la demostrada ascendencia de una de las más importantes ramas originales de los primeros asentamientos y, sobre todo, su marcado carácter vital hacían que se sintiese orgullosa de su pasado, y por eso quería cambiar el futuro.

La noche era propicia para una reunión de ese calibre. Nunca antes la reputada profesora había logrado reunir a tan distinguidas personalidades en un mismo lugar.

—Señoras y señores, quiero agradecerles a todos que estén hoy aquí, en mi humilde casa —inició la charla.

—Es mayor placer para nosotros haber sido invitados —replicó don Rafael Guzmán, rector de la Pontificia Universidad Católica Madre y Maestra, ante muchos profesores de la misma entidad docente.

—Quizá todos tengamos que celebrar una noche especial —expresó levantando una copa de vino Gabriel Redondo, profesor de la Universidad Autónoma, en presencia de muchos amigos de su entorno universitario.

Los acontecimientos de las últimas semanas habían disparado las emociones de todos ellos. Eran muchos los años que llevaban trabajando para lograr sus objetivos, quizá demasiados.

Un país como el suyo, el pueblo no indígena más antiguo del Nuevo Mundo, el primer asentamiento occidental en las nuevas tierras, iba por fin a iniciar un recorrido que le llevaría al puesto deseado, el que una sociedad como la suya se merecía.

*

Altagracia invitó a cenar en su casa a Andrés Oliver. De esta forma, su madre conocería al protector que había tenido durante el largo viaje. Nada menos que un policía español.

El pueblo dominicano, siempre afectuoso y hospitalario, suele halagar a sus invitados con la amabilidad de abrir sus hogares a huéspedes distinguidos, explicó la mujer. De esta forma, quería agradecer la buena compañía que le había proporcionado durante su periplo por Europa.

—Tú ya me acogiste en tu casa en Madrid —expresó la mujer.

—Era mi obligación. Además, lo hice con placer. Tú y Edwin siempre me habéis caído bien.

—Hablar el mismo idioma ayuda mucho.

—Imagino que hay algo más. Los dominicanos sois gente especial. Como decimos en mi país, buena gente. Da gusto estar con vosotros y compartir vuestras aficiones.

La cena transcurrió en un ambiente agradable, una vez aprobado por doña Ana el perfil de la persona que había cuidado de su hija durante un viaje tan arriesgado.

—He rezado mil veces agradeciendo a la Virgen de la Altagracia que mi hija no estuviese en el rescate del barco —expresó doña Ana con las manos en señal de súplica—. Dios mío, no quiero ni pensar lo que le habría podido pasar a mi hija en aquella playa.

—Sí, ciertamente —contestó el hombre—. No podemos saber lo que hubiese pasado, pero está claro que habría sido peligroso. Mejor así.

—Y ese joven, Edwin Tavares, qué horrible noticia. Imagino lo que sus padres deben de estar pasando. No se merecía ese final.

—Bueno, ya ha pasado todo —cortó su hija.

—Y ¿ya habéis terminado con el caso? —interrogó la madre.

—No, el asunto está quizás aún más enrevesado que al principio —contestó Oliver—. Ahora estamos siguiendo distintas pistas, basadas en el hallazgo de los restos de Colón.

—Pues yo os recomiendo que vayáis a ver a un amigo mío. Samuel Pastrana estudió conmigo y ahora le han nombrado presidente de la Academia Dominicana de la Historia. Debéis ir a verle. Es la persona que más sabe de la historia de este país. Y es de fiar. Os lo garantizo.

—Así lo haremos —acabó prometiendo su hija.

Se retiraron a tomar un último trago de ron en el patio de la casa, que había sido decorado con un bonito estilo colonial.

Plantas tropicales y vistosos macizos de flores revestían los arriates laterales del patio. No obstante, la joya del jardín era un robusto flamboyán de grandes dimensiones, que en la estación en la que estaban, se encontraba plagado de impresionantes flores de color naranja. El brillo de las estrellas terminaba de dibujar, en todo el conjunto, un espacio realmente encantador, pensaba el español.

De pronto, un apagón general dejó toda la ciudad sumida en la oscuridad, lo que hizo que el cielo luciera con más intensidad de lo normal.

—Parece como si hubiésemos pedido que apagasen las luces de Santo Domingo para ver mejor las estrellas —dijo el hombre.

Entre risas, ella descubrió que había refrescado algo, y buscó calor en los brazos del hombre.

*

No tenían nada que perder.

La Academia Dominicana de la Historia se encontraba en la calle Mercedes, situada en la zona colonial, en la denominada Casa de las Academias. Por el aspecto de la fachada, Oliver adivinó que el edificio había tenido un pasado notorio, ya que rezumaba antigüedad por los cuatro costados.

La puerta de entrada comunicaba directamente con un inmenso patio central en el que había multitud de macetas y plantas de gran variedad. Los elevados techos, los arcos entre las gruesas columnas y el resto de los componentes de la arquitectura del inmueble delataban la época de su construcción, siglos atrás.

Una amable anciana les acompañó hasta el piso superior, donde Samuel Pastrana les esperaba en una galería, sentado en una mecedora. El suelo de madera sonaba, crujiendo ligeramente, cada vez que el presidente de la Academia movía el balancín.

Les ofreció asiento en otras dos mecedoras situadas frente a una mesita donde había café recién hecho, cuyo aroma inundaba a ratos la estancia.

—Así que están ustedes investigando el robo de los restos del Almirante.

—Exactamente —tomó la palabra Altagracia—. Cualquier cosa que pueda usted aportar será valiosa para nosotros.

—Y ¿qué tipo de información puedo darles?

—Permítame que le cuente el estado de nuestra investigación —expuso el español.

Se decidió a contarle las experiencias de Sevilla, Madrid, Génova y Miami. Incluso lo acontecido en la búsqueda del pecio en Panamá.

La amistad de la madre de Altagracia con este hombre, que garantizaba su discreción, fue suficiente para que Oliver se atreviese a narrar todo lo ocurrido. Además, no tenían nada que perder, habida cuenta de que mucha gente conocía a esas alturas los acontecimientos.

Los ojos del historiador se iban abriendo conforme el hombre iba narrando el carácter de los legajos encontrados, su contenido, y la gran cantidad de datos que aportaban sobre unos hechos históricos que habían ocupado a multitud de investigadores durante siglos.

—Tiene usted que saber que esos legajos pueden arrojar mucha luz sobre la historia de Cristóbal Colón y el descubrimiento —dijo el historiador—. Desde mi punto de vista, muchos de los papeles que existían a la muerte del primer Almirante se perdieron debido a los pleitos que entabló la familia Colón en defensa de sus intereses. Como usted sabe, esos pleitos duraron decenas de años, y en ese periodo se perdió mucha información y se manipuló gran cantidad de documentos.

—Así es —añadió Oliver—. Por eso es importante encontrar los restos. ¿Está usted preparado para oír nuestras hipótesis? Le advierto de que son arriesgadas.

—Adelante. Ya saben ustedes que pueden confiar en mí.

Narró la extraña coincidencia del encuentro con los intelectuales dominicanos en varios destinos, y su inusitado interés en el caso.

La estrategia había sido estudiada previamente por los dos. Sin duda, Pastrana conocía bien a los intelectuales. Si estaba con ellos, les pondría sobre aviso, cosa que podría impulsarles a cometer algún error. Si no lo estaba, podía darles a ellos información muy valiosa. Por tanto, se trataba de un paso nada arriesgado.

Tras acabar la explicación de todos los hechos acontecidos hasta ese momento, el historiador alcanzó un grado de expectación que preocupó a Altagracia. En todos los años que hacía que le conocía, nunca había visto a ese hombre en ese estado de nerviosismo.

—Estén tranquilos, que yo estoy con ustedes. Me parece una brutalidad el robo de las reliquias, aquí y en España. Cuenten conmigo, y permítanme que les haga partícipes de algo confidencial. Extraño, yo diría.

El historiador explicó que en los últimos días la excitación de esos personajes había ido creciendo de forma alarmante. Hacía dos días, el Mesón de Bari había sido cerrado para la celebración de una multitudinaria comida donde nadie había podido entrar, salvo un reducido círculo de conocidos. La noche anterior, doña Mercedes había organizado una cena privada en su casa, con la asistencia de gran cantidad de intelectuales, sin que se conociese el contenido de lo tratado. Esa misma mañana, la exaltación aún permanecía en el rostro de muchos de los asistentes a la cena, entre los que se encontraba un colaborador suyo de la Academia, por lo cual debían tener precaución de no hablar en voz alta.

—En fin, les aviso de que están pasando cosas raras en el entorno de estos señores, y Mercedes Cienfuegos tiene mucho que ver. No tengan la menor duda de lo que les digo.

—Y ¿no tiene usted ni una sola teoría? —analizó Oliver.

—Sólo una. Esta gente lleva años reclutando personas de la intelectualidad, principalmente de las universidades, nunca políticos, para establecer un plan que fortalezca la sociedad civil dominicana.

—¿Cómo? ¿De qué manera podrían hacerlo? —interrogó la mujer.

—No lo sé. Ellos forman parte de ese reducido grupo de personas que se ha rebelado contra el sistema político de nuestro país. Buscan algo nuevo, un revulsivo, algo que cambie el mundo en el que vivimos los dominicanos. Pero no sé en el fondo de qué se trata.

—Y ¿sabe algo más que nos pueda ayudar? —preguntó la dominicana.

—Sí. Pero les ruego que no digan que yo se lo he dicho —pidió el historiador, bajando la mirada.

*

La planta baja del edificio estaba dedicada al personal administrativo y archiveros de la Academia de la Historia, así como al departamento de reprografía. El trajín de papeles y legajos en varias mesas, donde la gente podía consultar los numerosos expedientes almacenados en la base documental de la Academia, hizo que el subdirector se refugiase en su despacho para hacer una llamada.

La presencia de la secretaria de Estado de Cultura y del policía español no le había pasado desapercibida.

La jefa tenía que saberlo de inmediato.

*

Unos días atrás, cuando Altagracia estaba en Europa, Samuel Pastrana tuvo conocimiento de extraños movimientos de personas dentro de la catedral. Gente entrando y saliendo durante la noche, y que portaban en algún caso herramientas y materiales de construcción, hizo que algunos religiosos y el personal del ámbito de la gestión catedralicia calificaran los hechos de inexplicables. No obstante, nadie había podido demostrar nada y todo estaba en su sitio a la mañana siguiente.

—Vaya sorpresa. Nosotros estuvimos allí ayer y no vimos nada —explicó la mujer.

—Pues aquí no termina todo —dijo nervioso el historiador.

Unas semanas antes, habían pedido numerosos documentos a la Academia de la Historia a través del servicio de reprografía. Quizá si no se hubiesen producido esos rumores sobre el trasiego de personas en el interior de la catedral durante la noche, el contenido del material solicitado habría pasado desapercibido.

Pero debido a los comentarios existentes en buena parte de la sociedad intelectual de Santo Domingo sobre los inexplicables ruidos y movimientos en el interior catedralicio, él no tuvo más remedio que echar mano del registro y ver qué tipo de documentos habían sido fotocopiados.

La sorpresa fue mayúscula.

Alguien había estado durante años fotocopiando planos que llevaban siglos almacenados en estanterías sin atraer la más mínima atención de nadie.

—¿A quién podía interesar el sistema constructivo de nuestra catedral? ¿Por qué han fotocopiado hasta el último plano durante tantos años? —se preguntó a sí mismo el presidente de la Academia de la Historia.

Planos de las primeras excavaciones, dibujos de las modificaciones realizadas en los inicios de la construcción, cuando sobre la marcha se iban cambiando los detalles constructivos en función de la evolución de las obras y, sobre todo, listados de los materiales y detalles de la cimentación habían sido fotocopiadas por triplicado.

—Y ¿no sabe cuál podría ser el destino de esa información? —preguntó un acelerado Oliver.

—No tengo ni idea, pero ya ven que han estado haciendo uso de ella.

*

El afán colaborador de Pastrana quedó patente cuando les ofreció una copia del último material documental que habían retirado los intelectuales.

De vuelta a la oficina, estudiaron los planos y las fotocopias facilitadas por el historiador. Observaron que a simple vista el material reproducido no se correspondía con la idea que ellos tenían sobre la planta de la Primada. Altagracia pidió urgentemente que le trajesen los mejores planos disponibles de la configuración actual del edificio, incluyendo todas las dependencias superiores e inferiores, así como la posición del altar mayor y las ampliaciones que se habían realizado en el transcurso de los años.

Unas bandejas de chicharrón de pollo con tostones y unas cervezas, llevadas al despacho, permitirían seguir trabajando toda la tarde sin descanso.

Tras el ligero almuerzo, Oliver comparó los planos históricos del archivo con las dimensiones actuales del templo y comprobó que había partes que no coincidían.

—Es inexplicable —razonó la mujer—. En teoría, esta catedral ha permanecido inalterada en los cinco siglos que lleva construida, salvo el presbiterio, que ha sido modificado en varias ocasiones, y el coro, que fue desmontado. No hay constancia, en todos los años que lleva en pie, de que parte de la configuración inicial, tal y como la concibieron los españoles y fue desarrollada entre 1514 y 1540, haya cambiado.

—Pues aquí lo ves. Una de dos: o el plano original ha

sido modificado o el que te han traído no se corresponde con la realidad.

Una mirada entre ambos bastó para saber que la única forma de salir de dudas era ir a comprobarlo.

Esperaron un par de horas hasta que anocheció, aprovechando ese tiempo para analizar bien la parte de edificación que habrían de investigar.

La secretaria de Estado de Cultura pidió a un hombre de su entera confianza una copia de la llave de la puerta lateral, menos pesada y más discreta que la puerta principal. También le solicitó un par de buenas linternas.

Cuando la iluminación artificial se apagó, la piedra de la fachada exterior del templo apareció de pronto lúgubre y algo tenebrosa. La noche ofrecía un aspecto cerrado. Para colmo, cuando se estaban acercando, un nuevo apagón general dejó la ciudad sumida en una profunda oscuridad.

Un nudo se formó en el estómago de Altagracia, que se alegró más que nunca de estar acompañada de Andrés Oliver.

# 22

# Santo Domingo

*De ti espero, Señor, que la confusión no dure eternamente.*

Nota manuscrita por Cristóbal Colón
en el *Libro de los Privilegios*

El interior de la catedral presentaba un aspecto frío y tranquilo. La quietud del templo les recordaba que allí se conservaban muchas tumbas. De alguna forma, no dejaba de ser un panteón de personas ilustres, las más influyentes en la historia del país.

Por señas, la mujer indicó que podían encender las linternas. Oliver señaló que hablaran en voz baja para que nadie desde fuera supiera que había personas en el interior.

Orientaron sus linternas hacia una puerta de madera labrada, donde comenzaban las modificaciones marcadas en los planos originales. Se dirigieron allí con la firme intención de abrir la pesada puerta, que se abatió sin oponer ningún tipo de resistencia. Mientras la sostenía, el hombre avanzó en primer lugar, y permitió que Altagracia entrase tras él.

La oscuridad en la sala era total.

El plano de principios del siglo XVI reflejaba que allí debía haber una gran estancia, mucho mayor que la habitación en la que se encontraban. Ambos se encogieron de hombros, apreciando la evidencia de que la dimensión actual no se correspondía con la originalmente construida.

—Debe de haber otra sala anexa a ésta —reflexionó Oliver.

La habitación era usada para conservar distintos elementos de la liturgia. Un escaso mobiliario y varios cuadros con motivos religiosos completaban la estancia. Ningún otro acceso conducía al resto del espacio marcado por el plano antiguo.

Se miraron para buscar soluciones.

Altagracia trató de encontrar alguna losa en el suelo, como la que halló en Génova, que permitiese el paso hacia algún habitáculo oculto en el subsuelo. No parecía que la solería de esa habitación admitiese tal cosa.

—Tendremos que tratar de buscar otro camino para llegar a la parte trasera de este muro —propuso el hombre.

Salieron de la dependencia y buscaron con ahínco algún camino que les condujese a esa zona de la catedral.

—Quizá debamos subir para intentarlo desde arriba —recomendó la mujer.

Él levantó el pulgar en señal de que aceptaba la idea. En consecuencia, buscaron alguna puerta o bien un pasillo que condujese de alguna manera a la parte superior.

—He visto desde la plaza que las ventanas superiores del templo están tapiadas con maderas —dijo Oliver—. ¿A qué se debe?

—Estas habitaciones fueron ocupadas hace muchos años por distintas personalidades, que habitaban en el mejor refugio de la isla. Ten en cuenta que esta catedral ha llegado a usarse como fuerte, e incluso ha tenido cañones apostados en la parte superior. En otro momento de nuestra historia, aquí han vivido obispos y otras autoridades eclesiásticas, pero creo que desde hace tiempo nadie habita esas dependencias.

—Pues tratemos de encontrar la dirección para llegar a las habitaciones.

La mujer le indicó el camino. Un estrecho pasillo conducía a unas escaleras que parecían cerradas al paso en la parte superior. En efecto, la entrada estaba cortada por una puerta de madera maciza dispuesta en el último peldaño de la empinada escalera.

—Tendremos que usar algún método poco ortodoxo —señaló el hombre mientras sonreía.

Sacó del bolsillo un manojo de llaves y fue probando hasta que encontró una que hizo crujir ligeramente la cerradura. La puerta se abrió sin oponer resistencia.

—Pensaba que el manitas del grupo era Edwin, pero veo que en la academia de policía os enseñan a todos a hacer esto —rió la mujer.

—Y otras cosas que desconoces...

La parte superior de la antigua Catedral Primada de América parecía abandonada. Una amplia sala al final de la escalera daba paso a otras habitaciones que se encontraban totalmente vacías. Los muros de piedra lucían una enorme capa de moho, fruto de años de existencia.

De pronto, las luces del exterior de la catedral se encendieron, dando fin al apagón. A través de las maderas que tapaban las ventanas pudieron observar que la luz había vuelto a la ciudad.

—Aquí no parece haber nada. Busquemos más o menos por donde puede estar la parte superior de la sala oculta que, según los planos, debe existir, y a la cual no pudimos acceder desde la planta de abajo —propuso el hombre.

Se dirigieron hacia la parte trasera de las habitaciones. Allí descubrieron en el suelo una trampilla de madera que podría corresponder a la parte superior de la sala oculta.

La mujer tiró de una argolla y la trampilla se elevó sin problemas. Oliver orientó la linterna hacia el interior y comprobó que había una escalera de mano, fabricada con cuerdas y maderas.

Bajaron con precaución y observaron que efectivamente se encontraban en la sala oculta que habían adivinado antes.

La oscuridad era total. Las linternas iluminaban una reducida zona de la amplia y desnuda estancia. Los materiales de construcción empleados en esa parte del templo delataban que su edificación se había realizado en un momento diferente.

Analizaron el recinto y descubrieron que otras escaleras conducían a una parte inferior, que comenzaba a estar por debajo del nivel de la plaza.

—No tenía ni idea de que esta catedral tuviese alguna zona excavada bajo el nivel cero de edificación —dijo la mujer, sorprendida.

—Ni ninguno de los planos que tenemos, ni los originales, ni los conservados en la Academia de la Historia, ni los que encontramos en Génova, marcan este descenso hacia cotas menores.

El nivel de humedad iba aumentando conforme avanzaban, impregnando de un fuerte olor el ambiente.

De repente, oyeron un ruido en la parte superior. Alguna puerta había sido cerrada bruscamente.

El hombre ascendió con rapidez y observó que alguien había retirado la escalera de mano por la que habían bajado, y la trampilla había sido bloqueada.

—Alguien nos ha encerrado —expresó Oliver.

—Y ¿qué hacemos ahora? —dijo la mujer, mostrando su preocupación.

—Bajemos a ver qué hay por aquí.

Respiraron profundamente, comprobando que la humedad rezumaba por las paredes. Llegaron a una inmensa sala donde las linternas apenas dejaban ver el fondo.

—Debemos de estar justo debajo de la nave central de la catedral —expuso el español—. Si continuamos un poco más, estaremos debajo del altar mayor. Esto es increíble.

—Sí lo es. Y esto es más increíble aún.

Altagracia había descubierto un interruptor que prendió sin preguntar.

La estancia se iluminó como si mil soles hubiesen sido dispuestos en el interior del enorme espacio. Tuvieron que taparse los ojos, acostumbrados a la penumbra. Cuando recuperaron la visión, lo que vieron les dejó sin aliento.

Era como si una nueva catedral hubiese sido construida bajo la Primada de América.

Arriba, varios hombres habían determinado dejar encerrados a los intrusos hasta que sus superiores dictaminaran qué hacer con ellos.

Hicieron una llamada y esperaron recibir instrucciones.

Nadie iba a salir de allí mientras tanto.

*

El suelo y las paredes eran de mármol. El piso parecía un espejo a causa del perfecto pulido al que había sido sometido. Hermosas tallas y valiosos cuadros adornaban las paredes.

Lo que estaban viendo era sensiblemente mejor que el interior del templo que tenían en la planta superior.

—¿Quién ha podido construir esto? ¿Cuánto tiempo habrá llevado? —se preguntó Altagracia, que no daba crédito a lo que veía.

—¡Ven a ver esto! —gritó Oliver desde el extremo opuesto.

Quedaron sin aliento durante unos minutos. Aquello no podía ser asumido sin respirar varias veces y comprobar después que no estaban soñando.

*

El teléfono celular de uno de los hombres sonó con fuerza.

Parecía que las ansiadas órdenes llegaban al fin. Una voz les indicaba imperativamente que no dejasen escapar a los intrusos.

En unos instantes estaría allí para resolver la situación.

En caso de que huyesen los inoportunos visitantes, pagarían el error con sus vidas.

*

Una enorme figura tallada en mármol yacía sobre una sólida base de granito pulido. La belleza de la representación sorprendió a la mujer, que relacionó inmediatamente la efigie con el Gran Almirante del Mar Océano.

—Es una tumba —dijo Altagracia pausadamente.

—No te quepa la menor duda. Pero es mucho más que eso. Es un nuevo mausoleo para Cristóbal Colón, justo debajo de donde fue mediocremente enterrado hace quinientos años. ¿Para qué habrán hecho esto?

Una gran lápida sobre la tumba, simple pero precisa, dejó claro el objeto de esta obra.

La firma del Descubridor apareció ante sus ojos, sobre una nueva lápida que pretendía paliar que nunca hubiera tenido una.

S<br>
S A S<br>
X M Y<br>
Xpo FERENS

AQUÍ SE ENCUENTRAN LOS RESTOS DEL HOMBRE<br>
QUE UNIÓ DOS CONTINENTES,<br>
POR AÑOS OLVIDADO.<br>
QUINIENTOS AÑOS DE POSTERGACIÓN<br>
DAN PASO A MILES DE AÑOS DE VENERACIÓN<br>
AL DESCUBRIDOR QUE ENSANCHÓ<br>
NUESTRO MUNDO

Leyendo varias veces la inscripción, les quedó claro que acababan de hallar lo que tanto tiempo llevaban buscando: los restos de Cristóbal Colón se encontraban allí sepultados.

*

Un golpe seco en la parte superior de las escaleras retumbó en toda la nave soterrada. Tras el susto inicial, esperaron que el eco terminase para poder hablar.

—¿Quién puede estar detrás de todo esto? —preguntó Altagracia—. ¿Quién ha podido trabajar durante tanto tiempo en este proyecto?

—Los mismos que escondieron los legajos en Sevilla, Génova y probablemente otras ciudades.

—¿Sigues pensando que doña Mercedes y sus amigos robaron los huesos?

—Aquí está la prueba —sentenció Oliver.

De pronto, una voz ronca, entre sombras, les sacó de la duda.

—Te equivocas de nuevo, amigo Andrés.

Richard Ronald apareció con un impecable aspecto, bronceado como siempre y con una amplia sonrisa, delatando su felicidad por haberles sorprendido.

*

No les era posible pronunciar palabra alguna.

El estupor producido por la presencia del americano les dejó sin recursos. Quizá por eso, no percibieron que llevaba una pistola y que les estaba apuntando.

—Levantad las manos —exigió, mientras registraba al español en busca de algún tipo de arma.

—No esperábamos verte aquí —le dijo Oliver—. Te hacíamos en una cama de hospital agotando tus últimos días.

—¡Ah! También os creísteis eso. ¡Qué ilusos!

—Nos has mentido de forma lamentable. Nunca habría imaginado que hubiese alguien tan rastrero, capaz de embaucar de esta manera —soltó la mujer—. Eres de la peor calaña que he visto en mi vida.

—Pues sí, ya veis. Pero esta operación me va a hacer rico —contestó, sin dejar de sonreír.

—Ya eres rico —le espetó Oliver.

—Bueno, tienes razón. Aún más rico. Además del botín del pecio, me voy a quedar con algunas otras cosas que voy a vender a un precio muy alto. No he hecho cuentas, pero estoy seguro de que sacaré una buena tajada de los distintos elementos recuperados.

—Imagino que ya puedes decirnos quién estaba detrás de todo esto. ¿Qué papel han jugado en esta farsa doña Mercedes y sus amigos?

—Amigo Andrés, eres un buen policía, pero siento decirte que en este caso te has equivocado muchas veces. Has cometido errores imperdonables.

—¿Fueron ellos los autores del robo de los restos? —preguntó la mujer de inmediato.

—¡Qué ilusos son los latinos! —dijo Ronald entre risas—. Ellos son unos idealistas y vosotros, unos pardillos.

—¿A qué te refieres? —preguntó Oliver.

—Yo robé los huesos de vuestro Gran Almirante. Y robé los dos, porque no sabía cuáles eran los buenos. Un visionario como Colón, un hombre que se lo jugó todo por alcanzar un sueño, haciéndoles un pueblo rico y grande, y no le hacen ni caso. Nosotros, los americanos, le hubiésemos nombrado héroe nacional a perpetuidad y le hubiésemos construido el mausoleo más grande de toda la humanidad. En este sentido, su amiga doña Mercedes tiene razón.

—Si tú robaste las reliquias, ¿por qué iban detrás de nosotros los intelectuales? ¿Qué tenían que ver con el robo? —preguntó indignado Andrés.

—Pues es fácil de explicar. Sentaos sin moveros y os lo cuento. Creo que merecéis conocer la verdad antes de morir.

Altagracia sintió un vuelco en el estómago. Nunca

hubiera imaginado terminar así, muriendo en la catedral a manos de un loco soberbio capaz de matar por ser un poco más rico.

Oliver escuchaba al americano buscando al mismo tiempo alguna escapatoria a la situación. Su mente se aceleró tratando de encontrar alguna salida.

Richard Ronald les exigió que se sentasen en uno de los bancos de mármol dispuestos frente a la enorme nueva tumba del Descubridor de América.

Aún recordaba el año que compró los antiquísimos legajos en París. Nunca antes se había conmovido por la compra de ningún tipo de reliquia como con ésa. En definitiva, él compraba antigüedades y arte para luego venderlas al mejor postor. Jamás compraba para uso y disfrute personal. Pero esta vez, las anotaciones al margen de ese libro le habían emocionado. En cierta medida, cuando supo que eran notas manuscritas del mismísimo Colón y las pudo entender, comprendió que él y ese genovés tenían muchas cosas en común. La búsqueda de un sueño, la visión de un negocio futuro, por difícil que fuera, la persecución de metas insospechadas a cualquier precio eran facetas compartidas con el nauta. Por eso, cuando terminó de leer las notas escritas en ese pobre castellano que utilizaba el marino, viajó inmediatamente a Sevilla, porque había intuido que esas hojas pertenecían a algún libro que el genial Descubridor siempre llevaba consigo.

Allí se adentró en los misterios colombinos, y conforme iba estudiando la historia del descubrimiento, más se involucraba en el que podía ser el mayor proyecto de su vida: recuperar el tesoro del que hablaban los legajos y convertirse en el descubridor del Descubridor.

Pero el proyecto duró más de cincuenta años. No

había manera de encontrar las referencias perdidas, y los documentos que compró junto con los de Sevilla no contenían suficiente información para localizar el tesoro.

Fue en esa época cuando creó la gran empresa en Panamá para buscar el pecio. Decenas de años de rastreo de barcos hundidos no sirvieron para encontrar la nave colombina. Afortunadamente, la XPO Shipwreck Agency consiguió recuperar otros barcos y casi se pagaba el mantenimiento de esta inversión, sólo con esos pequeños rescates cada cierto tiempo.

La suerte volvió a llamar a su puerta muchos años después, cuando entró en contacto con esos locos que durante casi quinientos años habían perseguido un ideal absurdo. Aunque nunca supo bien cuáles eran los fines últimos de esta gente, lo cierto era que, entre otras cosas, querían encontrar el barco hundido, según ellos, su barco.

Poco a poco, fue introduciéndose en el grupo. La dificultad era máxima, porque esta gente era una comunidad cerrada con objetivos comunes, que durante años habían sabido mantenerse unidos en torno a un ideal.

Consiguió conectar gracias a lo que mejor sabía hacer en su vida: pactar.

Los legajos que él tenía contenían información valiosa, y esa gente la necesitaba. Pero aun así, no le hicieron caso hasta que no llevó a cabo la locura más grande que había hecho en su vida: robar los restos del Almirante.

Con esta acción, cientos de personas, o quizá miles, dignos herederos de la trama colombina, asumieron que el americano tenía algo por lo que merecía la pena pactar.

Expoliar las dos tumbas había sido la mayor ocurrencia de su vida. Una vez en posesión de los huesos auténticos del Descubridor, cosa que ahora nadie dudaba, el pacto estaba servido.

Los siguientes pasos fueron fáciles, hasta que llegaron los tres investigadores y metieron sus narices en asuntos que no les importaban.

—Jamás imaginé que seríais capaces de encontrar los legajos de Sevilla y Génova. Yo invertí muchos años de mi vida en buscarlos y nunca conseguí ni un solo papel —se quejó el americano.

Andrés Oliver hizo a Altagracia un gesto de agradecimiento por las geniales ideas que tuvo en la búsqueda de los documentos. Sin ella, nunca los hubiesen encontrado.

—Y ¿en qué consistió el pacto? —preguntó la mujer.

—Pues algo así como huesos por dinero —dijo entre risas el americano.

Una vez en posesión de los restos del Almirante, el trato fue sencillo. Fueron ellos los que ofrecieron la excelente idea de hacer que Ronald llamase a Oliver ofreciendo verse en Miami para recuperar los planos y los legajos que habían conseguido en Génova.

—A cambio de los huesos de su querido Almirante, ellos ofrecían el cofre para mí, con todo lo que contuviese.

»Salvo una pequeña parte, que ellos quisieron utilizar para acabar este nuevo mausoleo bajo la auténtica tumba del Descubridor.

—Y ¿la matanza de Panamá? ¿Estaban ellos al corriente? —preguntó Altagracia.

—No, en absoluto. No hacer daño a nadie era una condición que ellos impusieron y que yo no pude respetar. Era imposible sacar de allí el cofre y cumplir con los estúpidos documentos que me hicisteis firmar en presencia de los embajadores. No me dejasteis más opción.

—Entonces, doña Mercedes no está implicada ni en el

robo de los restos ni en la matanza de Panamá —reflexionó en voz alta la mujer.

—Así es —sentenció el americano—. Esta gente es incapaz de matar una mosca.

Altagracia dio un gran suspiro de alivio.

—Y ¿entonces? —preguntó Oliver—. ¿Qué haces tú aquí? ¿Por qué no has huido con tu dinero?

—Porque aún tenemos asuntos que resolver entre nosotros, y alguna cosa que repartir.

En ese momento, tres personas aparecieron detrás del americano.

Doña Mercedes y sus dos inseparables compañeros surgieron súbitamente de la oscuridad.

Ronald les apuntó de inmediato y les pidió que no se moviesen. Una vez reunidos todos tras la tumba, sería más fácil controlarlos.

—¡Qué inoportunos! —gritó—. Ahora tendréis que presenciar la muerte de esta pareja de entrometidos.

—Pues tendrás que matarnos a los cinco —respondió con valentía doña Mercedes Cienfuegos—. ¿Serás capaz?

—Ya sabes que sí —dijo entre risas—. Tuvimos que matar al mulato ese que acompañaba a estos dos, y a todos los de la expedición en Panamá. La verdad es que he perdido la cuenta de las muertes que ha originado este asunto.

—El mulato ese se llamaba Edwin Tavares, y era el mejor policía que he conocido jamás —gritó Oliver con ira.

—Vaya, el señor Oliver emocionado. Nunca te había visto así. Ni siquiera el día que robé un Velázquez en Madrid delante de tus narices.

—Explícanos qué vas a hacer con cinco cadáveres tú solo, Ronald —retó Gabriel Redondo—. Ten en cuenta que los chicos que tenías arriba han huido cuando les hemos dicho que venía la policía dominicana, y ahora, estás en solitario para llevar a cabo esta pesada labor.

El americano pareció contrariado. Echó mano de su teléfono móvil y observó que allí, bajo tierra, no tenía cobertura.

Rafael Guzmán se abalanzó sobre él.

El americano, sorprendido por el ataque del rector, le disparó a bocajarro hiriéndole en el estómago.

Oliver saltó de inmediato derribándole y provocando que todos le imitaran, en el intento de reducir al hombre de la pistola, que realizó un nuevo disparo.

Se produjo un largo silencio sólo roto tímidamente por el eco provocado por la detonación. Cuando cesó, observaron en silencio dónde había acabado el tiro.

El español había sido alcanzado en un brazo, que sangraba de forma abundante.

Ronald se levantó y ordenó a todos que se retirasen hacia la parte trasera de la tumba, donde pudiese verlos con suficiente distancia. Nadie le hizo caso, dada la necesidad de atender a los heridos.

Altagracia acudió a Oliver tratando de parar la hemorragia. Tomó la corbata del rector, que yacía en el suelo, socorrido por doña Mercedes, y le practicó un torniquete.

Gabriel Redondo observó que era la única persona desocupada en ese momento capaz de pensar en una solución al acuciante problema. Pensó que Ronald era un hombre habituado a ordenar matar, pero poco inclinado a apretar el gatillo por sí mismo. Actuó con rapidez acordándose de que un poco más atrás habían ubicado un pozo por el cual se comunicaba la catedral con la Fortaleza Ozama, a través de un antiguo túnel que habían descubierto. Había sido construido por los españoles cientos de años atrás, con objeto de proporcionar una salida hacia el puerto a los religiosos y a las personalidades en caso de ataques.

El pasadizo estaba en proceso de rehabilitación y sólo ofrecía por el momento un enorme agujero en el suelo de la nueva nave central soterrada.

—Creo que no va a ser capaz de matarnos a todos, señor Ronald. Si promete no hacernos daño, le doy sus joyas y su oro, tal y como acordamos, y se larga.

—Dígame dónde están y luego haré lo que tenga que hacer —le espetó.

Gabriel Redondo se dirigió al enorme boquete abierto y le indicó que allí se encontraba lo que buscaba. Ronald se inclinó hacia la oscuridad en la dirección que le marcaba el intelectual dominicano. En ese momento, doña Mercedes, mujer de cierta edad pero muy ágil debido a su carácter enérgico, se abalanzó sobre el americano y lo envió al fondo del abismo, con ella detrás.

Ambos cayeron al vacío con enorme estruendo. En su caída se habían llevado por delante parte del andamio allí ubicado para la reparación del pasadizo.

Oliver se levantó y, seguido de Altagracia, acudió al rescate de la profesora. Las linternas que habían llevado fueron de gran utilidad para ver lo que había ocurrido.

Richard Ronald permanecía inmóvil en el fondo del enorme boquete, con un tubo metálico atravesado en el pecho. Un enorme charco de sangre impregnaba el suelo de la zona de obras.

Doña Mercedes se movía ligeramente, aunque una de sus piernas parecía doblada en una posición imposible. El español pidió a gritos que alguien saliese a pedir ayuda mientras él bajaba en auxilio de la profesora.

# 23

## *Santo Domingo*

*Cristóbal Colón [...] durante muchos años medita el gigantesco proyecto de ensanchar el orbe conocido; emplea gran parte de su juventud en mendigar recursos para su atrevida empresa y al final la lleva a cabo entre impedimentos de todo género.*

*Los Reyes de Castilla podrán decir en adelante que el sol no se pone en sus dominios. Emperadores e Incas poderosos se llamarán tributarios de la venturosa monarquía española.*

*¿Y qué le reserva la suerte al Descubridor en cambio de tanta fe, de tanta constancia, de una vida entera consagrada a la realización de ese ideal de su alma?*

*Causa tristeza decirlo.*

EMILIANO TEJERA, *Los restos de Colón en Santo Domingo*, 1878

La luz del sol molestó seriamente los ojos de Oliver. Acostumbrado a la oscuridad de los pasadizos de la catedral en la que había sufrido buena parte de la noche, y a la penumbra de la habitación del hospital en la que había pasado el resto, la luz de ese hermoso día se le antojaba intensa. Pero prefería cien veces esa deslumbrante mañana a las tinieblas en las que había transcurrido la escabrosa escena bajo la catedral. La herida no tenía gran importancia y, al menos, en ese momento las cosas estaban más claras.

Altagracia le había prometido acercarse en el coche oficial a recogerle. El chófer bajó para abrirle la puerta y le saludó efusivamente.

Dentro, la dominicana hojeaba los diarios del día, con un brillo especial en la mirada.

—Veo que te ha sentado bien la noticia: tu mentora es una persona íntegra, tal y como tú siempre la has visto. Una profesora ejemplar.

—Sí, ya me vas conociendo bien. No podía aceptar que una persona como ella cometiese irregularidades. Eso era sencillamente imposible de asumir, no sólo por mí, sino por toda la generación que ha encontrado en ella una serie de valores.

—Bueno, aún hay detalles que no conocemos. ¿Por qué han estado trabajando durante tantos años en el subsuelo de la catedral? ¿Qué perseguían con ello? ¿Cuál ha sido el papel de tus amigos en toda esta historia? Hay cosas que no entiendo.

—Ahora vamos a descubrirlo. Doña Mercedes ha despertado de la operación y ha pedido el desayuno. No debe de sentirse muy mal.

*

La habitación del hospital lucía flores por todos lados. No había un rincón libre donde dejar un solo ramo ni adorno floral.

El olor llenaba la estancia de tal forma que desde el ascensor se podía intuir el improvisado jardín.

Se acercaron al mostrador de la planta para interesarse por la salud de don Rafael Guzmán. Les indicaron que aún permanecía dormido, pero que estaba fuera de peligro.

Doña Mercedes se encontraba tendida en la cama con una pierna elevada. La operación había llevado varias horas, pero había concluido con éxito.

—¡Mi niña! —gritó nada más ver a su alumna preferida—. ¡Vaya noche que hemos pasado! ¿Cómo está usted, señor Oliver?

—Un poco cansado, pero saldré adelante. ¿Y usted?

—Creo que no daré clases durante unos meses. Mis alumnos se alegrarán.

—No creo que sea para tanto, aunque te vendrá bien un descanso —dijo Altagracia.

—No quiero ser descortés —expresó Oliver—, pero ¿podría usted contarnos la historia completa? Creo que merecemos una explicación después de tantos traqueteos.

—No creo que deba. Tengo ciertas obligaciones con mis compañeros.

—No tenga usted ningún temor. Lo que nos cuente quedará para nosotros, y ya veremos cómo arreglamos la situación con nuestros respectivos Gobiernos.

—Hazle caso, Mercedes. Nos ha parecido increíble el trabajo que habéis hecho, pero ahora hay que aclarar algunos asuntos legales en varios países. Si nos cuentas todos los detalles, trataremos de ayudaros.

—Bien, confío que alguna vez me perdonen mis compañeros. Es una larga historia.

—Conocemos una parte de los últimos años, y la larga espera para recuperar el barco. Pero imagino que hay muchas más cosas —dijo el español.

—Sin duda. El barco es lo de menos. Vosotros habéis accedido a varios archivos que tenían esa información, pero hay más, muchos más. En todo el mundo hay cientos de monumentos con información en su interior.

Doña Mercedes relató el enorme esfuerzo realizado durante años, acumulando información sobre el descubrimiento y los grandes hechos llevados a cabo por el Gran Almirante.

A pesar de eso, ni ellos mismos conocían todos los detalles de la gran gesta llevada a cabo por Cristóbal Colón.

—Y ¿cuál fue el principio? —le preguntó su alumna.

Todo comenzó en el cuarto viaje.

Casi todo lo acontecido en ese tremendo desplazamiento por la ruta de las tempestades y de las tormentas, siguiendo una derrota que debía llevarles hacia las Indias y al Gran Khan, concluyó en un insultante encierro en Jamaica, que terminó con la fe del Almirante y sumió a la tripulación en el más terrible de los desengaños.

Una parte de los marineros se rebeló contra el Descubridor, con poca fortuna. La otra parte comprendió en ese viaje la gran injusticia cometida con el hombre que sabía predecir huracanes y adivinar eclipses.

Mientras eran rescatados de Jamaica y llevados a Santo Domingo, los hombres fieles que aún quedaban junto a él juraron mostrar al mundo la gran obra del héroe que les había dirigido tan sabiamente y que tanto había hecho por la humanidad.

—Fue entonces cuando supimos el significado de la firma de Cristóbal Colón.

Los ojos de la dominicana y del español se abrieron a la par, haciendo reír a la profesora. Cuando aún la miraban sin saber cómo reaccionar, dijo:

—Ya sé que hay gente que mataría por esta información. Pero creo que después de lo ocurrido, el mundo debe saber lo que nuestro querido líder tenía escondido en ese jeroglífico. Éste es el momento de descubrirlo.

Un Almirante debilitado y maltrecho por el largo viaje, las enfermedades y la edad se decidió a contar a sus hombres más fieles el objeto de su gran gesta y sus aspiraciones para el devenir de la humanidad a través de la fortuna que debía ser suya por los privilegios firmados en las Capitulaciones de Santa Fe.

—Hombre profundamente religioso y ambicioso, el Almirante no sólo luchaba por los derechos de su familia, también pretendía cambiar el mundo y hacer imperar el cristianismo por toda la Tierra. Para empezar, consiguió hacerlo en este nuevo continente llamado América, que se abrió a la doctrina de Cristo gracias a su obra. La firma era una forma más de legar a sus descendientes la enorme misión que él había iniciado con el descubrimiento.

»Los trazos misteriosos de su rúbrica, la disposición espacial en forma triangular e incluso las vírgulas estaban estratégicamente dispuestos.

»Si me traéis un papel, seréis los primeros seres humanos que no pertenecéis a nuestra comunidad colombina y que conocéis el significado de este mito histórico.

Rápidamente, Oliver sacó su agenda de la chaqueta con gran nerviosismo, y Altagracia buscó de forma acelerada un bolígrafo dentro de su bolso, lo que provocó que algunos objetos se le cayesen al suelo.

Doña Mercedes comenzó a garabatear unos signos en el papel sin dejar que se acercasen hasta que estuviesen terminados. Una vez concluido, mostró el criptograma de la firma resuelto:

Sum<br>
Seruus Altissimi Saluatoris<br>
Xriste Maria Yavé<br>
: XPO FERENS./

—La firma expresa la profunda vocación de Colón por llevar la palabra de Cristo y la salvación al mundo entero. Como se puede ver, la parte superior está escrita en latín, y su significado es: «Soy el Siervo del Altísimo Salvador.»

—Y ¿qué significa XPO FERENS? —preguntó el español, consciente de que estaba ante un hallazgo histórico.

—XPO es la abreviatura de Cristo, o incluso Cristóbal, que quiere decir «el portador de Cristo». XPO FERENS es una forma muy antigua para decir que él es el portador de Cristo, o bien, el que lleva a Cristo, que salvará el mundo.

—Entonces, se atribuye una especie de misión mesiánica a través de su firma.

—No —respondió doña Mercedes—. Se atribuye una misión mesiánica a través de su obra. La firma es sólo una forma de expresarlo.

Altagracia Bellido no pronunció palabra en un buen rato, absorta en sus pensamientos, al igual que su compañero de aventura, Andrés Oliver. Conocedora de la impresión que habían recibido tras descubrir uno de los secretos mejor guardados de los últimos quinientos años, la profesora también guardó silencio durante unos minutos.

Una vez asumido el mensaje, retomó las explicaciones que su antigua profesora estaba dando.

—Colón maduró durante muchos años su proyecto descubridor. Prestó mucha atención a temas proféticos y bíblicos, y llegó a escribir el *Libro de las Profecías,* donde intentó demostrar que su gran obra estaba predestinada en las Sagradas Escrituras. Su idea era evangelizar el mundo e incluso llegar algún día a conquistar Jerusalén gracias a la gran fortuna que sus herederos acumularían.

—Increíble —pronunció la joven.

—Sí, esto lo conocía —dijo el español—. Es sabido que entre sus proyectos de futuro estaba la recuperación de Jerusalén. La vocación religiosa del marino es bien conocida. Ahora la firma adquiere significado.

—Y ¿cómo continúa la historia después de esta revelación por parte del Almirante a sus hombres más fieles? —preguntó la secretaria de Estado.

—Dejadme que os siga contando. La resolución del enigma aún no ha terminado —continuó la profesora.

»La vuelta a Castilla supuso una enorme decepción para el Descubridor. La muerte de Isabel la Católica, que murió sólo unos días después de que arribara a la península Ibérica la expedición del cuarto viaje, hizo que el rey Fernando diese la espalda al hombre que había proporcionado un nuevo mundo a la corona, que intentó en repetidas ocasiones verle en audiencia para explicarle los pormenores del viaje. Las continuas tentativas del Almirante para mantener los derechos y privilegios acordados en las Capitulaciones de Santa Fe hicieron que el Rey viudo evadiese el encuentro con el Descubridor.

La historia narrada por doña Mercedes seguía atrapándoles.

—Es indigno cómo murió nuestro Almirante. Quizá no falleciese solo y pobre como se ha dicho muchas veces, pero indudablemente, sin los privilegios y las honras que deben acompañar la muerte de un personaje tan significativo en la historia de la humanidad —explicó la profesora—. Luego vendrían los pleitos colombinos que explicarían la desaparición de muchos documentos y la manipulación de otros tantos. Los herederos continuaron la labor comenzada por el Descubridor, en defensa de los legítimos derechos acordados antes del primer viaje.

—Esta etapa tuvo un coste muy alto para el Gran Almirante, porque cayó en el olvido a pesar de los esfuerzos de su hijo Hernando —dijo Oliver, contribuyendo a la narración de la profesora.

—Así fue. Ya sabéis que hasta el siglo XIX, con la celebración del Cuarto Centenario, no se recuperó la imagen heroica del marino y su gran gesta. Nuestra gente tuvo mucho que ver con este hecho, especialmente en Italia, donde se llegó a venerar la figura del genovés en la última parte del siglo.

—Y donde el capitán Enrico d'Albertis tuvo un papel estelar —razonó Altagracia.

—Efectivamente. Era uno de los nuestros, y dedicó buena parte de su vida a construir ese majestuoso castillo sobre el antiguo bastión. Allí se ubicó una gran cantidad de legajos disponibles, por ser un sitio muy seguro. Hasta que tú lo descubriste. Siempre confié en tu inteligencia, niña.

—Tuve suerte.

—Hablemos de objetivos —pidió Oliver—. Buscar el tesoro era uno de ellos, pero... ¿qué otros motivos había para guardar durante tanto tiempo documentos y organizar un sistema tan complejo de información?

—Pues es evidente. Queríamos ensalzar la figura de Cristóbal Colón, ponerle en el sitio que se merece.

»La isla La Española, luego convertida en la República Dominicana, fue el primer lugar donde se instaló la cultura europea en el Nuevo Mundo. Entre 1492 y 1504, el Almirante se movió por Santo Domingo más que por ningún otro sitio de América. Fue la primera ciudad de un nuevo continente, con el primer ayuntamiento, la primera universidad, la primera catedral, y también donde se dio la primera misa.

»¿Piensa usted que después de todo esto nuestro país está a la altura de las circunstancias? —preguntó la profesora.

El español movió la cabeza en señal de negación.

—No, no lo está —afirmó Altagracia.

—Por eso hemos estado luchando durante muchos años dentro de nuestra facción. Otros grupos, como los italianos, han luchado en defensa de la italianidad del marino, es decir, han querido defender la figura del Colón nacido en Génova, y nosotros hemos trabajado por dar valor al largo tiempo que el Descubridor pasó en esta isla, y su amor por ella.

—Sí, el Almirante siempre dijo que esta isla era la cosa más bella que ojos humanos habían visto nunca —apoyó la alumna.

—Y ¿de qué nos ha valido, si incluso los españoles han querido hacer creer que los restos los tenían ellos? —expresó con amargura doña Mercedes.

—Por eso pactaron ustedes con Richard Ronald —lanzó Oliver.

—Exacto. Ese tipejo sólo quería dinero. Tenía mucha información sobre nuestro sistema de documentación, y poco a poco fue conociendo nuestros objetivos. Cuando supo que podía llegar a tener las coordenadas del barco con cierta precisión, se lanzó a abrir monumentos creyendo que iba a encontrar con facilidad la posición.

—Y ¿por qué robó las tumbas? —preguntó Altagracia.

—Para poder pactar con nosotros. La idea fue ingeniosa y se le ocurrió a él solo. Robar los huesos de Sevilla y Santo Domingo y unirlos era garantizar que por fin teníamos al Almirante. Nos preparó el señuelo perfecto.

—Y ¿por qué dejó la firma de Colón en las fachadas del Faro y de la catedral de Sevilla?

—Para dejar claro que era él quien estaba detrás del hecho, y que tenía los restos. Quiso dejar este mensaje porque sabía que utilizamos ese sistema para rescatar los documentos de algún monumento cuando es necesario. Siempre que una facción nuestra necesita abrir un depósito, lo hace y deja la firma para indicar que ha sido alguno de los nuestros.

—Ronald era un tío listo, pero peligroso —afirmó Oliver.

—Una pregunta más, Mercedes —pidió la mujer—. Comprendo vuestro deseo de hacer este país más grande a través de la figura de Colón, tratando de crear un símbolo nacional, una especie de imagen de marca para que el mundo nos conozca.

—Así es.

—Pero… ¿es tan importante que los restos del Almirante estén aquí?

—Es que él quiso que fuera así. Tenemos documentos donde dice que quiere ser enterrado en esta isla. Deberíamos respetar su voluntad.

Doña Mercedes explicó el deseo expreso de Cristóbal Colón de ser enterrado en La Española. Así lo comunicó a su hijo Diego y a su esposa, doña María de Toledo, artífice del viaje de los huesos hasta Santo Domingo, y que fue enterrada en la catedral, junto a su marido y su suegro.

—Decidme, ¿os parece razonable que la familia Colón, que tantas riquezas y grandezas trajo para el Imperio español, no tuviese una mísera lápida por siglos? ¿Es así como trató durante cientos de años el Gobierno español a la familia Colón?

—Italia siempre ha reivindicado con mayor fuerza que vosotros la figura de Colón —afirmó Altagracia—. Incluso en Estados Unidos se venera al Almirante más que en España.

—No lo dude, señor Oliver. Las personas ilustres deben tener una lápida donde la gente pueda venerar el cuerpo allí enterrado y lo que representa para ellos. La Madre Patria sólo tuvo cadenas, obstáculos y cicatería para el Colón que tanto la distinguió, que tanto engrandeció el país.

—Y por eso habéis construido para el Almirante una nueva tumba, digna de un faraón —reflexionó la alumna.

—Sí, así es. Llevamos más de cien años construyendo una nueva tumba bajo el primer templo del Nuevo Mundo, aprovechando una extraña cimentación original que lo permitía. Nuestra intención era demostrar que los restos de Santo Domingo son los auténticos. Pero llegó el americano y nos ofreció una idea genial. ¡Los dos grupos de restos! Esto era asegurarnos, por fin, que nuestro querido Almirante iba a estar aquí, en nuestra tumba.

—Y ¿qué acordaron? —interrogó el español.

—El intercambio de la información del pecio por los restos, sujeto al rescate del cofre. Los beneficios del hallazgo serían repartidos de la siguiente forma: un cuarto del tesoro sería para nosotros, con objeto de terminar la nueva tumba, y el resto sería para él.

—¡Vaya trato! —exclamó la joven.

—Sí —le contestó su mentora, mientras corregía su

postura en la cama y se alisaba el cabello—, hemos buscado el cofre durante años por distintas razones. Siempre hemos sabido que contenía grandes sumas de dinero. El oro, las joyas y las perlas que encontró Ronald en el cofre valen una inmensa fortuna. Nosotros, los dominicanos, siempre hemos aspirado a utilizar esa riqueza para la creación de una nueva nación, más potente y poderosa, y adquirir la posición que creemos merecer en el concierto internacional

—¿Qué propondrá hacer con los restos tu Gobierno? —preguntó Altagracia al español.

—Bien, mi Gobierno tiene muchas cosas que decir. Ahora debemos decidir lo que hacer con el conjunto de los restos. Ojalá todo esto sirva para valorar al Almirante, después de tantos años. Espero que haya valido para algo.

*

El malecón ofrecía una imagen nunca vista por el español. Los tonos azules y verdes turquesa del agua cálida se mezclaban a ratos, presentando combinaciones sorprendentes. Hasta ahora no había tenido tiempo suficiente para apreciar la bella imagen del mar Caribe vista desde la habitación del hotel.

La intensidad con que había vivido estos pocos días en esta ciudad le había impedido visitar el país como otros muchos turistas hacen cada año.

El hermoso día y la tranquilidad que produce la maleta hecha y lista para partir, una vez resuelto el trabajo que le había traído aquí, le producían sensaciones contradictorias.

Por un lado, no había podido visitar la bella República

Dominicana, la auténtica perla del Caribe. Millones de personas visitaban cada año las playas y disfrutaban de los espectaculares paisajes y escenarios naturales, y él, no había podido hacer eso ni un solo día. Sin lugar a dudas, tendría que volver algún día y descubrir la tierra que enamoró a Cristóbal Colón.

Por otro lado, la satisfacción que le producía haber resuelto el caso le transmitía un placentero sosiego.

Pero había algo más en su interior.

Tantos días junto a Altagracia, tantas aventuras compartidas, y lo ocurrido con el malogrado Edwin, le producían sentimientos ambiguos.

Habían quedado para cenar antes de su partida al día siguiente. Una vez más, pensó que la soledad es una condición del ser humano. Él siempre había apostado por gozar de su intimidad en el retiro que garantizaba su vida despoblada de seres cercanos. Tenía poco tiempo para ordenar sus emociones y actuar en consecuencia.

*

Era la última tarde que iban a estar juntos. Al día siguiente, cogería el vuelo hacia Madrid y habría acabado el caso. Sólo quedaba conocer la posición de sus superiores y del Gobierno español para que todo terminase, y se resolviese qué hacer con los documentos encontrados y con los restos. Pero eso no dependía de él. Sin embargo, otros temas sí que necesitaban de decisiones rápidas.

Altagracia llegaba caminando con su grácil contoneo hacia él. Un vestido color canela sintonizaba perfectamente con el tono de su piel.

Nunca la había visto tan elegante, tan sensual.

En cierta medida, era su primera cita no profesional.

Todos los anteriores encuentros se habían debido de una u otra forma a motivos relacionados con el caso que les había ocupado durante semanas. Ahora, si ella había accedido a la cita, era por otras razones.

—Vaya, estás encantadora —le dijo él ofreciéndole la mano, que ella tomó de inmediato.

—Es que hoy no estamos trabajando —le contestó con una amplia sonrisa.

El restaurante Vesubio, frente al mar, presentaba un ambiente propicio para hablar y probar una excelente cocina. El sitio, como era habitual, lo había elegido ella. Una exquisita decoración habría de dejar paso a un delicioso conjunto de platos que contribuyeron a crear una agradable velada.

La mujer expuso numerosos testimonios de su vida profesional, y la dificultad que entrañaba realizar su función en condiciones tan difíciles como las que ofrecía su país, con una clase política más orientada al lucro fácil que a la verdadera realización de grandes acciones positivas para el pueblo dominicano.

En este sentido, comprendía la gran obra, los grandes objetivos que habían llevado a ese conjunto de personas, con doña Mercedes a la cabeza, a luchar por unos ideales que entendían eran muy loables. Si algo necesitaba ese país, era un gran revulsivo que acabase con el aislamiento, y llevase grandes estructuras empresariales y culturales a la vieja nación.

Si una vez ése fue un territorio fuerte, centro de las actividades comerciales del Nuevo Mundo desde donde se llevaban a cabo todas las operaciones en el Caribe, ¿por qué no recuperar el nivel alcanzado en el concierto internacional cientos de años atrás?

—Por eso estoy sorprendida. Durante unos días he

pensado que mis amigos eran unos delincuentes, y ahora pienso que son los salvadores de la patria. Imagínate qué sorpresa —dijo la mujer, mostrando una de las mejores sonrisas de su repertorio.

—Me ha parecido increíble lo que han hecho. Yo también estoy sorprendido de que esta gente tuviese las ideas tan claras y luchasen por unos objetivos tan limpios. Pero creo que hay formas más fáciles de hacer avanzar a una nación. Déjame que te cuente las apreciaciones que tengo sobre este país —propuso el hombre.

Le narró su visión de lo que había visto en esos días, y las ideas previas que tenía antes de ese increíble viaje. De alguna forma, había percibido que los dominicanos tenían una sensación negativa sobre su futuro. Sin embargo, la visión externa era bien distinta. Desde el resto del mundo, Oliver estaba convencido de que lo que se veía era un país estable, democrático, y con unos recursos turísticos inagotables.

—Pienso que sois un poco pesimistas, y que os veis a vosotros mismos peor de lo que os vemos desde fuera. Tenéis que luchar más por conseguir las cosas que deseáis, y ya veréis como el país avanza.

—Y ¿en qué te basas para decir eso?

—Tenéis una ciudad única en América, con una zona colonial que ya la quisieran otras grandes ciudades del continente. ¿Le habéis sacado partido a eso? ¿Se ha recuperado y rehabilitado todo el espacio histórico? ¿Habéis hecho todo lo posible para que esta zona sea conocida en el mundo entero?

—Tienes mucha razón en lo que dices.

Un corto silencio permitió a la mujer cambiar de tema.

—Bueno, ahora hablemos de nosotros.

—Quizá sea mejor hacer eso con un buen trago de ron.

*

Fueron hacia un conocido bar de copas.

Atarazanas 9 ofrecía un ambiente realmente movido casi todas las noches. El edificio, situado en la plaza de España, debía de tener cientos de años. Los anchos muros delataban la antigüedad del inmueble, aunque este hecho pasaba desapercibido para la mayoría de las personas allí presentes, que se afanaban en una diversión sin límites aderezada por música del lugar, a un volumen tan alto que hacía vibrar las paredes de la sólida estructura.

Los intentos de la dominicana por hacer bailar al español fueron inútiles, por lo cual decidieron buscar un rincón más tranquilo para hablar.

Acoplados en un pequeño rincón, prefirieron los besos a las palabras.

Una sensual bachata sonaba de fondo.

# 24

## Madrid

Multitud de personas caminaban por el paseo de la Castellana con la tranquilidad propia de un domingo soleado de finales de septiembre. El fuerte calor del agosto madrileño había dado paso a un ambiente algo más agradable, que permitía disfrutar de los paseos matinales.

Entre tanta gente, Andrés Oliver marchaba sin rumbo fijo, tratando de disfrutar de su ciudad después de muchos días fuera. Llevaba más de una hora caminando y decidió sentarse en una terraza para hojear un periódico tratando de desenganchar la mente del caso anterior. Su actual caso volvía a estar relacionado con temas históricos, pero esta vez no se trataba de algo tan antiguo y original como el misterio que había logrado resolver. Un robo de pinturas del siglo XIX no tenía nada que ver con la desaparición de los restos del Descubridor de América. Por momentos, pensaba que nunca iba a vivir de nuevo una experiencia tan intensa como la que había pasado. De alguna forma, el asunto que más le había marcado en su carrera profesional.

El periódico que leía le indicaba que se había despertado un gran interés por todos los temas relacionados con

Cristóbal Colón. Un número importante de países en todo el mundo había comenzado a involucrarse en el estudio de la gesta que marcó un cambio de rumbo en la historia de la humanidad. Sólo con mirar a su alrededor, encontraba signos inequívocos de que lo ocurrido había impactado en la opinión pública internacional.

Mirara a donde mirase, Colón aparecía como si fuese una gran estrella de cine, como el personaje más admirado de una campaña publicitaria. El Almirante del Mar Océano inundaba las calles de Madrid en el mayor despliegue cultural jamás realizado. La publicidad en el exterior de los autobuses urbanos anunciaba, con grandes carteles, un próximo seminario sobre la historia colombina en un conocido centro cultural. Las vallas publicitarias mostraban que pronto se inauguraría la exposición sobre los documentos encontrados en Sevilla y Génova, así como las hojas del *Libro de las Profecías* perdidas durante cientos de años, manuscritas por el genial nauta.

Varios Gobiernos habían anunciado su intención de revisar el interior de los monumentos a Colón para analizar la posibilidad de hallar nuevos legajos que contribuyesen al esclarecimiento de la historia del hombre que cambió la humanidad.

Muchas instituciones, a raíz de los acontecimientos y de los testimonios encontrados, estaban iniciando nuevos estudios de los hechos unánimemente aceptados durante cientos de años.

Dio un sorbo a su cerveza mientras reflexionaba sobre lo que estaba leyendo. En realidad, se había originado un gran interés por todos los temas relacionados con el descubrimiento del Nuevo Mundo, no comparable a los tímidos intentos realizados en las celebraciones del Cuarto y Quinto Centenario. Este movimiento a escala mundial le producía una gran satisfacción, tras tantos días de incertidumbre. Merecía la pena haber vivido esta experiencia.

En todos los casos, estos gestos a favor del Gran Almirante se encaminaban hacia la figura del hombre, del genio. Durante varios siglos fue olvidado por la nación que tanto consiguió con él. Ahora, por fin se reconocía su gran aportación a occidente. En cierta medida, había sido el primer arquitecto de un mundo globalizado.

Oliver había tenido la oportunidad de leer los legajos y se había hecho una idea completa del enorme sufrimiento que rodeó al marino en la conquista de sus ideales. Ahora, se ponía en conocimiento de la opinión pública el profundo desconsuelo del Descubridor y los terribles episodios que pasó a lo largo de su vida para poder subsistir mientras ponía en marcha su proyecto descubridor, aquejado por grandes enfermedades. La recompensa nunca le llegó en vida.

Después de tantos días tras los huesos del Almirante, Oliver se alegraba de este nuevo enfoque colombino que ponía de relieve la personalidad del héroe y el sufrimiento realizado para alcanzar su sueño.

Pero había algo más en el fuero interno del policía. Muchas semanas fuera de su casa, tantas emociones vertidas en un caso tan importante como aquél, no las había vivido solo.

Y sin embargo, aquí estaba él sin ella. Una vez más, no se había atrevido a dar el paso.

La última noche en Santo Domingo había sido increíble. Nunca había alcanzado un nivel de sintonía emocional tan elevado como había conseguido con Altagracia en aquella velada. Al principio había creído que la euforia producida por la resolución de un asunto tan difícil, así como las emociones desatadas después de tantos acontecimientos en tan poco tiempo habían creado una situación propicia.

Juntos habían visto un amanecer limpio de nubes, con el sol iluminando el mar más transparente que jamás acarició el malecón de la Ciudad Primada de América.

La despedida fue larga y emotiva.

Ninguna promesa entre ambos.

El vuelo de vuelta a Madrid había sido muy intenso. A pesar del buen tiempo que encontró el avión en su ruta, en el transcurso del vuelo no consiguió conciliar el sueño ni tan siquiera comer algo.

Las turbulencias las llevaba dentro.

Pero eso ya quedaba atrás. No la había llamado desde entonces. Tampoco medió una simple carta entre ellos, ni un solo correo electrónico. Nada de eso. Sabía que iniciar cualquier tipo de contacto supondría continuar una relación de la que no estaba seguro. Ésa era la razón por la que no había querido interesarse por ella.

*

Abrió el periódico de nuevo y comprobó que había más información sobre el asunto. Por fin había acuerdo. Eso le reconfortó. La última parte del caso también se había cerrado.

El Gobierno dominicano y el español habían convenido repartir los restos del Gran Almirante. Equipos forenses de ambos países habían trabajado durante semanas intentando separar los restos de Sevilla y los de Santo Domingo, sin poder llegar a un consenso en el informe final. La conclusión había sido clara: era imposible saber cuáles eran las partes que poseía cada uno de los países antes del robo.

Tras varios días de intensas negociaciones, ambos Gobiernos habían llegado a un pacto suficientemente bueno para los dos países: los restos se iban a dividir entre los dos Estados, de forma que las tumbas de Sevilla y Santo Domingo volverían a tener en su interior las reliquias del Gran Almirante del Mar Océano.

Pensó que toda negociación debe conducir a un equilibrio donde cada uno de los litigantes renuncia a una parte de sus aspiraciones originales.

La prensa aplaudía el acuerdo, que cerraba un pleito entre ambas naciones de más de cien años y respondía a todos los intereses.

Por un lado, se respetaba la voluntad del Descubridor de ser enterrado en la bella isla La Española, una de las premisas que más había pesado a la hora de los acuerdos finales. Por otro, la ciudad de Sevilla tendría también las reliquias del Almirante. Ambos Estados podían ahora decir que los restos del Almirante yacían en territorio nacional.

Oliver se alegraba conforme iba leyendo la noticia.

De acuerdo con las negociaciones previas a la búsqueda del barco, y siguiendo los convenios firmados por los embajadores de ambos países, se acordaba la creación de la Fundación Internacional Cristóbal Colón, con sedes en Madrid, Génova y Santo Domingo, en la que se emplearía la enorme riqueza encontrada en el cofre del pecio para el desarrollo de la figura del Primer Almirante y su gran legado a la humanidad.

En particular, el Gobierno dominicano se mostró muy agradecido con el acuerdo, porque la Presidencia, así como el centro científico e intelectual de la nueva Fundación estarían localizados en la República Dominicana, lo que iba a contribuir a la potenciación de la universidad y de la clase pensadora de ese país.

Muchas inversiones vendrían acompañando a esa Fundación, lo que redundaría en grandes beneficios para la sociedad civil de Santo Domingo.

La sonrisa de Oliver denotaba que el acuerdo era bueno para todas las partes. La imagen de sus amigos los intelectuales luchando por su país y contra la clase política dominicana le venía a la cabeza. Al pasar la página, observó con entusiasmo la foto de doña Mercedes, que había sido elegida presidenta de la Fundación Internacional Cristóbal Colón. Una rejuvenecida y sonriente profesora aceptaba el cargo y prometía elevar la figura del Descubridor a la altura de su gran gesta.

Leyó y releyó las páginas dedicadas a este tema en busca de alguna noticia sobre la secretaria de Estado de Cultura. Pensó que aunque hubiese participado en las negociaciones, seguro que ella habría preferido quedar al margen de la comunicación internacional de los acuerdos.

*

Pagó la cuenta y decidió coger el metro para llegar a su casa lo antes posible. Tenía que llamar inmediatamente con objeto de felicitar a todos los amigos que había dejado allí, por la magnífica resolución del caso más importante que había resuelto en su vida. Era ya mediodía, y por lo tanto, una hora correcta para comunicarse con Santo Domingo.

Ahora sí que tenía una buena excusa para llamar.

Salió de la estación del suburbano más cercana a su casa, y se encontró con alguien que consiguió que el corazón le diera un vuelco.

Allí estaba Altagracia Bellido portando una enorme

maleta, justo en el momento en el que despedía el taxi que le había traído desde el aeropuerto.

*

Se miraron pausadamente.

Ni uno ni otro sabían cómo reaccionar.

De pronto, Oliver decidió dar el paso. Se acercó a la mujer y le dio un fuerte abrazo besándola sin dejarle respirar.

Como pudo, Altagracia comenzó a hablar:

—Ayer mismo cerramos los acuerdos. He cogido el vuelo de la noche y aquí estoy. Acabo de llegar.

—He leído todo en la prensa y no sabes cuánto me alegro. Ha sido un excelente acuerdo.

—Sí, lo ha sido. Gracias a ti hemos podido llegar a un buen final e iniciar un gran proyecto para mi país.

—Yo no he hecho nada. Fuiste tú la que descubriste la forma de dar respuesta a todos los secretos que nos han envuelto en las últimas semanas —dijo Oliver cogiendo su mano para besarla.

—Y ahora, ¿qué hacemos? —preguntó en un suave susurro la mujer.

—Pues descubrirnos el uno al otro. Ya está bien de ir investigando cosas para terceros. Ahora, quiero encontrar mi propio nuevo mundo. ¿Tú qué opinas?

—Que para eso he recorrido más de siete mil kilómetros durante toda la noche.

El camino a la puerta de la casa de Andrés Oliver fue el único viaje que hicieron en muchos días.

# Agradecimientos

Aunque parezca increíble, la idea de escribir esta novela me surgió de repente, durante uno de los muchos viajes a la República Dominicana que he realizado en los últimos años, cuando volaba hacia las Antillas siguiendo la misma ruta que cuatro veces en su vida hizo el Almirante.

En ese momento, no pensé que completar una obra como ésta iba a llevar tanto tiempo, años, en realidad, y no asumí el enorme esfuerzo que supone para las personas que están en mi entorno.

Por eso, ante todo, quiero reconocer la paciencia que ha tenido conmigo mi familia, tanto mi mujer como mis hijos, y agradecerles que hayan comprendido la cantidad de horas que he pasado delante del ordenador.

De igual forma, quiero agradecer a mis compañeros de ICODES el gran apoyo que me han dado en la elaboración de este trabajo, y especialmente, durante los viajes al otro lado del océano.

Quisiera tener una mención especial para César Pérez, director del Equis-INTEC de Santo Domingo, la persona que me ha transmitido la pasión por su país, y debo reconocer la ayuda de José Chez, presidente de la Academia Dominicana de la Historia, su apoyo y dedicación a este proyecto, y felicitarle por su gran labor al frente de la institución. Gracias a él, que me facilitó la obra de Emiliano Tejera *Los restos de Colón en Santo Domingo,* de la cual he extraído mucha información de la que aparece en esta novela, ha sido posible tener una visión completa de las posiciones dominicanas en el misterio de los restos del Descubridor.

No puedo dejar de agradecer a mi agente, Antonia Kerrigan, la rapidez con que asumió que esta novela era digna de apostar por ella, y a mi editora, Carmen Fernández de Blas, y a todo el equipo de Ediciones B, que han depositado una gran confianza en esta obra.

Sería muy larga la lista de personas que han leído la novela y se han entusiasmado con ella, y que me han ayudado de una forma efectiva a que vea la luz. A todas ellas, gracias.

Por último, quiero expresar mi deseo de que algún día se desvelen los enigmas en torno a Cristóbal Colón, aunque para ser sincero, estoy convencido de que este insigne personaje va a seguir dando muchas sorpresas.

# *Índice*